尘世物影

李成 著

中国广播影视出版社

图书在版编目（CIP）数据

尘世物影 / 李成著. -- 北京：中国广播影视出版社，2024.1
ISBN 978-7-5043-9129-2

Ⅰ.①尘… Ⅱ.①李… Ⅲ.①散文集－中国－当代 Ⅳ.①I267

中国国家版本馆CIP数据核字(2023)第205365号

尘世物影
李成　著

责任编辑：王　萱　彭　蕙
封面设计：树上微出版/陈慕颖
责任校对：张　哲

出版发行　中国广播影视出版社
电　　话　010-86093580　010-86093583
社　　址　北京市西城区真武庙二条9号
邮　　编　100045
网　　址　www.crtp.com.cn
电子邮箱　crtp8@sina.com

经　　销　全国各地新华书店
印　　刷　武汉市籍缘印刷厂

开　　本　710毫米×1000毫米　　1/16
字　　数　217（千）字
印　　张　19.5
版　　次：2024年1月第1版　　2024年1月第1次印刷

书　　号　ISBN 978-7-5043-9129-2
定　　价：68.00元

（版权所有　翻版必究·印装有误　负责调换）

自序 | 物的颂歌

这个世界是一个物的世界,或者说是一个人与物共有的世界。

但无论如何,物总是先于人存在的。人类还没有诞生的时候,说得远一些,这个世界就是一个个天体,就是一个个蛮荒的星球。这个地球最初只是岩浆奔涌、火焰迸射的星体,而后不知经过多少亿年,它渐渐冷却下来,接下来有了星星点点的绿色,有了葱茏辽阔的植被,有了爬行的生命,有了飞禽走兽,最终才有了这个地球上的人类。

这个世界无往不是物质。人类所目击手触的都是物,无处不在的物,他借以站立的大地不用说是强大的物质,他看到的天空看似玄虚缥缈,其实也是物质,是庇护人类至今的大气层,他的一呼一吸也是物质:空气。人无时无刻不处于物质之中,实在不能想象有脱离物质而存在的人类,如果有,除非那是传说中的神怪。

另外还要看到:人本身也是物质,那就是他的肉体——他的骨骼、肌肉、躯体、四肢、头颅、血液……没有摆脱了肉体而存在的人,没有只剩下一团思绪、感觉、意志的人;何况每一个"个体"的人最后还要归为物质，化为一抔黄土、一缕青烟，重新回到物质元素的循环之中。

因此，我们每个人要想真正看清自己的存在，必须到所身处的物的世界中去，只有看清包围我们的物才有可能看清我们自身。我们必须看到，许多物是先我们而存在的，是不以我们的意志为转移或改变的；但也有许多物是后我们而存在，是我们创造或利用的抑或改造过的，深深地打上我们人的烙印，拿哲学名词来说，也就是所谓"人化"的、为人而存在的物。所有这些物组成我们所置身其中的缤纷万象、形形色色、奇奇怪怪，而且生生灭灭的物质世界。我们人，虽不敢说真的是所谓"宇宙的精华，万物的灵长"，但起码我们可以看到它、观察它、利用它、描绘它、改造它，用心灵去感受和记录它，这是多么美妙又是多么值得骄傲的事！

在这样的世界上，有两种人最幸福！那就是科学家和艺术家。因为科学家对这个世界有最为深刻的认识，有最大胆新奇的创造——物的创造，它给这个世界带来前所未有的东西，改变这个物的世界；而艺术家——包括作家、诗人、画家、摄影师、说唱艺人等，他用笔、用颜料、用镜头乃至语言、画布、泥、石等再现物的千姿百态及其变迁。他们都是深深地浸润于物的世界而又能"跳脱出来"创造新物的人！他们取得了或者说替代了造物主的一些能耐，他们也都可以称得是创造者。

我也有幸从小就学会了"咏唱"——这咏唱的结果就是一篇篇分行或不分行的文字。我不是天才，没能天生就具有玄妙的思想，没有对这个世界与人生形成多少哲理性的认识，我写出的文

自序

字没有沉浸在自己的思绪和情感之流中，而是每一篇都充满了物，几乎每一篇都是物的颂歌。这也符合我内在的需求。我似乎从来就对这个外在于我的物质世界充满了惊奇与迷恋，似乎天生就对这个世界的一件件物具有无限的兴趣与情思，也试图在这些物身上发现深邃的哲理与感悟，也想借这些物来认识人，认识自己。或许正是因为"目迷五色"而未能超逸，我并没有具备深刻的哲思能力，这或许是"天机浅"的缘故；或许也是因为不够勤奋，我的阅读也很有限，隐伏于时间深处，只在陈旧的古籍中偶露一鳞半爪或神秘面容与身影的那么多玄奇之物，我也不能把它发现或揭开其面纱。我只是一个平凡的人，我日日与之周旋的也只是寻常之物，但我仍然是那么的喜欢！而且因为我曾与之相关和周旋所以更充满了感情。随着"日月其迈""马齿渐长"，我也有把这些我曾与之关切、与之有较深"交集"的物一一陈述的欲望，目的无他，除了表达对这些"相依为命"之物的充分感激，也就是对与之交往的历史的珍惜，这样的物质交往史原本就是我这一个体的生命史，我怎么能不欲于时间的奔涌不息的浪花丛中留下一点它们的影子呢？

现在，我把这些对平凡物质的颂歌总结成了一个小集子，呈现到读者面前，这实际上也是把我仅有的那么一点哲思与情感化为有形之物，借助出版印刷的翅膀，飞到阳光下，参与这个世界纷繁万物的鸣唱之中，也希望它能在读者心中唤起一点点共鸣，能获得更丰富多彩的反响与反馈，然后在未来漫长的时光里，我们能够更好地更自觉地与物相处，与物偕飞！

是的，就是"飞"！我们在与物结成关系的时候，就是要有一种"飞"的感觉与意识。这样，我们才不会完全沉溺于物质之中，而被物质束缚，正如中国古代先贤教导我们的："物物而不为物物。"这是人间最值得铭记的真理，甚至没有"之一"。

那么，请读者接受这一束物的颂歌吧。

李 成

2022年2月3日于京西鲁谷

目录 |

第一章 / 001

桨为大海而生 / 003

一桥如飞 / 008

我的坐骑 / 015

鞋的故事 / 022

人生能着几两屐 / 028

镜子的奥妙 / 033

塔的臆想 / 039

手表的颂歌 / 045

钱的诱惑 / 051

纸的情愫 / 057

闲话扇子 / 063

秤 / 070

筷子 / 075

手杖 / 080

"梦笔生花" / 084

乡村旧物件 / 090

恋物时代 / 094

第二章 / 101

雷 / 103

电之力 / 108

露 / 114

盐之味 / 119

煤的记忆 / 124

炭 / 130

霜之韵 / 136

夏日语冰 / 140

彩虹记 / 145

第三章 / 151

我没有见过橡树 / 153

红树林 / 158

枣的忆念 / 163

葡萄颂歌 / 167

我歌唱一碗大米饭 / 172

新米的滋味 / 178

饭团 / 182

目录

瓜子 / 187

荸荠 / 191

生姜 / 194

李子的怀想 / 197

梨子的滋味 / 201

胡萝卜 / 205

土豆 / 208

豆腐乳 / 212

第四章 / 217

海鸟的故事 / 219

走下神坛的狮子 / 223

螺蛳 / 230

对一只壁虎的怀念 / 235

黄山顶上的小松鼠 / 239

龟 / 244

蟹 / 249

蚕 / 255

蜘蛛 / 261

蛇 / 265

蛇年谈鼠 / 271

驴 / 276

尘世物影

鸟声 / 282

蝴蝶前身 / 286

对一匹马的想象 / 291

苍蝇 / 296

第一章

第一章

桨为大海而生

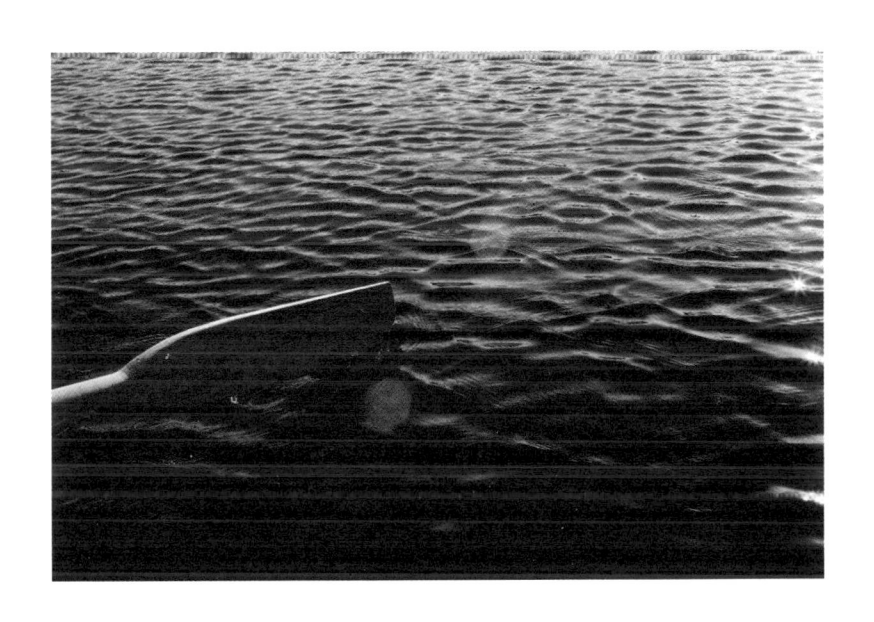

只要有水的地方,都可能会有桨。

这水当然不会仅仅是"一衣带水"的小溪或小小的池塘,而是稍大一些的塘堰、湖泊、江河,乃至海洋。凡是不能涉渡的地方,人类必然会发明一种工具——船,而所有的船都少不了桨。

那桨便像鸟的翅膀、鱼的鳍,帮助或者说驱使着船只向前航行。如果没有桨,那船除非顺流漂行,否则必然是一具僵死的物件,比如钢铁框架或一段实木而已。而一旦有了桨,一旦有人划起桨,那船儿便如获得了生命,就像鸟儿拍翅飞向蓝天一般,它飞向迢迢不断的江水,飞向浩瀚无边的汪洋。

桨的重要性于此可见。那么,最初的桨是谁发明的呢?我可以回答:没有人,或者说不能算到某个具体人头上,而应该归之于大家或者说人类。

因为我已经说了,凡是有水的地方,都会有桨。人类最初发现木头可以浮在水面,甚至可以载人载物,于是一艘独木舟便诞生了。与此同时,人们发现只有当用手或木棍拨拉着水,那木头或木舟才会向前移动。很快人们便习惯于此,而随后便发现,用一块扁平的木板划起来更得力,于是世界上一项了不起的发明,一件了不起的器具便问世了:这就是桨。

谁也没有想到,自从有了桨,江河、湖泊、海洋不再是天涯或天堑;谁也没有想到,自从有了桨,五洲四海的兄弟姊妹,分散在世界各个角落的人类,有一天会走出各自的部落,走到一起相见相握,各种各样的肤色与语言会交流与交融,甚至会在将来某一天,形成唯一一个民族:世界民族。

这是多么激动人心的事实,这是更令人激情难抑的愿景。一枚小小的桨,自它诞生的那一天起,就在改变人类,改变世界。

每见到一叶桨,我就激动难抑。我喜欢船,各种各样的船,我更喜欢桨,各种各样的桨。

我从影视画面上看到,海洋上的民族那么娴熟地划动独木舟,让它像一枚梭子一样飞驰向前,我感到骄傲。

我看到古代轮船的模型,船舷两侧开了一个个窗口,从那里

第一章

伸出一支支长桨,让那楼船像一只百足虫似的,在水面行驶如飞,我感到惊讶与喜悦!

我看到各种各样的桨:单桨、双桨,长桨、短桨,还有可以单人左一下右一下两边划的双头桨,还有固定在船上的橹,还有脚踏的桨;当然,我也佩服桨的突破性的变革:螺旋桨。从此水上行驶工具的推动器——桨叶,从许多船的表面消失,隐匿到船的底部或某个角落。虽然它已不是传统意义上的桨,不再是直叶桨,但仍保留着桨的功能,我从它上面仍然能看到桨的影子。

如果我喜欢收藏,如果有可能,我一定收藏桨,各式各样的桨,各个时代、各个民族用过的桨。我相信,这一定是品类丰富,可以称得上琳琅满目、千姿百态、五彩缤纷、令人惊奇的收藏。

那么,我们将从中见到一部壮阔的、精彩的人类水上生活史、斗争史;一定会深刻地体会到人对水的深刻感情,一定会领悟人类凭一叶桨与水相依相存、相克相搏的奥妙与真理;一定会读到人类,尤其是海洋上的民族用桨书写出的一卷卷动人的绚烂的史诗。

如果像学者们考察或猜测的那样,人类是起源于非洲,稍后,来到尼罗河谷地,开始创造了今天仍然可以触摸的灿烂文明;接着,走出埃及,向东又向北向南发展。可以想象,如果不是有一叶桨在手,他们怎么能够划过红海的水走出埃及,怎么能够来到地中海畔、爱琴海岸乃至太平洋、大西洋沿岸生息繁衍?

我翻阅希腊诗人追溯这一历史性的时刻写下的诗句至今仍然激动不已。获得诺贝尔文学奖的塞菲里斯在他的长诗《神话和历史》里有一节大概是写传说中的英雄们在伊阿宋的率领下去取金羊毛的故事:

他们是好人，整天整天地 / 低着头划桨，热汗涔涔，/ 有节奏地呼吸，/ 而他们的血涨红了一张驯顺的皮。

这一幕叠映到今天，现实便是：

而船桨敲击着夕阳的倒影 / 那金色的海波。/ 我们经过许多的海岬，许多海岛，/ 大海引向另一个大海，海鸥和海豹……我们停泊在夜香四溢的海岸边，/ 那儿鸟语啁啾，海波给水手 / 留下伟大幸福的记忆。

海洋民族与大海的搏斗（当然也是亲切相依）亘古如斯，永久如此。所以诗人说：

可是航程没有终止。/ 他们的灵魂与桨和桨架合而为一，/ 与船头那张严肃的面孔，/ 与舵的足迹，/ 与那搅碎它们的影子的海水合而为一……

这是多么庄严的时刻，这是多么神圣的事业！只有万般艰辛，方显出人类的伟大，而桨仿佛是联系二者的桥梁，是人类擎在手上的道路，是打开世界之门的钥匙，是劈山倒海的铜斧铁杖，当然，也可能是伟大人类的墓碑。但那墓碑上一定镌刻了悲壮的铭词。

这正如塞菲里斯在这首诗的结尾所言：

那些同伴们一个个死了
眼睑低垂。他们的桨
记下了他们在海岸长眠之地。

这让我想起苏联作家巴乌斯托夫斯基在他的短文《石上题词》

第一章

中写到的，他在一个渔村旁边，见到一块迎海而立的巨大花岗岩，上面刻着这样一段题词：

纪念在海上已死和将死的人们

这里渗透出来的不是悲伤，而是战胜大海的勇气和豪情。

这种勇气和豪情，我想，有许多就是一支桨给予的。

我也要有一柄这样的桨！在我的心中始终有一幅如此美丽的图画：在那壮阔的或许还是波涛汹涌的大海上，我提着一叶桨，划动一叶小舟，在波峰浪谷间穿行；当夕阳西下，余晖把海水映成了一片玫瑰红，而我从水中提起木桨的时刻，一滴滴玫瑰色的海水从桨叶上滴下……

或许，这样的桨还有待寻觅，但我永远追寻和期待那种人桨合一的美好感觉。

但此刻我想我或许有这样一柄桨，那就是我手中的笔！

那么，请让我划着这桨，奔向永远的生生不息的大海！

我坚信：只要有桨，就一定能找到大海……

一桥如飞

如果说桥起到的作用是连接断裂、沟通两岸的作用,那么人类大约自诞生以来,就一直在造桥,而且会一直持续下去,直到人类的终结——如果人类有终结的话。

人类如果有终结的那一天,那实际上也就是人类造桥的失败:那通往别的空间,通往未来的桥终于没有造成。

因此,说人类的历史就是一部造桥史,这绝不为过。

但那最初的桥可能是偶然造成的,或者可以说是一种发现。一道沟壑、一条溪流横亘在人们的面前,以当时人的能力并不能跨越,人们只得在此岸彷徨、咨嗟、束手无策;但偶然有一天,"奇迹"出现了,一棵长在岸边的大树因为某种原因倒下了,正好横断在沟壑或溪流上,可想而知,这样一来两岸就变成了"通途",这时的人们该是何等的欣喜!

人类最了不起的能耐(甚至说人之所以为人)就在于善于模仿,以"造化为师",去改变和创造自己的生活。桥就是体现这一能耐的最早、最杰出的成果!

一旦发现可以用桥来沟通两岸,人类的未来——光辉灿烂的图景就得以昭示。

第一章

这就表明，人类不受任何地域的限制；就表明，整个地球的表面，人类都可以走到；也就是说，地球上每一块大陆、每一座岛屿、每一片海洋，都会连接成一个整体，成为人类无远弗届的生存的家园。

从这一点来说，人类建立最初的桥梁，是最惊心动魄的一件事。如果有上帝，他在云端看着下界蚂蚁似的芸芸众生在做出这一举动（在造桥——或许只是一根独木桥）一定会惊掉了下巴。他知道，他的对手，他唯一的对手出现了，人类要掌握自己的命运！

这是开天辟地般的一件大事！这实际上就是人类在大地上建造他们曾经向往的巴别塔——通天的巴别塔。只不过这塔似乎不是矗立于空中，而是横卧在地面上。

自建造最初的独木桥开始，人类似乎总在一刻也不停地造桥！现在的地球上，似乎每天都有人在造桥，甚至每天都有桥梁诞生。

我不是桥梁专家，我数不出现在世界上已有桥梁的种类，我只能大概地举出：木桥、石桥、绳桥、铁索桥、水泥桥、钢铁与水泥混合的大桥……

我也不能说出各种桥梁的类型：拱桥、公路桥、铁路桥、公路铁路合用桥、廊桥、斜拉桥……

但我可以说：每一种桥都是人类智慧的体现，人类美好向往的体现，因为它都是科学与诗意的结合，凝聚着科学的力与诗意的美，是人类文明最璀璨的花朵，是人类精神之花结出的最美的果实！

因此，我爱世界上每一座桥，我想走遍世界去看每一座桥，领略它无比壮实的力，领略它的风姿与美！

　　我再一次庆幸自己生在当今这样一个时空当中。我还有幸亲眼见到正在使用的独木桥——这种在原始时代，人们就会"建造"的桥梁。那大约是在我八九岁时的某一天，我随父亲去他刚调任不久的学校。晚饭后，学校里的老师说附近的村庄有电影，我们便决定去看。走到田野时，暮色降临，我们在田埂上急急地行走着。忽然一行人都停下来了，因为前面出现一道深堑似的河流，无疑不便徒涉，人们正焦急、绝望之际，忽然其中一位青年老师说：我记得这条沟渠上有一座小桥。他带领大家左右奔跑、寻索，果然，不久有人惊呼："在这里！"我们跑去一看，原来是一根黑乎乎的圆木横在沟渠上，也不知它朽了没有，但看此端，它半埋在土里，也还结实，走上去几步，也没有倾塌的迹象，于是一人带头，众人随后，都赶上了独木桥；它果然是稳实的，似乎连颤抖都没有颤抖几下，就把我们送到了对岸。在幽暗的夜色中，仅凭着一丝朦胧的光，我频频回首，向这座独木桥投去感激而不舍的目光。那一晚的电影没有给我留下丝毫印象，而过独木桥的一幕却像电影一般清晰地印在心上。

　　我也曾专程去拜访中古时期的石桥——赵州桥。刚到桥头看这桥，似乎没觉得多么了不起——因为我们毕竟看过一些很有一些长度和宽度的桥梁，但当我们踏上赵州桥，尤其是看着下面的洨河，不禁深叹。这么一座巨大的石桥，以单孔横跨在这么宽的河道上，一千四百年过去，经历了多少次洪水冲击，它依然安然无恙，这不是奇迹是什么！尤其是当我下到桥头下面的桥础边，看着那么庞大的石壁，严丝合缝地镶嵌在一起，没有任何可乘之隙，所以整座桥梁稳重如山，我不由从心底赞佩隋朝的造桥专家

第一章

李春,他在没有任何现代搬运吊装机械的情况下,是怎么精确地把每一块巨石嵌合在一起,形成一个恰到好处的拱形,并且确保无论局部与整体都坚不可摧!我为中国人的造桥技术感到骄傲!

在读小学的时候,记得我们的课本里就有一篇记叙武汉长江大桥的文章,这座大桥是作为那些年里最杰出的成就向全世界介绍的,长了多少中国人的志气!那时几乎到处都可以见到展示它的风光的图片。我一次又一次地凝视这图片,总是个禁心驰神往。我多么想到这桥上走一走,看看那是怎样的一幅桥下行船,桥中间通火车而桥上奔驰着一辆辆汽车的画面。可是,机缘不到,我至今未去过武汉!我只是乘着轮船从武汉市边上穿过,我在船上久久凝望着这座举世闻名的大桥,以表达心中渴慕之情。同样,我对长江的每一座桥梁都是深怀敬仰之心的。对黄河上的大桥也是向往已久。可是,我好多次往返于南北两地,乘坐的火车都是在夜间,过黄河时几乎都不见大桥的雄姿倩影,只有听见过桥时那种除"哐当哐当"的声音外,另有一种"轰隆隆、轰隆隆"的声音,似乎还有一点微微震颤,那一刻我的内心也在微微地震颤着。终于有一次,我在郑州转车,便特意走出市区去观赏黄河大桥。我看到了它雄伟的英姿,横在空阔的云天与空旷的原野上,一片大水浩浩东流,一种幸福感无端地涌上了我的心头。我也赶到桥头,下到底下,我看到那夭矫的姿势与坚实的钢铁结构,我轻轻敲击着那钢梁,耳朵听不出多么响亮的声响,心里却听出了深广的音韵,我仿佛融入了一段令人振奋的历史之中。

长江黄河上,如今新建了多少桥梁!每一座都气魄非凡,精巧漂亮,我从中看到了中国人的智慧力量。说真话,即便是我这个对一切习惯于不轻易乐观的人,对民族和人类的未来也有了一种乐观的信念!

何况我们现在还有了跨海大桥,实现将海峡变成通途这种不可思议的事情。几百里长的桥梁涌现于沧海之上,在这以前,怎么能想象!它们真是一条条巨龙,飞腾于浪尖,直入邈远的海洋深处!这是人类创造的史诗,这是巴别塔的雏形,这是人类通往永恒的津梁!

人类就是时刻在创造奇迹的生物!人类的最大特点,就是能沟通,能联合一切智慧与力量。无数的智慧与力量叠加、裂变、生发,自会产生无与伦比的创意。什么样的人间奇迹,不会出现在大地上呢?

当然,这当中凝聚着无数人的心血、汗水与生命。我曾记得

第一章

小时候听人们说：乡间每修一座桥，都必得死一个修桥的人。只有死一个人，那座桥才能建成；否则，建成了也会垮的，而那个死的人，实际上是用他的灵魂驮起了桥。也就是说，每座桥都是由一个灵魂驮起来的！我虽然将信将疑，甚至全然不信，但我也深知造桥的不易，造桥是很可能会付出生命的代价的。

正是因为此，我在一所中学任教的时候，听说学校五里外的一个乡村正在修建一座大石桥，便起了去一探究竟的愿望，可是我只能在傍晚有一点空闲，便骑车去了。我到了那里，天色已经完全黑了，只看见即将合龙的大石桥边，还散放着许多石色的水泥砖石，也隐隐约约地看到桥身以及即将收工的几个工人，我特别想打听，修这座桥牺牲人没有！我当然不希望有人为此而献身，我希望传说的每座桥都必须由一个人的灵魂驮起，只不过是一个比喻、故事罢了……

但正是因为这个传说，我感到每一座桥都不是硬邦邦、冷冰冰的水泥砖石，而是有血有肉的身躯，每一座桥都有自己的灵魂！所以，当我读到余光中先生的诗作《西螺大桥》便深有同感。

蠢着，钢的灵魂醒着
严肃的静铿锵着

西螺平原的海风狂撼着这座
力的图案，美的网，猛撼着这座
意志之塔的每一根神经
狂撼着，而且绝望地啸着
而铁钉的齿紧紧咬着，铁臂的手紧紧握着

严肃的静

……

古往今来，多少人赞美桥，用各种比喻来形容它，用得最多的恐怕是巨龙与长虹。这是非常确切的。

但我觉得这还不够，不够在于没有写出（说出）从桥上通过的感受。也难怪，古人行走最多不过是骑马，不像现在多是乘车（驱车）。

为了弥补没有从长江大桥上通行过的遗憾，去年我回到南方漫游了一阵后，特意让友人开车从一座新建不久的长江大桥上通过。轿车一路疾驰，一下子就拐上了引桥，转眼就到了长江的中心，再下一瞬间，我们就通过了全桥，驶下了桥段，进入了市区。刚才的情景都是一晃而过，感觉到的只有一个字：飞！我就是飞过桥的！

"一桥飞架南北"，过桥的人，也就是骑着桥飞过天堑！那么这桥便是那传说中的大鹏鸟，它张开翅膀，只要我们跨上它，我们就能飞翔！我们就能上天（堪比传说中的鹊桥）入海，我们就能跨越时间，联通古今，飞向未来！

一桥如飞，人间最美的图画就此展开！

第一章

我的坐骑

　　我的坐骑不是高头骏马，不是豪华轿车，而是一辆自行车，一辆飞鸽牌 26 型男士通勤车。结实、厚重，并不高大，我这一米七几的个头，一抬腿就能骑上去，非常轻松，要减速，要落地，除了用车闸，两腿一撑也可以做到。行动起来更是非常方便，要它停它就停，要它行它就行，要它转弯它也立即转弯，所以我非常喜欢它。我总觉得它比古人骑的马、驴要灵活多了，也简单、快捷多了，何况它还不需要拿饲料去喂养，不像马、驴那样需要细心照料。

我几乎天天都骑着它。我骑着它上班、下班，我骑着它访友会客，我骑着它去新华书店、旧书肆买书淘书，我骑着它接送孩子，我甚至什么都不做，就骑着它闲逛。多少年来，它都是那么听话，只要我一打开锁，它就驮上我急驰而去，有时候，我甚至疑惑：咦，我怎么就骑在车上了呢？真是不知不觉，它就像一只春燕，张开无形的翅膀，带着我贴地飞翔。尤其每天早晨上班的时候，我骑着它，迎着朝阳，轻风拂面，简直像骑着一条蛟龙，迅速冲入人海，甚至生出"搏击人生"的妄念和雄心。它跟随我这么多年，虽然已显得破旧，但我仿佛和它形成了更深的默契，常常有一种人车合一的快感。

由此我想到，自行车真是一件不错的发明，一项天才的发明。你看，它的结构多么简单，主体就是两只轮子以及连接两只轮子的大梁和链条，再加上一个车头就能够行走，就能疾驰如飞。我"嫉妒"那个发明自行车的人，虽然这项发明也不是一个人一次性完成的；我敬佩那个最初的设计者，那是一个了不起的天才，我觉得他对人类的贡献不亚于发明电灯的爱迪生，乃至对原子弹发明有着重大贡献的爱因斯坦。我知道他是一个外国人，这让我多少有点遗憾，那么早就造出木牛流马的中国人竟然不是自行车的发明者或创造者之一。

骑在自行车上，在原野上、在街道上奔驰，艳阳照耀、清风徐来，那种感觉真的是美妙无比。在风景如画的地方，在心情好的时候，甚至会给人以飘飘欲仙之感。我一直想把这种感觉写下

第一章

来，写成诗，可惜我太笨，写出的文字只能得其仿佛。我曾在一首《少女与自行车》的诗中这样写道："骑在自行车上的少女觉得 / 她就是一尾鱼——/ 分开层层碧浪从海面上 / 轻轻掠过 向彼岸飞行……就像骑着一株神奇的树 /——树叶哗哗翻飞 / 沿着彩虹的轨迹冉冉上升 / 这时人们才相信——/ 自行车是神的发明——/ 骑在自行车上的少女也就是 /——一个半神！"我只能以这么拙劣的文字表达我对自行车的喜爱。

当然我骑过很多辆自行车。我现在骑的这辆自行车跟随我已不下八年了。它是我的一位朋友转赠我的，我接手时，它大约八成新。我的朋友从山东借调到我们单位（都属一个系统）为期四年，他一到北京，就买了这辆车，是新车。这辆车曾陪他度过了一千多个日夜，驮着他跑过许多地方，尤其是一些古玩市场，让朋友顺利地淘到了许多心爱的古玩宝贝，这车还曾和他一起去叩访过京西山地的许多墓地，让朋友在荒烟蔓草、西下夕阳中用目光和手抚摸着那一座座字迹漫漶的石碑，深深地沉入生与死、过去与未来的邈远思绪中，感悟人生真谛。我和他一度常常聚饮、畅谈，就在街边的小吃摊上，我们各自打开一瓶小二锅头，细品慢饮，话语纵横而思接千载。我那时也骑一辆自行车，比较高，已经破旧了，跟朋友这辆结实、漂亮的自行车没法比，但两辆车靠在一起，也像亲密的兄弟，互相并不嫌弃。最后一次相聚，朋友即将离京返鲁，话题中陡增几分慷慨悲壮和依依不舍。我的目光不自觉地落在那两辆自行车上，心中似乎也为它们的分离有几分感伤，没想到，冰雪聪明的朋友目光雪亮洞彻我的心扉，他便将他的坐骑慨然相赠，我看到朋友的眼神那么真挚、热情，便也不推让。从此，朋友的自行车变成了我的宝马良驹，陪伴我在岁月的烟尘中来回奔波，风雨无阻，时常感觉到行动的便捷和飞驰的轻松。

我骑过的自行车，仅来北京后就不下七八辆。但常常不是不翼而飞，就是买来时就是旧的，骑不了一两年就会报废。回首我骑车的历史，除了目前这辆，跟随我时间最长的当属小时候家里的那辆"红旗牌"自行车——天津产的——与目前这辆同出一地，甚至它们本是"一龙生九子"的兄弟也未可知。

我对当初的"红旗牌"自行车感情也颇深，它是我最初接触并用它学会骑行的自行车。我至今还记得，那辆"红旗牌"来到我家时的情景：原本装在纸盒里，父亲把纸盒拆开，然后一边摸索一边组装，当一辆崭新的、锃亮的自行车停立在我家那简陋的屋舍里，真像一匹气昂昂、雄赳赳的漂亮神骏，直令家里蓬荜生辉啊！别提父亲有多高兴了，他满眼都是喜悦，满身都是喜悦。从那以后，那辆"红旗"驮着他上街下县，走村穿巷，立下了"汗马功劳"。那是20世纪70年代初的事，那时候，乡村里自行车是多么罕见。父亲非常爱惜它，每骑行一次回来都要细细擦拭，直到纤尘不染、闪闪发光。父亲还经常给它"膏油"，所以多少年下来，它仍然如利剑新发于硎。父亲当然吝于外借，偶尔借给别人，一般也不会超过一天。有一次被我邻村的干爷借去了，头天傍晚骑走，第二天黄昏还未还回，父亲便打发妈妈带我们兄妹几个一起赶到干娘家守候，好不容易在天擦黑时，干爷骑着车回来了，我们二话不说，就把它接过来，推回家，父亲看到车子安然无恙才放了心。他这样的爱惜它也可以理解。那时候，买一辆自行车是要凭票的，而一票总难求，何况要攒一百多块钱也非多年节俭不能办到，何况他每天去学校教课，步行实在不易，他已

第一章

备尝艰辛。

我从小就被父亲抱到他的"宝马"背上，随着他一道去学校、去县城、去亲戚家。最初还只能坐在大梁上，蜷缩在父亲的怀抱里，十几里路行来，我的腿被硌得麻木、酸软，落地后要很久才恢复知觉。后来又坐到自行车的后座上。有一次，父亲带我们兄妹三人往他的学校去，我和大妹都坐在后面，而路又坎坷不平，果然走不多远，我们就摔倒了，我只好步行，追赶着自行车。也许是从那一刻，我就萌发了自己也要学会骑自行车的念头。从此，只要自行车停在家里而又没有上锁，我都要偷偷地把它推出来，推到门前的打谷场上，让小伙伴扶着我，我歪歪扭扭地骑在车上用力蹬。一开始，当然是不断地倾跌，磕破了膝盖、手掌也在所难免，但骑得一次比一次好，终于可以让小伙伴松开手，让我自己在打谷场上转了一圈又一圈。这大约用了半年的时间。接着，我便到村路上练习，东山坡一侧的长长坡道也敢往下冲，跌倒仍是常有的事，幸亏还不曾栽进路边的水渠。就这样，我终于学会了骑自行车，学会了在公路上快意地奔驰。但是，这仍然只是偶尔为之。直到上了高中，父亲才慷慨地让它成为我的坐骑。

到高中报到的第一天，我是用父亲的自行车驮着行李和米粮去的，这是经过一再向他恳求才获允的。这倒不是他吝惜车子，而是因为我考上的是普通高中，他很生气，对我能否考上大学深表怀疑，所以他一开始叫我挑着担子步行前往。这或许是他激励我的一种手段吧。接下来的一周，我再去学校，当然不敢再向父亲开口，真的是步行去学校，周末回家自然也是步行。晚上洗脚，发现脚上已然起了一个血泡，父亲见状，心疼不已，便说："你还是骑车去吧。"从此，这辆"红旗牌"自行车成了我的专车，而父亲只得步行上班。只是它来到我家已有十年，已然也有一些"老相"了，虽然父亲一直注意保养它。

那时候，能够骑自行车到县城上学的依然很少，甚至连家在县城的学生有的也没有车子，所以，几个有车的人成了众人羡慕的对象。我们常常一道骑车来去，在郊野一个追一个，呼啸生风。周末回家，还可以捎带一个同学。有一个同学个子比较小，要跳起来才能坐到我那自行车的后座上，有一次用力过猛，竟从车座这边摔到那边去了，一屁股坐到沥青都被晒得熔化的路上。

有车就是比较方便，我跟开会时结识的文艺青年一道去新华书店的书库里"访书"，一道在政府机关里串门，都很随意；与住在县城的一位同学成为好友，常一起到他父亲单位里住宿。高考之前还有一次筛选性质的"预考"，头一夜我就和这位同学同住，在这间斗室听着时断时续一夜淅沥的雨声。我辗转难眠，一大早就起床，摇摇晃晃地骑车到了学校，竟也顺利过关。之后连高考也住在家里，照例是折腾大半夜才睡着，清早骑上车去考场，也侥幸考上了大学。现在想来，自己那时也真是大胆，假如自行车在半道上抛锚怎么办？幸亏险情一次都没有出现，想来，我对我的坐骑应是如何的感激。它真的如一匹战马，驮着我冲向战场，驮着我征战，并取得了"胜利"！

当然，记忆并不都是美好的。我曾骑着车在城乡结合部冲上一座小桥，却被一辆板车撞翻掉到了桥底的河水里，幸亏水不深，虽然自行车压在身上但也无碍。水边洗衣的妇女都指责拉车的有些故意横冲直撞，但我连连说"没事没事"，在别人的帮助下从水里爬起来，又骑上车走了。还有就是大学二年级暑假回来，那时我正与另一所大学读书的我高中时的女同学"谈对象"，她让

第一章

我教她骑车,我扶她在打谷场上转了几圈,可是我心思还在书上,就总想让她一个人多骑骑,自己再展卷读上几行,其结果是她屡屡跌倒,乃至碰得身上青一块紫一块的,她一生气,便哭着跑回自己家,我也很抱歉,不一会儿就骑车去她家道歉。那时候年纪太小,真不太懂事。我们后来还是没能走到一起,我对她的歉意自是更加深了。

没想到有关"坐骑"的回忆竟有这么多。这也是可以理解的,人来到这个世间,天天都要跟"物"打交道,天天都要借助"物"来做事,来实现自己的愿望,达到自己的目的,天长日久,怎么会不跟"物"产生感情。比如我目前的这辆车,是友人赠送给我的,更凝结着一段友谊,它天天陪伴我,仿佛随叫随到,载着我往来乎东西,驰骋乎南北,从心所欲,事毕往楼下一停放,它也不声不响,天天都帮助着我。我如果不对它产生一种依恋,反而是不正常的吧,所谓"民胞物与",也正是应该有的情怀。

鞋的故事

鞋是人人必备的行头。它的主要功用当然是护体，保护人体的特定部分——脚。脚虽然在人的全身"地位"最下，其实功劳最大，因为必须每天载着人的身体到处行走、活动包括站立。保护它大约在两个方面：一是防止它受伤，另一就是防止它受寒——脚虽体积不大，但它直接接触地面，所谓"寒从脚下起"，实在是很要紧的事。

我不知鞋起于何时，但我想，在原始社会人类就应该已经知道穿鞋了吧，不过那时的鞋子一定很简陋，用点兽皮或几片破布包一包，将树叶、木片系在脚上，就能对付。中国古代把"鞋"叫作"履"。为什么会有这么个名称呢？唐代《初学记》上有这样一段话："《世本》曰：于则作扉履。《释名》曰：履，礼也，饰足以为礼。亦曰：履，拘也。所以拘于足也。"中国真是礼仪之邦，很早就看出"履"也就是鞋子代表着一个人的身份，不能乱穿。贾谊说："天子黑方履，诸侯素方履，大夫素圈履。"现在似乎还有看一个男人怎样，先看他穿什么样的鞋的经验之谈，好在终于没有规定哪一个等级的人非得穿什么样的鞋子不可了。但出门会客，尽可能穿整洁一点，是对他人的尊重，这种"礼节"还是有

第一章

必要的。

"履，拘也。所以拘于足也。"这一说法是很准确的。鞋子的一大特点或者说要求，是必须合脚——我家乡的说法是"跟脚"。鞋子太小，当然穿不上去；太大，只能趿拉着当拖鞋了，走多一点路就不方便。略大、略小，也都让人不舒服，不大不小——正好。所以鞋店里的鞋子各种型号都有，你要买鞋，只能劳驾你多试试了。正因如此，才会有"削足适履"的寓言，那当然是讽刺，其实不会有这样的人的。鞋子怎样才适合呢？庄子说得好："忘足，履之适也；忘腰，带之适也。"鞋子穿在你脚上，你根本忘记了脚的存在，就是合适啦，那也就是"人履合一"。

也是从"履，拘也"这一点出发，人懂得了以履（鞋、屐）寻人的道理。于是有了著名的童话故事《灰姑娘》。王子在宫廷舞会上对灰姑娘一见钟情，连续三晚都只跟她跳舞。第三天晚上，"灰姑娘要回家，王子要陪着她一起走，她很快又从他身边逃脱了，他跟不上她。但是这一次王子用了一个计策，叫人预先把整个楼梯涂上了柏油。因此当女孩逃下楼去的时候，左脚的舞鞋粘住了，留在那里。"接下来，"按图索骥"到底比较好办，王子虽然也经过一些曲折，但还是找到了灰姑娘，如愿以偿，和她成了亲。这是把以履寻人运用到夸张的程度。因为一双鞋子，能穿上去的人毕竟不止一个，甚至很多，比如《灰姑娘》中灰姑娘后母的两个女儿，万一其中一个也能穿上呢？但这是杞人忧天了，因为这是在童话故事里。童话的可爱也就在这里了。现代的刑侦技术也注重在现场采集鞋子留下的物证，尤其以鞋印的大小、深浅去判断罪犯的体貌，侦探中的高手在这方面可谓出神入化令人佩服。

《安徒生童话》里也有一篇《红舞鞋》很好地说明了"履，拘也"是真理。一个叫珈伦的小女孩因为喜欢红舞鞋，尤其喜欢公主穿的漂亮的红鞣皮鞋，机缘巧合，她也得到了一双这样的红舞鞋。她跟随收留她的那个视力不好的老太太一起去教堂受坚信礼，她一心只想着她的红舞鞋，已听不见牧师说的是什么。下一次去教堂领圣餐，她不顾老太太的反对，仍穿着红舞鞋前往，因为经不住别人赞美、撺掇，跳了几个步子，结果"这双鞋好像控制住了她的腿似的"要一直跳下去，直到人们脱下她的鞋子。老太太病了，珈伦在家看见了红舞鞋，还是想去参加城里的舞会；在舞会上，鞋子让她舞下楼梯，舞出城门，舞到了黑森林里，而且要一直舞下去，哪怕看见老太太死了，棺材抬出了门，她也停不下来，只得请刽子手把她的双脚砍掉……这个故事的"惊人"之处就在于讲到"物"对"人"的控制到了如此地步。穿上了红

第一章

舞鞋,就得不停地舞下去,这是多可怕的一件事。这实际上是对"走火入魔"的心理的诠释,所以它极有"典型"意义。世间多少事情不是如此?只是那"红舞鞋"常常是权力、金钱、美色,甚至是各种"成就"。这也让我想起老祖宗给予我们的"古训":"物物而不为物物"。意思就是人要控制物而不能为物所控制。这真是一种深刻的告诫,哪怕在"科技昌明"的今天,甚至是对科技本身,我们也不能过于迷信。但世人往往不是"见好就收",而是"变本加厉"啊。

中国人知道"履,拘也"的道理,也常常从这一层面加以发挥,实现"为我所用"。唐代李肇的《唐国史补》中有这样一则故事:

猩猩者好酒与屐,人有取之者,置二物以诱之。猩猩始见,必大骂曰:"诱我也!"乃绝走远去,久而复来,稍稍相劝,俄顷俱醉,因遂获之。

我不知道这个故事是一种"纪实"呢,还是一篇"寓言",也不理会猩猩"大骂"是杜撰还是人在体会它的心理。但猩猩经不住诱惑,喝醉了酒,又着了木屐——上了套,再也跑不动,因而被擒,倒足以令人警醒。这是很好的教育贪官的材料,要他们降住心中的魔,破"心中贼",避免蹈了猩猩着屐的覆辙,但往往也是谈何易哉?

鞋子除"拘也"之外,还有一个特点,就是正常人穿鞋都必须是两只(个别的除外)。既然这样就不是"无懈可击",对别有用心者,则是大有文章可做。

多年前,我在家乡参加"文艺座谈会",会上诗人陈所巨介绍一个作者时，说她写了一篇很好的小说叫《鞋》，并复述道：一个男青年在电影院里与一位漂亮的女青年坐在一起看电影，他对她一见钟情，但不知如何搭讪，正愁闷之际，见那女青年把一只脱了鞋的腿架在另一条腿上，遂心生一计，便用脚把那只脱下的鞋勾走，悄悄拾起，藏了起来。结果，电影散场，女青年当然找不到那只鞋了，无法行走——赤脚走在大街上也不像话，那男青年就"见义勇为"用自行车载着她回家。这样便认识了，一来二往，他们谈起了恋爱。新婚之夜，新郎拿出了那只鞋，与先前剩下的那一只（大约是在谈恋爱时，男青年从女青年那里要过来的），成为一双"完璧"，这才真相大白。这个故事，我听到后二十余年不忘，就因为总在思考一只鞋与另一只鞋的关系吧：两只鞋有分有合，这里面确实会产生一些故事。果然，前年在《译林》杂志上，我又读到一篇短小说，似乎与前面的故事有"异曲同工"之处：某小国举行大选，某候选人为争取选民支持，有许多许诺，其中一项是，所有投他票的人都会得到一双皮鞋。如何让选民相信呢？他说他先给每一位选民发一只鞋，当然只能是一样的"左脚鞋"或"右脚鞋"，待大选后他上任了，再发另一只。其结果是选民都投了他的票，当他真的当选了，却将诺言抛到脑后，结果，选民们只好把先前拿到的那只都扔了。他便派人去一一捡回，返还给了鞋店。这篇小说，当然是讽刺"民主"的弊端，让一些小人趁机钻了空子。那个当选"总统"的人，也真够"狡猾"的，竟然想出了这样的一个"绝招"，"巧妙"地抓住人穿鞋必须是两只，而且一左一右不能一样的特点，让"全国人民"都上了他的当。但这种人的下场自是可以想见。因为有句话说得好——可以骗得人一时，不可能骗得人一世。

第一章

无独有偶，我在加西亚·马尔克斯的著名长篇小说《霍乱时期的爱情》中也读到类似的故事：女主人公费尔明娜·达萨的父亲洛伦索·达萨据说曾经发过不义之财，后来被人揭发出来。不妨将这一段文字摘抄下来：

《正义报》还说，洛伦索·达萨曾以低廉的价钱买下了英国军队一船多余的靴子，那时正值拉法艾尔·雷耶斯将军组建海军的时期，单凭这一笔买卖，他就在六个月里把自己的财富翻了一番。据报上说，这批货物到港时，洛伦索·达萨拒绝接收，因为运来的全都是右脚靴子，可当海关按照当时的法律将货物拍卖时，他却又是唯一的参加者，于是，他只以一百比索的象征性价格买下了货物。而几乎与此同时，他的一个同伙也在相同条件下买了一船进入奥阿查港海关的左脚靴子。两批靴子配成对后，洛伦索·达萨利用自己与乌尔比诺·得拉卡列家族的亲戚关系，把它们以百分之两千的利润卖给了新建的海军。

这真是"标准"的商人。所谓"资本来到人间，每一个铜板都滴着肮脏的东西和血"，此为一例。这且不去管它，我们"佩服"的也是洛伦索·达萨"善于"抓住事物的特点，觅隙钻缝而生奸。由此可见，研究和抓住事物的特点去寻找"成功"之道是多么重要。哪怕是对平凡得不能再平凡的事物——比如鞋子。我相信，只要人还要穿鞋，有关鞋子的各种离奇古怪的故事还会源源不断发生。

人生能着几两屐

我发表过一篇《鞋的故事》，不过是撷拾了几段古今中外有关鞋子的逸闻，以见鞋子之于人的重要及其功用特点，写来作为茶余饭后的谈资。

但由此我也想起我自幼穿过的鞋。

我虽不是生在小康之家，但从出生下地至今，倒也没有赤过

第一章

足。当然,有意要赤足的除外。尤其是寒冬腊月,滴水成冰的日子,也从来少不了有一双棉鞋护脚,因此也未感到多么受寒受冻。全家六口人,做到人人有棉鞋,想来也颇不易,全赖于家母一双手,长年累月在灯下拾掇,穿针引线,细铰慢纳。如果措置不当,或许真的会有光足过冬的可能。仅此一样,就足见古语"哀哀父母,生我劬劳"所言不虚。

这说的是冬天,基本上要保证有一双比较新、比较完整的棉布鞋,即便不是当年新做的。而春天和夏天呢?就很难说了,平时或许只有一双平帮单鞋,外加一双胶底鞋就相当不错了。单鞋一穿两三年,便显得有些陈旧,甚至连后帮也踩进去而成为一双拖鞋,穿起来倒是很绵软。那时候似乎家家都少不了有一双这样的鞋,甚至穿得很烂了,人们也舍不得扔。村里人是没有多少闲钱买鞋的,有一双黄帆布胶底鞋和一双雨靴就相当不错了,其他的只得"将就"。但村子里平时穿草鞋的倒也不多,除非要上山"耙柴"或干跑长路、踩烂泥的活儿,穿着草鞋的也就并不鲜见。所以,在雨天、农闲时节,我在村里串门,总看见有乡亲坐在自家堂屋里一板一眼打草鞋。我甚至记得我的父亲也穿过两回草鞋,只不知这草鞋是从何而来的了。

我稍稍记事就曾听母亲说我穿过虎头鞋,鞋尖上绣有老虎的头像,这是被父母当作"宝贝"的象征。可是我似乎一点儿也想不起来了。现在留下来唯一一张两岁左右照的照片,也是穿着一双小小的棉鞋,鞋头已经踢破了,可以想见我如何穿着它在外疯跑,所以磨损得很快。还记得那时虽然有棉鞋穿,偶尔还是会觉得冷,母亲早晨不仅给我穿一双厚一点的袜子,有时还在脚上包一层布。

上了小学，给我印象最深的是夏天没有凉鞋，到哪也是趿着一双旧单鞋。有一年热得不行，向妈妈申请买双塑料凉鞋。那时候，乡村里已经有少数孩子能穿上塑料凉鞋了，但被妈妈拒绝了。她为了安慰我，说自己为我做一双凉鞋。她果然做出来了。她是把废胶鞋的底剪下来，然后用布条缝了凉鞋的襻儿，用的是细针密线，所以这双凉鞋也做得精巧、密实，穿起来也很舒适、透气。我很喜欢这鞋，心想就是有人拿商店里卖的塑料凉鞋来跟我换，我也不会愿意。这双鞋，我一直穿了两三年，大概是在第三年没有穿到夏天结束就坏到不可补救的程度，不得已而扔掉了。

我一直到读完初中，穿的都是母亲亲手做的布鞋。一般是到了寒假，快过年了，母亲会拿出新鞋给我试穿。那鞋拿在手里硬邦邦、沉甸甸的，尤其是鞋底布满密密的针脚，想起母亲在灯下，要多少次咬牙拽那打过蜡的棉线，才得这么一双结实的新鞋，心里自是感激。一开始穿起来也很珍惜，总是小心翼翼地使其不沾水沾泥。但稍久还是不可避免地要沾的，因为家乡冬雨绵绵的日子也并不少。我忽然想起问母亲小时候雨天穿什么鞋，她告诉我，那时候，胶鞋、雨靴还没有传到乡村，人们如果在雨天或雨后出门，总是要穿钉鞋，走动起来哒哒作响。我问什么是钉鞋，她告诉我，就是两块木板，底下钉上木块，连穿在脚上的布鞋一起套进去，再去踩泥泞，便不会把鞋弄湿了。想到过去人们出行是如此艰难，我也就为自己在雨天有一双雨靴而感到庆幸了。我常常穿雨靴，天气暖和的日子穿雨靴稍久，就感到双脚发热，甚至有灼烧感，再不脱下来，脚心就会出许多汗。汗出得多了，就在靴底形成许多泥垢。所以，时间一长，我那雨靴里也是一层泥泞啊，脱下来，其气味非常难闻。

第一章

我去县城上高中做的第一件事,就是去商店买了一双塑胶底布鞋。从此,我似乎就没有穿过母亲做的布单鞋了。有趣的是买这双鞋的当天,老天就跟我开了个玩笑,下了一场大雨。地上泥泞不堪,我要不要穿这双新鞋?最后还是下定决心穿上它吧——穿新鞋,走新路嘛!对我是一个好的预兆,怕什么被泥污染被雨打湿呢?果然沾了一些泥,我也不太在意。至今我仍然认为这是一个聪明的决定,"穿旧鞋,走新路"又有什么意思呢?有意思的是,整个中学阶段,父亲似乎都在用"皮鞋,草鞋"理论鞭策我。他多次说过:如果你考上了大学,那么你穿皮鞋,我穿草鞋;反过来,你要是考不上,那你就穿草鞋,我穿皮鞋。在20世纪80年代以前,父亲也从没买过一双皮鞋。但到我真的考上大学,准备行装时,似乎也没有钱为我置办一双皮鞋。不过,我还是拿钱买了双疑似绒革做的单鞋,即形状像浅口布鞋,但是皮质,外面有一层浅绒(我甚至认为那是鹿皮)。我很喜欢,可惜是有点大,不太合脚。到了学校,见到不少同学都穿的是皮鞋,我的这双"准皮鞋"就显得有些单薄,甚至寒碜。而当初在乡村,它却是蛮"贵气"的。大约过了一两个月,我终于挤出一点生活费,上街去买了一双皮鞋;可惜从来没有这方面的经验,但也许是为迁就"美观",买来的皮鞋仿佛生铁铸成,硬得不得了,穿上去当然挤脚磨足,没几天,我的脚就磨出几个大血泡。我记得刚买来时,我还拎到校园宿舍楼中间的一个小铺子,请修鞋的师傅给后跟钉上了铁掌,像许多同学一样,走在水泥地上,咔咔作响。这在当时很时髦,以为很"帅气",所以我未能免俗。

很快到了冬天,我在长江边的小城里,夜晚上自习,穿着皮鞋,还是觉得脚冻得快要麻木。正为此发愁,父亲给我寄来了一双妈妈刚给我做好的棉布鞋，厚实温暖，我穿上去一下子觉得暖和多了。数百里外寄来的布鞋，联络着我的家，连接着父爱、母爱，无限的亲情。

从此以后，我习惯于穿皮鞋了，穿过多少双也没有记录。在南方时，一般也很少有人买毛皮鞋过冬。但我在大学毕业后的第一个冬天，还是买了一双小时候就羡慕别人穿的那种又大又笨重的黄色毛皮鞋（也就是军人穿的大头鞋），这样在工作单位过冬，也可以读书到深夜了。

"人生能着几两屐"。这句出自晋人的话说得是不错的。虽说现在买一双鞋不算多难的事，但一双鞋怎么也可以穿一段时间，甚至几年，那么人生百年，实实在在穿过的鞋其实也是很有限的，而能记得住的，屈指可数。这么说，我穿过的那些鞋以及对它们的记忆又何尝不是珍贵的。

第一章

镜子的奥妙

镜子恐怕是每个人一生中打交道最多的物件。因为普通人每天都要照镜子，看镜中自己的容貌、气色如何，看自己的头发梳理得是否熨帖，胡须打理得是否成形或者剃刮得干净与否，当然还有衣物穿戴得怎样……

镜子的功用就在于它能真实地反映物件，这当然说的是平面镜。按照科学的说法："在平面镜子上，当一束平行光束碰到镜子，整体会以平行的模式改变前进方向，此时的成像和眼睛所看到的像相同。"这就是平面镜能真实反映物态的原理，非平面镜（凸透镜和凹透镜）姑且不论。

由此，镜子成为我们认识自身的最好工具，我们每个人都是通过镜子才对自己的形象有一个基本的了解。李商隐有一句诗："八岁偷照镜。"其实这讲的是主人公有意识地欣赏自己的美，而人对镜子或者说镜中的自己感兴趣要早得多。据弗洛伊德的理论，人是从四岁前后开始逐渐具有"我"的意识，验之以我小时候的举动，我是比较同意这一说法的。我至今还记得四岁左右的我爬到一张方桌上，拿起条几上的镜子，第一次看到自己形象时的欣喜：哦，原来这就是我呀，这么个好像还比较可爱的儿童，亮亮的眼睛，黑黑的眸子转呀转啊，多好玩啊！我又做出各种表情，镜子都能及时地反映，这让我愈加感觉到惊奇。

此后，我有相当长的一段时间迷上了镜子。我不仅拿它照自己，也拿它照屋子和屋子里的陈设。镜子里的室内空间和陈设，既给我以很强的真实感，又奇怪地给我以虚幻感，因为它的"视角"与我的视角不一样，甚至是反的。这种感觉恐怕是所有人都具有的对镜子的最基本的感知，人类对镜子产生的种种意识、认知与想象或许正基于此。我还把镜子拿到室外来照天空，那么高远广阔的蓝天白云，却似乎"欻"的一声缩身进入了我手里的镜面，被拿捏在我的掌间，这多么神奇啊！打眼乍一看，那蓝天白云近在咫尺，再仔细看，镜中的蓝天白云也是那么广阔高远。不！这时我应当用深邃来形容才对。而我们对某物一旦产生深邃的感

第一章

觉，怎能不产生敬畏之心！

我还用镜子照远处一抹淡淡的青山、向那远山蜿蜒而去的村路以及路边的两排高高的杨树，它们似乎都在我的镜子里渐行渐远。我轻轻地移动镜子，捕捉到了一群飞鸟和一只高高地翱翔于云中的苍鹰，那苍鹰在镜中越变越小，最后只变成一个小黑点，不禁让我感到神秘：它会飞到哪里去？它会从镜子里消失，也许它会飞到镜子之外，那么镜子之外是哪里？镜子之内与镜子之外有什么样的关系？它们会不会联为一体抑或它们原本就是一体？我能不能真的跨入镜了？我会不会从真实界跨入虚幻界？那时，似乎还没有"穿越"一词或者说没有它现在所指的含义，我也没有明确地具备以上的观念，但事实上潜意识仍在脑子里活跃着，或者说我实在是好奇，由此不自觉地产生遐想。

镜子是容易让人着迷的物件。我觉得古今中外应该有无数关于镜子的迷人的故事才对。希腊神话里的美少年那喀索斯看到水中自己的倒影，并且爱上了他，不能自拔而化为水仙，不妨看作是人类第一次意识到镜子的妙用。考古学家发现最早的镜子是用黑曜石做的，可追溯到约公元前6200年。美洲神话中的"黑暗与纠纷之神"特斯卡特利波卡，他的名字意为"冒烟的魔镜"——那个魔镜就挂在他的后脑勺上，是块黑曜石，朦胧似烟，能预测干旱的结束，把它藏起来呢，则延长了灾荒，而且能用它看透每个人的内心。无独有偶，中国的传说里也有一面类似的镜子。汉高祖刘邦攻进咸阳，在宫廷里发现秦始皇的宝库，其中"有方镜广四尺，高五尺九寸，表里有明，直来照之，影则倒见，以手掩心而照之，则知病之所在，见肠胃五藏，历然无碍。又女子有邪心，则胆张心动，始皇常以照宫人……"（见鲁迅整理的《古小说钩沉》）这也就是说，人类在文明的初期，总是不约而同地将镜子神化，赋予它神奇的功能。许多民族将镜子作为随葬品，比如埃及人认为，镜子有助于保护人的灵魂，并能使之向另一个生命轮回过渡。所以镜子也常被用作宗教礼器。在德尔斐的阿波罗神庙里，墙上的一面镜子模糊地显示一些东西，人们便以为那是"众神的尊容和神座"，以此确信镜子与众神世界取得沟通。中国的道士似乎也持这种观点，所以在做法事时，少不了要用一面圆镜，那圆镜或许正可以叫作"照妖镜"。甚至到了清朝，伟大的小说家曹雪芹还赋予镜子以不可思议的超凡的功能，那就是所谓的"风月宝鉴"，贾瑞因为不听善言，非要照那有极美丽的狐魅妖女的一面而断送了性命。

到了现在，仍有一些关于镜子的虚无缥缈的说辞。在我的家乡，如果谁家认为门前有别人家或什么物件阻碍视野，便认为是挡了风水，除了把大门儿特意扭转一些施设，还会在门框上端镶嵌一小面圆镜，这样似乎就可以把邪秽挡在门外。另外，许多地方的人们认为镜子不能放在卧室里，这样会破坏夫妻感情；镜子不能放在厨房，会败了火气……

其实镜子就是个能照见物的物件，只是因为它的角度与我们不太一样，使人觉得有些怪异，从而引发无限联想；加上照射到镜面上的光线总是有变化，容易使人产生幻觉，以为里面有魑魅魍魉。实际上哪里有，就像这个世界上根本没有鬼怪神仙一样，如果说你看见了怪怪奇奇，可能是因为你心中存在怪怪奇奇，外界的或者说镜面上的乖张怪诞，很可能是你心中乖张怪诞的折射。

但是，是不是这么一说，就令我们觉得镜子索然无味了呢？我认为也不必。镜子的折射原理、镜子的功效还有可以进一步探索、研究的地方。就是在文学作品中,镜子也一直存在,甚至永远存在独特的魅力。从古今中外那么多的咏镜诗中可窥一斑。

中国隋朝李巨仁有《赋得镜诗》:

魏公知本姓,秦楼识旧名。凤从台上出,龙就匣中生。
无波菱自动,不夜月恒明,非唯照佳丽,复得厌山精。

在这首诗里龙与凤、人与怪都有了,可见这面镜子确实非凡。

人们都很喜欢的阿根廷作家博尔赫斯,晚年更多地关注到镜了,因为他晚年逐渐失明,他看到镜子里自己的面容由比较清晰变得逐渐模糊,直到最后影影绰绰、混沌一片乃至荡然无存,试体味一下,这会是怎样的一种心境。

他在《瞎子》一诗中说:

我那枯竭了的眼睛枉然地
搜寻着看不见的书架、看不见的报刊
蓝和红如今变得一样迷离,
成了两个完全没用的字眼。
眼前的镜子只是一片灰蒙
……

但他对镜子仍保有记忆和情怀,《致镜子》诗云:

不倦的镜子啊,你为什么那么执着?
神秘的兄弟啊,你为什么要重复
我的手的每一个细微的动作?
你为什么会成为黑暗中突显的光幅?
你就是希腊人所说的另一个自我,

> 你时时刻刻都在暗中窥探监视。
> 你透过飘忽的水面和坚硬的玻璃
> 将我跟踪，尽管我已经成了瞎子。
> 我看不见你，却知道你的存在，
> 这事实本身使你变得更加可怖；
> 你是敢于倍增代表我们的自身
> 和我们的命运之物的数目的魔物。
> 在我死去之后，你会将另一个人复制，
> 随后是又一个，又一个，又一个……

这个"从小就害怕 / 镜子把我照出另一张脸"的诗人，在此或许正触摸到了与其说是镜子不如说是人与镜子关系的奥秘。所以他在早年的一首散文诗《遮起来的镜子》里，揭示了人们对镜子的恐惧："我记得自己总是惴惴不安地窥视着镜子。有时候害怕镜子会失真，有时候又担心自己的容貌会莫名其妙地在镜子里走形。"他结识的那个性情抑郁的姑娘，内心里有一种与爱绝不相容的紧张，他对她讲了自己对镜子的感受。结果怎么样？"她疯了，把卧室里的镜子全都遮了起来，因为镜子里映出的是我而不是她"。

第一章

塔的臆想

"南朝四百八十寺，多少楼台烟雨中。"佛教传入中国后，古老的华夏修建了多少寺庙，又有多少玲珑、秀丽的高塔随之在大地上涌现。这些寺庙已有多少在历史尘烟中毁弃，但塔似乎比那些寺庙更能经受风雨的侵蚀与人为的摧残，至今仍有许多屹立于河山之间装点着风景，隐映在古刹丛林当中更显神秘。

众所周知，塔即佛教所说的"浮屠"，本是佛教徒去世后用来埋骨或供奉舍利的建筑。它与人间的住室不同，似乎上下浑然一体，就像一根巨型的竹笋；不管塔座和塔身如何变化，整体都呈嶙峋状，节节向上，愈往上则形状愈尖，耸入天空。这就透露了消息：它是通往天界（或仙境，总之是非人间）的通道，就像基督教、天主教教堂上的十字架，高高地矗立，把人的视线和思绪引向缥缈的天国。这大约是一切宗教都企图导人脱离人世苦厄所应有的姿势吧。

塔一开始出现的时候，大约体型是不会很大的。我在北京西郊的一些寺庙里看到一些塔林，大都只是一两米高的塔，正好适合埋葬一位僧人的骨殖或骨灰。（这让我想起苏轼的诗句："老僧已死成新塔。"）为何要这样办？大约就不用埋葬在土里，以此脱却一些轮回之苦吧。但后来，无论是在佛的诞生地印度还是我们中华文明古国，塔都越造越大，越造越漂亮。尤其是在我国，一些塔简直是脱离了佛教的实际用途，被赋予种种别的意向。比如风光的点缀，抑或起到镇压的作用，亦即所谓保护风水不外泄，给当地带来好运等亦未可知。

确实，在古代，一般建筑都不会很高，但塔可以造得很高，这就给人以登临俯瞰、一览山河的机会。杜甫的名作《同诸公登慈恩寺塔》，一开篇就极言此塔之高："高标跨苍天，烈风无时休。"因为高高地耸立在云空中，所以一天二十四小时都能感受到"呼呼"的烈风。老杜进一步形容："仰穿龙蛇窟，始出枝撑幽。七星在北户，河汉声西流。"其高真可谓无以复加矣，因为它已深入银河！这塔就是有名的西安大雁塔。它的出现当然跟佛教有关，系曾到"西天"取经的玄奘主持修建，所以老杜说："方知象教力，足可追冥搜。"（所谓象教即佛教）唐朝的新科进士都喜欢在考中后来此塔题写自己的姓名，除了名扬天下，大约也寄寓着自己能借着这座宝塔向上的气势而平步青云之意吧。可惜我当年到西安，游大雁塔，却无端吃了"闭门羹"（院门关闭），所以不仅没能登临而"一览众山小"，更无从将姓名题写其上，怪不得一直淹蹇如斯，呵呵！

正是因为塔是一种高大的建筑，它很有一股凌云直上的气势，所以它建造起来，很能弥补所在之处风景的不足，或者反过来更可锦上添花，甚至达到"画龙点睛"的效果。毫无特色甚至河山破烂、荒凉的地方，倏然涌现一座高塔，也可以凝聚人们的关注，给人以飞动的感觉和思绪。这也使我想起美国诗人史蒂文斯的一首诗：《坛子的轶事》。他说"把一只圆形坛子放在田纳西的山顶"，

第一章

结果发现:"凌乱的荒野／围向山峰。／荒野向坛子涌起,／匍匐在四周,不再荒凉。"一只坛子的出现,因为有人的意念的参与而改变了整个秩序,遂有一种"点石成金"般的效验,何况是一座八角攒尖、岿然屹立的塔呢?何以人们都喜欢在塔的前面加上一"宝"字,也绝非没来由了,因为塔如果修得好,与周围的风景相映成趣,相得益彰,的确是很美妙,很可爱的。

塔的形状越往上越尖锐,这应该也符合建筑学原理,起码,它的底部庞大,则给人以沉稳、深重的感觉,不仅给整座建筑以不可动摇的稳固性,也给登塔的人带来安全感。而这种"沉稳性",很容易使人浮想联翩:用塔可以罩住什么或镇压什么。于是,在中国便有了"宝塔镇河妖"的俗话,有了雷峰塔下镇压了一条修炼成精的白蛇即白娘子的传说,也还有许许多多的文昌塔、文峰塔,希望借建此塔,凝聚风光,团聚文气,使得当地人才辈出而文运昌胜,其意何尝不美!但始料不及的是,其初的镇压一说,却未必尽合民心。典型的就是这雷峰塔。我来到西湖边上,首先就急切地前去瞻仰它的遗址并参观新建的更高、更大、更辉煌的雷峰塔,但让人萦怀不已、流连忘返的还是那已形如一堆废土的旧塔之础。我想起旧雷峰塔倒塌,人们都希望,从此释放镇压在里面的白娘子。现在又有了新塔,人们做何感想呢?大约只是为了让人们缅怀从前的旧塔,从而发思古之幽情吧。

与其说江山如画钟于一塔,不如说有了一塔,便唤醒了当地的风光。其意义是风光本是"无意的""死的""呆板的",有了塔则一切"跃如"也,就有了"人"的意志的体现,有了"人"的无穷意韵,也就是说,一切风物都变成"为人而存在"的风物,这在"人间"是多么的意味深长。于是,一旦有了塔,塔便与本地风光密不可分,如果分了,一地风景便索然无味,那么,这塔变成了当地"标志性"的建筑则毋庸置疑。试想一想,如果说到煌煌上庠——北大,那么人们很自然地会从脑海里浮现出"一塔

第一章

湖图",未名湖畔的博雅塔不仅装点得湖山更好看,而且具有引领天下文风的象征。我的家乡安庆也有一座名塔,那就是江边的振风塔,建在迎江寺里,塔身是那么高峻,层层棱角分明,甚至有翼然如飞之势。在长江上航行从很远就会看到它雄伟而秀异的姿影,当年交通不发达,多少游子一年难得回乡一次,而在返乡途中一看到这塔影,周边一市八县的人们便知道故乡近了!回到故乡了!而千万里遥迢的长江上,似乎也就有这么一座漂亮的宝塔耸立江边,给当年的船夫桡子以多少力量!所以我乡一直有一句俗语流传:"过了安庆不说塔",那也就意味着,告别了这塔也就是异乡。

我所生长的乡村附近没有一座塔,一直令我感到遗憾。距我家七八里远的西山上,曾经有一座塔,却不知在什么年代因战火或因风吹雨打而倒塌了,但它留下了一个引人遐想的名字:雉鸡塔,常常让我想象,是不是此地曾有"仙禽"临降?我到了江城芜湖上学,听说在长江与其支流青弋江两水汇合处,立有一座高塔,便想无论如何尽早去瞻仰,于是在第一学期某个星期天早晨赴去看,结果看到了一座周身落满尘泥的铁塔在江边沉默不语,仿佛沉浸于自己的往事抑或一直苦苦等待着什么,这一幕在我的心底激起了波澜,我至今还记得它那一身黝黑的样子,并在我当初的习作当中留下它的身影。而最让我难忘的还是在北京分配工作后,与新入职的同事到房山的基地参加培训,基地院外后山上,就有一座塔,但是风雨经年,当地人可能一度不注意保护、修缮,这座塔只剩下半边身子了。它像是被雷电的巨斧凌空劈去了一半,从头到脚被开膛破肚,只剩下一半,就那么将被摧残得模糊一片的五脏六腑向整个世界袒露着——似乎并无意倾诉自己所经历的苦难，只是自然地显示着自己所经历的一切，让人看到后，感到一种莫名的震撼！我的内心仿佛也被一道雷电击中，我一直想以这座半边塔为题写一首诗，尤其当我陷于人生的至暗时刻，我总是想起它，如果真的要为它写首诗，那么一定会有一种自况的意味。

可以说，每一座塔都有它的故事，都有它的来历与去处即其建造、存世、损毁的历史；每一座塔，都唤醒隐藏在人心底的震撼、感动、启迪及记忆。中国的大地上有多少座宝塔，其中又有多少是名塔，我多么想去一一叩访，从它们的身上寻访天、地、人的贯通与合一及其沧桑，那么，我对人生的境界会有不同的领悟吧。作为一名诗人，我幼年就从"宝塔七层，高举金鞭对白日"这一比喻修辞中获得启发。在众多的神话人物中，我最喜欢的是同姓的"托塔李天王"，也就是神童哪吒的父亲，他有如此巨大的臂力和掌力，用手中的宝塔就可以控扼人世的妖魔古怪、污泥浊水。于是长大后，我渴望在写作中能够"鞭辟入里""举重若轻"，至今仍想把无数塔影牵引到我的笔下，萦绕在我的笔尖，那么我的作品大约也会获得一种不朽的品质吧！

第一章

手表的颂歌

　　人类很早就意识到时间的存在。这似乎是一种本能，因为人们看到每天的日升月落，一季的花开花谢，动物包括人的出生、长大与死亡，还有自己体质的由弱变强、由盛及衰，自然体会到一切都在时间的长河里旅行，或者说都在时间的掌控之下。人们也很自然地想到要把时间记录或者标示出来。

记录时间最初是近乎本能地注意到日影（太阳照射物体留下的影子）的移动，接着是把日影投射到一个固定的刻度盘上，从而对时辰有一个较准确地把握，于是有了日晷，随后还有沙漏、宫漏（水钟）……但这些计时办法都有一定的局限，也不能做到十分准确。直到钟表的发明，人类才用准确的刻度将时间进行计量。

今天，我们已经很容易从有关资料查阅到钟表的历史：公元13世纪，欧洲发明了擒纵器（类似的装置其实中国唐代的天文学家僧一行就曾创制）。这是介于"传动机构"和"调速机构"之间的一种机械结构，一擒一纵，一放一收，循环不已，由此构成机械钟表的灵魂，于是机械钟表呼之欲出。1283年英格兰的修道院出现史上首座以砝码带动的机械钟，16世纪德国有了座钟，1657年惠更斯利用摆动的频率造出第一个摆钟，1840年英国的钟表匠亚历山大·贝恩发明了电钟，1948年美国创造了世界上第一座原子钟，20世纪开始进入石英化时期……人类就是这样，把时间"擒拿"过来，仿佛让它乖乖地"听从"人类的调遣。这当然是一种错觉，如果说世界上真有"时间"这么一种东西，它其实是无始无终的，即便有开始，它也是自"宇宙"形成即"开天辟地"那一刻开始，它便按着自己的"节奏"，一秒一分，有条不紊地向一个方向运行（消失），它不会因为世界上任何事物所动，更不会改变自己的"步速"。

人类对时间的感觉和"掌握"发生的一个巨大的飞跃是手表（腕表）的出现。其时间点众说纷纭，一般认为1880年左右专为女士设计的腕表首次亮相，到了1910年前后才诞生了男士腕表。甚至有一种说法：一战期间，某名士兵为了看表方便（在此之

第一章

前，已有怀表）把表绑扎固定在腕上，这样抬手可见。1918年瑞士一个名叫扎纳·沙奴的钟表匠听到这个故事，受到启发，开始制造一种体形较小的表，并穿上表带，可以扣在腕上，由此手表真正问世。随后几十年间，风行世界，一般有一点经济基础，有一点"身份"的人，都要买一只手表戴在腕上，这一举措的意义是巨大的，一是可以确切地知道时间，便于规划自己的行程；二是一种身份的象征，表明自己是个有时间观念的人，同时也是个有经济基础、有事业的人；三是起装饰点缀作用，使自己衣履更时尚、更潇洒、更漂亮……由此我想，自从手表诞生，人类与时间的关系可称得上真正进入现代阶段：时间概念已变成一个普及全球的意识，哪怕是一个平民也开始具备明显的、很强的时间观念；全球可以按照同一时间来记录和计量，或者按某一公认的时间（如格林尼治）来推算或校对当地时间；时间的"获取"（或"获知"）更方便，更直接……总之，自从手表普及，无形的甚至可以说抽象的时间有了具体的形式，它如翩翩而飞的昆虫、蜂鸟飞落上我们的手腕，用"沙沙"或轻微的嘀嗒声告知我们现在处于一天二十四小时的某一时刻，提醒我们要与时间同步抑或放松下来，进入休闲或睡眠状态……

我是20世纪60年代生人，到我记事时，村里尚未有一座时钟，更不用说手表了。但乡民们计时的"工具"有很多种：鸡打鸣、太阳升、广播响（节目中间会突然冒出几声"嘟"响，随即有播音员告诉人们：刚才最后一响是北京时间X点整），当然还有那种最古老的办法，就是看日影的移动。记得我的母亲就常要我看看照射到室内的阳光退没退出门槛，以此判断到没到煮饭的时间。待到我走出村子去上小学，已经能够不时地遇上戴手表的人了。我的第一个老师(按古代的说法应该叫"蒙师"即启蒙老师)兼班主任方燮灼先生就有一只很漂亮的上海牌手表,一看那表就知道有些年头了,但因为保存得很好,所以完美如初,同时还配有精致的皮质表带,扣在腕上,特显精巧、美观,也显示出方老师的身份与其他人略有不同——他不仅是公办教师,而且家在县城,他是一个真正的城里人。他分外爱惜这只手表,戴、摘、存放都非常小心。炎夏之际天热多汗,他还要在戴手表的腕上扎一条干毛巾,以吸收汗水,使手表免受汗渍。除了他,学校里其他教师几乎都不戴表,个别老师偶尔有了一只手表,也不会是"名贵"的上海牌。上课敲铃,当然只能依据古老的座钟。同样作为一名教员,我的父亲也几乎没有戴过手表,短暂地戴过几天,也终因"不习惯"而摘下处理了。因此,除了上课,他们也只是估摸"大概"的时间来行事。当然,随着时间推移,农村里的手表在渐渐增多,到了20世纪70年代末80年代初,青年人结婚,家境好一点的已提出要准备三大件,即自行车、手表、大衣柜(或电视机),七十年代的上海牌手表是一百多元,差不多跟一辆稍好一点的自行车等价。

我也几乎没有戴过手表,更没有戴过名贵的手表。一方面自是嫌贵,一方面也不习惯,甚至担心哪怕在洗手的时候,把手表摘下放在水池边却忘记带走(这样的事经常会有)。如果要准确地说是否戴过,我得承认也曾短暂地戴过,形状、牌子全然不记得了,只记得有一只金属表链比较松垮,又无法把它截短。另外,我在二十世纪九十年代戴过一阵电子表,因为那表样式还比较可爱,但不知为什么不到一年,就坏了即不再显示时间,只得遗憾地将它当作一废物弃去。说真话,我还是喜欢机械表,哪怕每天

第一章

要给它上弦（这也得不厌其烦）。因为在我的感觉里，这种机械表里的装置，齿轮与齿轮相互咬合、转动，仿佛是个活物，总让人着迷，何况"咔咔""咔咔"走动的声音，也像一颗心脏在跳动。因此，当我来到天津市区，在靠近海河的街头看见一只巨大的钟表内脏露天裸示出来，看着那巨型装置在有条不紊地运转，我总被吸引，乃至要一看再看。这时我总会想起台湾诗人余光中的一首咏表诗——《水晶牢》：

> 放在镜下仿佛才数得清的一群
> 要用细钳子钳来钳去的
> 最殷勤最敏捷的小奴隶
> 是哪个恶作剧的坏精灵
> 从什么地方拐来的，用什么诡计
> 拐到这玲珑的水晶牢里
> 钢圆门依回纹一旋上，滴水不透
> 日夜不休，按一个紧密的节奏
> 推吧，绕一个静寂的中心
> 推动所有金属磨子成一座磨坊
> 流过世纪磨成了岁月
> 流过岁月磨成了时辰
> 流过时辰磨成了分钟
> 涓涓滴滴，从号称不透水的闸门
> 偷偷地漏去。这是世界上
> 最乖小的工厂，滴滴复答答
> 永不歇工……

尘世物影

  应该说,这首诗写得像机械手表的内部装置一样密致、精巧,把那些细小的构件比喻成"小奴隶",也可谓形象生动(但谁不是时间的奴隶呢?)。诗的结尾仍然要回到时间上去,因为手表成为时间的化身,诗人说:"贴你的耳朵在腕上,细心地听/哪一种脉搏在敲奏你的生命?"

  余光中的这首诗或许是受到聂鲁达的影响。聂鲁达出版于1954年的诗歌集《元素的颂歌》里有一首诗——《夜间献给手表的颂歌》,似乎是一首情诗,咏诵的是"我"送给爱人的一只手表,所以诗人说:"夜晚,我的表/宛似萤火/闪耀在你的手上/我听到/它走动的声响/像喃喃耳语。"他提到"表,继续用它小小的锯子/切割时间""一盘小小的磨/在磨着夜晚",并感受到"我"跟这一切的关系:"我将手臂/放在/你看不见的脖颈/与温和的体重下面/在我的手心里/落下了时间",让人感受到因为时间的渗入,而万事万物融为一体的感觉:昏暗的水/从手表/流向你的身躯/从你流向家园/昏暗的水/落下/并流向/我们的心田……

  确实,我们每一个人都是时间之子,我们从时间的长河里结晶出来,最终还会化为"昏暗的水",返回融合于时间的长河。我们所用的手表和一切钟表,不过是我们后天赋予我们所经历这一段过程的标记,犹如"刻舟求剑"之人在船舷上刻下的痕迹……

第一章

钱的诱惑

所谓钱,就是财富的象征或符号。小时候,我并不懂得这一点,但我知道,用它可以买来许多好东西,比如吃的或玩具。尤其是后来我喜欢上了图书,特别希望有充足的钱把好书都买来。所以,我也是喜欢钱的,甚至十分渴望拥有它。即便长大后,也不会像西晋人王夷甫那样清高,从来口不言钱,见到它只称"阿堵物"。

因为父亲有一份工作,能拿一份工资,虽然日子也过得艰难,但多少比村里地道的农民之家要稍微富裕一点,其表现就是平时手边有几个活钱,而农民们只能等到午终才有可能通过"分红"分得几十块,最多百十元钱(有的还会分文不得甚至倒欠)。因此我在家里的角角落落偶尔也会"淘到"那么几毛钱,父亲有时也会有意无意地给我几枚硬币,这样日积月累,我就能攒下一元两元,妥妥地在腰包里揣好,跑到两三里外的供销社或五六里外的小镇书店里,久久地徘徊在那摆有一两册图书的玻璃柜前,反复掂量比较,才下定决心把那钱掏出来,递给店员,换来一、两本心爱的小册子或连环画。稍厚一点的书就不敢问津了。有一天,供销社里竟然来了一套长篇小说《李自成》,因为略知一点李自成的故事，看到那古色斑斓的封面设计，我对这部书当然极为渴望。可是，定价超过了两元钱，我到哪里去凑齐呢？于是跟母亲"蘑菇"，说是先预支压岁钱，但终是无果，只得把那不舍的目光从书上收回，不甘心地怏怏而归。

每到此时，我才真正体会到：钱啊，钱！你是多么重要！没有你，简直什么也不可得，简直是一无所有。"一文钱难倒英雄汉"，这话说的是多么准确啊。于是，有一段时间我想开发点"财路"，好积累一点钱，比如捡些废铜烂铁、鸡毛鸭毛卖卖，但收效甚微。有一回听说晒干的槐花可以由供销社收购，我的许多同学跃跃欲试，我也心有所动，但别人到底付没付诸实施，我已忘记了，但我肯定是没有，大约我是未能确信槐花可以换钱，也不知道多少槐花可以换得一元钱吧；也可能这跟我手边总可以积攒一些硬币买些必需的文具，倒是不必如其他的同学那样犯愁有关。

或许正因如此，我在与外界交往时，倒也显得并不"爱财"，不太喜欢与同伴计较那么一点钱。在遇到钱财时，手脚总是很干净，好像从未占过小便宜。如果不是对心爱的图书总有一种得到的欲望，夸张一点说，我简直是对钱没有什么感觉。

其实，钱对我的诱惑始终是存在的，有时遇到钱财在前，而我又可以在不被别人发觉的情况下得到它，我心里也曾有一番激烈的斗争。正如莎剧《哈姆雷特》中的那句经典台词："To be or not to be, that is a question"，这钱拿还是不拿，委实令人纠结，内心有一根绳子一直在拔河。但聊以自慰的是，在做决定的一刹那，我总算站稳了脚跟，没有被贪念和欲望拽到那边去，即便有稍稍动摇，也在外力的影响下，很快退回来，站稳了脚跟。

我在一篇题为《货郎》的文章中，写到邻村的一位货郎老爹，

第一章

我经常去他家买些小物件。但我没有提到，我因为与这位老爹的小儿子是小学同学，平时偶或也去他家玩，邀这位同学一起去学校。我在他家那陈放杂物的三脚架上，就经常看见随意置放的零钱，一元两元、几角几分，或一扎毛票都是有的，而他家清静得很，常常只有我们两人在。我承认，看到这些毛票，我的眼前就浮现小镇上那家新华书店柜子里陈列的一册册图书，那些光看书名就让我渴望不已的漂亮图册，我心里便滋生出掠走这些或其中一两张毛票以去换得那些好书的念头。这念头是那么清晰，简直直冲门面而来，顿时让我脸热心跳，跟同学讲话都不大利索了。拿还是不拿，我内心忐忑不安，但最后想到，人家如果发现短了钱，也必会想到只有我去过他们家，那么第一时间就会想到我；而假若当面问我，我总不能矢口否认吧？而如果承认，那将会多尴尬！我平时留给乡亲们的印象那么好，如果曝出这样的"丑闻"，岂非让人大跌眼镜，那将情何以堪？想到此，我掉头而去，目光再不往那些毛票上投放，心里也顿时轻松了下来。战胜了一次欲望，我在心里也感觉到一份骄傲。

心中拔河的那根绳子，也有拔过了界而后又退守回来的情况。那一年，我大约已十二三岁了，有一天，因为要去供销社打煤油什么的，照例是跑到放有几本图书的玻璃柜前逡巡，这时正好邻村一个女孩——比我大三四岁，因为父亲在外地矿山工作，她家生活相对较好，她长得也像个城里姑娘——来到柜台前，正朝柜台那边的橱窗里凝望搜寻要买的货品。彼此简单地打了个招呼，我见她伏在柜台上，将手里的一张两元纸币放在玻璃台上，还将摘下的草帽压在上面，过了一会儿，她到别的柜台前去寻觅商品，却只拿了草帽而把那两元钱遗落在那里。供销社除了一两名店员，几乎没有别的什么人了,而那两元纸币静静地躺着,那鲜艳的图案仿佛放射出诱人的光芒,我顿时屏住了呼吸。她为什么不记得把钱拿走?她是不是根本都不在意这两元钱?我自欺欺人地这样想着,瞄了瞄她远去的身影,手便不自觉地伸向那两元钱,心却剧烈地狂跳起来。我迅速地把钱攥入手心,转身离开供销社,快步赶回家。这时心儿犹自怦怦地跳得很响,那张纸币如同烧红的铁片烫着我的手,我忙不迭地将它塞进一只空的火柴盒里,似乎这样它才像一只不起眼的昆虫而不会像炸弹爆炸一样。我刚把钱藏定,院子里就响起急匆匆的脚步声,果然是邻村那个漂亮女孩赶来了。她问我捡了她的钱没有,我几乎没有迟疑地回答道:"捡了。"她松了一口气,我对她说:"我这就拿给你。"她好像还道了声谢,拿着钱转身走了,可是我像傻了一般站在那里,半天没有动弹。我的脸大约是红一阵白一阵吧,我后悔自己不该捡别人的钱,应当即就还给她,而不是拿回家,一种羞耻感怎么也消散不去。这天傍晚,我去池塘边担水,还见到这个女孩的弟弟正和我们村几个伙伴一起游泳,他竟然还感谢我捡了她姐的钱又还给了她,我则羞愧得一句话也说不出。

似乎没过多久,我又一次遇到捡钱的事。我们放学走在公路上,正遇到一辆拖拉机从身后赶来,我和几个调皮的男生互相使了个眼色,就一个个不约而同地窜上去,扒上了拖拉机的车边。拖拉机突突地往前开着,带出的劲风朝后吹拂。突然,风里翻飞出一张张花花绿绿的纸片,看上去极像纸币。我还在疑惑,早有身手敏捷的孩子抢先跳下车嚷道:"是钱!是钱!"我们听到,也一个个跳下来,到路上捡这从拖拉机驾驶室里飞出来的钱。我总共捡了两块来钱,这真是一笔从天上飞来的意外之财,我们一个个兴高采烈,如获至宝。可是拿这钱做什么用呢?我当然是想买书。我仍是在供销社的那只摆有图书的玻璃柜前左挑右选,最后选中了一册《红岩》,大约因为价钱正好符合这笔倘来之物。我看了一遍小说,还将他借给公社里的一位干部,并到处嚷嚷这本书的来历,结果这事传到学校的代理校长齐老师耳朵里,他让我的班主任告诉我,必须把书交给学校,否则拾金而昧,年终就不予评"三好学生"了。我从来都是"三好学生",今年怎么能评不上呢?我只得乖乖把书交给了老师,从此再也没见过此书,心中一直惦念着。

小时为这一元两元钱,竟有这么一番曲折的心路历程,倒是始料未及。大约也很正常,因为人活在这个世上,每天都要面对钱和物,自然会有取舍,我非圣贤,其中也不免掺杂"苟取"的

意念。我倒是很庆幸，童年时代面对钱，虽然心里有过交战，甚至在上面"蒙过羞"，长大后倒真的不曾对"苟取"动摇。尤其是有一件颇似"极端"的事例，更是提醒我，对"不义之财"还真是应像孔夫子所说的那样："于我如浮云。"那是件什么事呢？其实很简单：村子里孩子们在一起玩，有时甚至要追逐到村外的乱坟岗上去打闹。有一次，正在玩耍，忽然我从一座坟冢下发现了一堆新土，新土里有一小捧硬币，虽然那时候硬币的最大值也不过是五分，但有一小捧，怎么也有一两块钱吧？这是谁放在这里的？是这座坟冢里面逝者的亲友，还是传说中"鬼"？我要是把这钱拿回去，会不会招来不祥之灾，会不会有鬼物跟我讨要？我没敢继续往下想，头皮都像是有些发麻。我也没有敢告诉我的同伴们，便赶紧溜下了山。多少年后，我读到拉丁美洲的一篇小说，讲的是某人去秋游，从一座野外坟头上采集到一朵花并且携带回了家，结果刚到家，电话铃声就响起来了，一个幽微的声音像从地底传来：你为什么采走我头顶上的花儿……这样的故事读来不免叫人毛骨悚然。我想起自己童年在乱坟岗下见到一堆钱币而最终分文未取，不禁暗自庆幸，否则焉知不会遇到什么令人魂飞魄散的怪事。由此我也知道我即便为官，大约也做不了贪墨之徒了。因为贪拿不义之财，即如从坟冢上采花取钱一样，会有大大的不祥之事的。

第一章

纸的情愫

喜欢写字、绘画、作文、著书的人，大约没有不喜欢纸的。纸是写作者的工具，是其艺术、思想得以外化成形的承载物，那正如植物之于土地，是不能分离的。当然现在情况有所不同，电脑的应用，使文字可以离开纸面而存在，但这只能算是文字存在形式的一种，而且这种存在方式既有它的长处又有很大的局限性（电子书使用起来不便，阅读起来也不便。我总以为文字落在纸质媒介上才比较可靠，保存时间或许要长一些），纸质作品不仅不可替代，恐怕仍是根本性的存在。有的作品如绘画与书法，更非用纸不能办到。

文人喜欢纸以至于非常讲究。有非常多脍炙人口的例子，比如唐代的薛涛，她嫌当时的纸张尺寸较大，不便于写诗，便让工匠改小尺寸，并用自创的染色技法染出深红、粉红等十样颜色即"十样变笺"，以此写诗，不仅灵感活跃，也更富艺术情调，是即"薛涛笺"。后世文人仿效的比较多。我们看到古代以至近现代文人"尺牍"或诗稿，所用的纸都印有图案，与其"法书"或诗义相得益彰，极为精美，确实是一件很风雅、很有格调的事，直到民国时期尚有此流风余韵。鲁迅先生和郑振铎先生不是还把在北京所见文人所用印有图案的信笺搜集起来,"拔其尤异,各就原版,印造成书,名之曰《北平笺谱》"吗?据说这一自费印行的"笺谱"共六册,内收人物、山水、花鸟笺三百三十二幅,此举不仅可称"风雅",更是有文化意义的事,现在如能获得一套,不啻如获拱璧。

我厕身写作者之列,大约已三四十年,但是我对纸并无研究,虽然我素来钦佩蔡伦的发明纸,甚至以为"其功盖不在禹下",而且我希望应有人作一部《纸史》以传世,但我到底也只停留在"喜欢"这个层次上。起初得到一本精致的笔记本,心里特别觉得珍惜,由珍惜而珍重,便想把自己最好的文字——诗歌留在上面,于是格外用功地读书、酝酿,找到感觉,激发诗兴,倒是留下了一篇篇自认为还"可以"的作品。下次如果再得到一个笔记本,亦复如是。一个时段又一个时段,我的许多诗歌原来都是这么写成的。偶尔获得制作特别精雅的纸张,也会像鲁迅先生说的那样,因其太新太美,反而不忍着笔,这种情况有,到底不多,因为我获得"好纸"的机会并不多。

于是,关于纸,我更多的是小时候的记忆。因为那是一个普遍贫困的年代,人们要找好点的书写纸,是非常不容易的。如果有谁得到一个好的笔记本,那将视若珍宝,甚至都不肯轻易示人的。

但是,我偏偏那么喜欢纸。这倒真像是与生俱来的天性。偶得一张纸片,我都收集起来,凝视半天。譬如春节过后,村里燃放的爆竹爆裂后,有一些散碎的纸片飘落在地,我偶尔也拾起来,试图看出上面的文字是来自什么"日报"或某本连环画,那当然只是无端的"猜想"而已。因此,到了五六岁,我便跟父母吵着

第一章

要去念书,因为一上学,就可以堂而皇之地拥有书本呀!那是多么美妙的一件事! 可是父母认为我年纪小,过马路不放心,便一直没有答应。又过了一年,我常常自己一个人跑到父亲任教的小学,父亲在教课,我也会在台前转悠(如果不撵我走的话),有时头"砰"的一声碰到黑板的下端,一阵锐疼,那痛苦的样子还惹得底下几个学生窃笑。我真羡慕他们这些小学生——仿佛将来我没机会读书似的,我羡慕他们有书有本。有一次学生们都去操场上做课间操去了,教室里只有我一个人,我在教室里乱窜,看见一些学生不仅有练习册,还有笔记本,有的笔记本看上去已很有些年头了,颜色有些旧,但还是有恰到好处的格子线,甚至一角还有图案,有的中间还另有插画。我左顾右盼,几乎一半的同学都有笔记本,我眼馋得不得了,希望自己能够拥有。

从这里也多少可以看出，我对纸的喜爱还是比较深的，似乎比对许多别的东西都深，甚至比对玩具手枪都有过之而无不及。

上了小学，一开始我与父亲同校（不久，他便调走了），我当然也去他的办公室，有时拿到一两张白纸，我也喜欢不已，拿回来，就在上面涂鸦。自己也想装订个本子，但装得并不好看，比父亲装订的差远了。有一天，我在父亲的办公室里发现他的同事杨老师有一个用白纸装订的大约大三十二开的本子，简直跟书一样，非常整齐，甚至看不见订书机钉下的钉子，厚厚的一本，约一百页，我一见大为喜欢，拿过来就爱不释手，最后厚着脸皮向杨老师提出送给我，我以为他不会答应，没想到他沉吟了一下，便慷慨地说"你拿去吧"，我欢喜不迭，捧在手里就走，没想到父亲在我背后一声断喝："放下，还给杨老师！"我只得乖乖地走回来，又翻了翻这漂亮的白纸本，恋恋不舍地放下，带着莫大的遗憾离开了父亲的办公室。一晃四十多年过去了，这一情景仍清晰如昨，也可谓"刻骨铭心"！

我到出版社工作后，偶尔还会遇到同事做书，因为要赶每年年初的图书订货会，书的正文来不及印刷，就以相等厚度的白纸做成一本"假书"参会，实际上那也就是"白纸书"，加上漂亮的封面，临时充当一下真书，也很别致，从会上下来后，我会要来一两本，总是当笔记本使，每当读书之际有了灵感，便不拘形式地记录在上面，有好些诗歌和短文，也在这上面一挥而就，过后再整理加工，就可以定稿。

因为喜欢纸而喜欢在上面写作，我每每是这样——想别人也不乏如此的吧。不能忘记的还有，我在初中读书时，从一位同学那里竟然得到了不知是谁写的一部戏剧的手稿，抄在八开的大稿

第一章

纸上,厚厚一本,内容即"李愬雪夜入蔡州"。我读过这部戏以后,觉得写得很好,但我更欣赏这稿纸,我以前只见过十六开的稿纸,从没见过八开的。我珍藏了好长时间,同学也没有再把它要回,我左想右想还是把它裁开,装订成三十二开的笔记本,仍然是在上面写诗,以为这样可以保存下来,而且更有意义。可惜,这部戏剧连同我稚嫩的习作,后来都不知所终。时隔多年,直到我到了北京,从我一位在艺术研究院工作的学长那里得到一叠八开的稿纸,并且用它写了几篇文章,才满足了我当年在这样"异型"的稿纸上写作的心愿。

少年时代就喜欢写作,各种类型的纸也搜罗了一些,现在想来,也非常有限,毕竟那时身在穷乡僻壤。我甚至连别人废弃的账簿也用过。我只记得,那时纸的质地都不太好,许多纸都很薄,甚至薄如蝉翼,这倒让我用它覆盖在课本和一些课外读物上,把它们的插画临摹下来。几乎所有孩子都这么干过的,包括少年鲁迅,他在《从百草园到三味书屋》中曾说过:"我是画画儿,用一种叫作'荆川纸'的,蒙在小说的绣像上一个个描下来,像习字时候的影写一样。"他还说这画的成绩比其他的好不少。可我没有什么成绩可言,美术之于我,总是距离很远的。只是少年时代以后,我再也没见过那些薄薄的、淡黄色的纸了。

一纸难得,估计是那个年代生活在农村的人们的共同印象。许多人家如厕都没有纸张可用,哪怕是废报纸。我们村里倒有一位大叔是个有心人,平时哪怕看见巴掌大的纸片都把它拾掇起来,然后把它们剪裁成一样大小,叠放整齐,放到茅厕的墙壁洞孔里。我们这些野小子知道这一秘密后,就常常去拿,拿来折三角玩耍;大叔的家人发现后,就会来拦阻,我们只得一哄而散。中国人素来有"敬惜字纸"的说法,这一传统意识的形成大约跟纸张金贵也是有关的吧。

工作以后,我要日日跟纸张打交道,各种各样名称、型号的纸也不断来到我的面前,什么"纯质纸"啦,"白卡纸"啦,"特种纸"啦,"铜版纸",我也略知一二,但要我确切地说出它的特点来,怕也很难,还有过去的"荆川纸""道林纸""马兰纸"等,我更是莫知其详。看来,对纸,我终究只是业余爱好,一点都不专业,就跟我的写作一样。

在工作中,倒有一样印象比较深,就是薄薄的或者说并没多厚的一张白纸,它往往也能把人的手拉开一道口子,流出血来,所以,我的女同事在校阅书稿清样时,常常会戴上薄棉手套。这让我不免要往深处想:薄薄的一张纸也会有个性的。正是由此我认识到:写作就是给一张张白纸赋予灵魂。

第一章

闲话扇子

扇子是引风之具,但往往并不只是引风之具。

扇子是寻常物件,自古就有。据说古代也叫"箑",此字颇像一把竹子做的扇子(据我臆想),而其读音 shà,则可能是挥动起来发出的声音。扬雄《方言》:"扇自关而东谓之箑,自关而西谓之扇。"此关当是函谷关。大约关以东多竹,故制扇时用之;

关以西竹子少,所以多用布帛或羽毛制扇。可见扇子从来各地都有。这也可以理解,夏天热得很,人人都知拿一物件扇扇以招风而减消热。我当小学生的时候,课堂里没有降温设备,热得不行,同学们也不约而同拿一本薄薄的书册或就用一张纸折成扇子形状,不时挥几下,也觉舒服多了。由此又可见,几乎什么都可以拿来当扇子,君不见野外干活的人,没有引风之具,很自然地拿头顶的草帽当扇子,没有帽子也要将衣襟掀起来扇几下哩。

我们常见的扇子也就是羽扇、纸扇、布扇、芭蕉扇。我在乡间时更多见到的是芭蕉扇,一片芭蕉叶制成,叶柄自然成了扇柄,扇面都很大,可以招风,可以遮阳,可以垫在屁股底下以免衣服沾上泥土、灰尘,还可以用来拍苍蝇。那时候,乡间苍蝇实在多,又不好打,看见苍蝇停在什么地方,一扇子拍下去,虽不能像童话里所说的"一下子打死七个",但拍死一两只的概率总是很高的。羽扇偶或一见,那羽毛应是鹅毛;纸扇———一般就是折叠扇,也是有的;布扇已很少见,想以前是比较多的;唐诗"轻罗小扇扑流萤"却是写宫廷生活,乡下孩子也扑流萤,用的也是芭蕉扇,如果能有布扇当然更好,免得芭蕉扇把流萤扑死了;另外,偎在老祖母怀里,轻罗小扇拍在身上也柔和、舒适一些。

但扇子的功用何止这些。宫廷里有一种扇子,安有很长的柄,由宫女像旗子一样擎起,一左一右立在皇帝身后,这就不是用来扇风生凉而是用之衬托威仪的,这宫扇当然也就成了可移动的屏风。据说一开始也非仅皇帝能用,崔豹《古今注》曰:"舜广开视听,求贤人以自辅,作五明扇,汉公卿大夫皆用之。魏晋非乘舆不得用。"这五明扇就是古代仪仗中所用的一种掌扇。陆游《老学庵笔记》卷九:"天下神霄,皆赐威仪,设于殿帐座外面南东壁,

第一章

从东第一架六物，曰锦繖，曰绛节，曰宝盖，曰珠幢，曰五明扇。"这种扇子除了为威仪而设，也是为了"鄣翳风尘"（见《古今注》）。

因为扇子只是薄薄的一片，可以纸、帛、竹、芭蕉等为之，展开来都有一定的面积，且日日呈现于眼前，人们很自然要在上面写点什么，画点什么，以美化它，以寄托自己的性情与审美，所以字扇、画扇的产生便毫无悬念，几乎与扇同源。想当年我这样的乡野小子，也要在芭蕉扇、折扇写上"清风徐来"一类"当景"话，甚至草草画上几笔兰草以附庸风雅，增加把玩的趣味。我还记得，芭蕉叶不着墨，怎么办？我们先把字写上去，然后拿它在火焰上熏烤，熏得扇面比较黑了，再把浮烟擦去，所写的字倒以空白显示出来。这样做其实是糟污了扇面，并不值得。我小时候听父亲讲大书法家王羲之帮市井老婆婆卖扇的故事，一经品题，那老婆婆的扇子便身价百倍，颇是令人神往。今天我们很容易就检索到这一故实：

又尝在蕺山，见一老姥，持十六角竹扇卖之。羲之书其扇，各为五字，姥初有愠色，因谓姥曰："但言是王右军书，以求百钱邪。"姥如其言，人竞买之。他日姥又持扇来，羲之笑而不答。其书为世所重，皆此类也。（沈约《晋书》）

我小时确实颇为羡慕大书法家有如此影响力，同时不解他为何不多写几把扇子呢，现在大约知道了，物以稀为贵，何况"佳话"不必重复，重复就不称其为"韵事"了。

至于在扇面上作画，后世画家谁不曾为之？咫尺之扇，合起来不盈一握，玲珑小巧，展开来，却是有灵动有趣的鱼鸟，鲜艳的花朵，更可以是一幅气韵生动、郁郁苍苍的"千里江山图"，何等清新可爱，又何等恢宏壮阔，自是让人欣赏不已，这样的扇子，它本身的功能已经消退，完全是艺术珍宝。

前面说过，扇子除了引风，还可以起到"鄣翳风尘"的作用，古代的"仕女"都喜欢拿上一把，大约因为女士总比男士更爱清洁吧。另外，在必要的场合，也可以"鄣翳"自己——把自己全身或面部的一部分藏起来，免得太过暴露自己的玉颜、表情，特别是古人常要求女性"笑不露齿"，假如真遇上滑稽可笑的事，在众人面前开怀大笑，岂不有失风仪，所以用一把扇子遮挡一下就非常有必要了。《红楼梦》中的一众女眷，在场面上走动，谁的手里没有一把扇子？随意一翻，就翻到了第二十七回。

（宝钗）刚要寻别的姊妹去，忽见前面一双玉色蝴蝶，大如团扇，一上一下迎风翩跹，十分有趣。宝钗意欲扑了来玩耍，遂向袖中取出扇子来，向草地下来扑。

而三十回又有《宝钗借扇机带双敲》：

（宝玉）又道："姐姐怎么不看戏去？"宝钗道："我怕热，看了两出，热的很。要走，客又不散。我少不得推身上不好，就来了。"宝玉听说，自己由不得脸上没意思，只得又搭讪笑道："怪不得他们拿姐姐比杨妃，原来也体丰怯热。"宝钗听说，不由得大怒，待要怎样，又不好怎样。回思了一回，脸红起来，便冷笑了两声，说道："我倒像杨妃，只是没一个好哥哥好兄弟可以作得杨国忠的！"二人正说着，可巧小丫头靓儿因不见了扇子，和宝钗笑道："必是宝姑娘藏了我的。好姑娘，赏我吧。"……

更有三十一回的《撕扇子作千金一笑》：

第一章

晴雯笑道:"我慌张得很,连扇子还跌折了,那里还配打发吃果子。倘或再打破了盘子,还更了不得呢。"宝玉笑道:"你爱打就打,这些东西原不过是借人所用,你爱这样,我爱那样,各自性情不同。比如那扇子原是扇的,你要撕着玩也可以使得,只是不可生气时拿他出气。就如杯盘,原是盛东西的,你喜听那一声响,就故意的碎了也可以使得,只是别在生气时拿他出气。这就是爱物了。"晴雯听了,笑道:"既这么说,你就拿了扇子来我撕。我最喜欢撕的。"宝玉听了,便笑着递与她。晴雯果然接过来,"嗤"的一声,撕了两半,接着"嗤嗤"又听几声。宝玉在旁笑着说:"响的好,再撕响些!"正说着,只见麝月走过来,笑道:"少作些孽罢。"宝玉赶上来,一把将她手里的扇子也夺了递与晴雯。晴雯接了,也撕了几半子,二人都大笑。

晴雯撕扇是《红楼梦》的重头戏之一,虽然事情很小,却表现了身在底层的女性天真烂漫而干烈的性格,可谓石破天惊。于此,我们可以说晴雯手里的那把扇子就是专门用来撕的。

如果说女性拿着扇子当盾牌使用当不为过,那么,扇子又何尝不可以用之为"矛"。那么的玲珑一把,如果制以铁骨,暗藏匕首、"鱼肠剑"什么的,都是有可能的。我记得我读过的一些武侠小说里就有人用扇子作武器的,如古龙《绝代双骄》里的花无缺。其实,早在《西游记》里不是有一位"铁扇公主"么?第五十九回《唐三藏路阻火焰山,孙行者一调芭蕉扇》写到,唐僧师徒受阻于火焰山,必须借罗刹(即铁扇公主)的芭蕉扇,才能"熄得火焰山",于是一而二、再而三去求借。一开始,孙悟空就与罗刹女有一番好斗,不知打了多少回合,"却才斗到沉酣处,不觉西方坠日头，罗刹忙将真扇子，一扇挥动鬼神愁"，关键时刻，铁扇发挥了作用，一发挥作用，就万夫莫当。书中写道：

> 那罗刹女与行者相持到晚，见行者棒重，却又解数周密，料斗他不过，即便取出芭蕉扇，晃一晃，一扇阴风，把行者扇得无影无踪，莫想收留得住。

后面还写道：

> 那大圣飘飘荡荡，左沉不能落地，右坠不得存身，就如旋风翻败叶，流水淌残花……

这是何等厉害的一把扇子，不是兵器是什么？

古代文人也大多喜爱拿一把扇子，这扇子未必真的是为了招风祛暑，有时只是为了装饰、点缀，使自己显得更风流倜傥而已。不然，两手空空落落，那手也无处放啊，不像劳动者手里总有一件劳动的工具。——这使我想到维纳斯的雕像为什么少了手，就是不论摆何姿势，手里拿不拿东西，都显得突兀。晋人陆机的《羽扇赋》中有这样几句赞美扇子的话：

> 妙自然以为言，故不积而能散。其在手也安，其应物也诚，其招风也利，其播气也平。混贵贱而一节，风无往而不清。

"其在手也安，其应物也诚"，这两句尤可看重。文人雅士走到哪里，手里都拿一把扇子，不仅感觉有所依托似的安稳，也可以应物、应景儿。比如高兴了，可以展开扇子一边扇着一边悠然自得地踱步；生气了，把扇子打开，呼呼地扇动凉风，仿佛可以借扇子出气；更可以收拢扇子，用扇柄指点江山或戟指而骂……

第一章

这是多么不可或缺的一个物件儿啊！所以，自称"山人"（不知真实的武侯是否真的自称"山人"，在许多戏剧里确乎如此）的诸葛亮手里当然少不了一把羽毛扇子，对这样一个极度聪明而又超凡逸俗、玲珑剔透的人物来说。裴启《语林》曰："诸葛武侯白羽扇，指麾三军。"这种"指挥若定""神闲气定"的态度足以光耀千古。但为什么是"白羽扇"呢？那羽可能是鹤羽、天鹅羽，是飞禽之物，而且洁白，这样的扇子也可说是仙风道骨，使武侯治蜀即便不免"杂王霸道用之"，也减少了几分凌厉之气，更是超凡脱俗。试想，他要是拿一把芭蕉扇，岂不成了一名老农。我们见到过去一些老干部，甚至革命家平时也有拿芭蕉扇的习惯，有照片为证。而"诗人元帅"陈毅则常拿一把纸折扇，足显其儒雅风流。这都是符合人物身份的。如果不符人物身份，再好的扇子也由雅变俗，最好的道具也会把戏演砸。

时至今日，所到之处特别是城市里没有不装空调的了，人们已很少用扇子来招风纳凉。可见，做任何事情都要跟上时代，逆"潮流"而动不可为。古人赞赏孔子"圣之时也"，这句话本身还是很有道理的。

我们不难理解，现在市面上扇子何以越来越少见了，怕只有少数（折扇）还珍藏在文人雅士的书房里。

秤

秤是人们日常生活中必然会用到的一种衡量物重的工具。作为平民的我们，几乎每天都会跟秤打交道，因为我们几乎每天都要到市场上买东西。而我们常常意识不到它的存在，因为现在用的都是电子秤，货物搁在一只四方盒子上面，它会蹦出一串数目字，而称重的环节就已告完成。

如果提到秤，现在的十岁以下的小孩，大约想到的就是这种电子秤吧，而我们这些三四十岁以上的人，只会想起杆秤。它由一较长的圆杆，加上秤钩、秤砣组成。称钩由绳拴着，从秤杆一端垂下，秤砣也由线拴着，套在秤杆上。称重的时候，用秤钩钩住物件，拎起挂着秤钩那端的一根绳子，把套在秤杆上的秤砣拨拉向另一端，一旦达到秤杆平衡不翘起或垂下，即是完成一次秤重活动。而秤杆上刻有标志，会告诉你所秤之物的重量。

这样的秤，是人类的重要发明。但我认为，这是并不太难的发明，各个民族都会有，而且可能大同小异。据我猜想，人类各部族一开始都是等物交换，就是彼此持差不多同等重要（或者说质量）、同等重量的物品进行交换，其重量只需用手掂量掂量即可。接下来，就可能是用一根木棍挑起两种物品，以此衡量其重

第一章

量是否相当，而这根木棍便做了最初的秤杆。后来又固定以一物作为衡量他物的根据，此物最初可能是石头，它便是未来的秤砣。而在秤杆上刻上刻度是关键的一步，拎起这原始秤杆的一端，拨拉秤砣以衡量物重也是关键的一步，这无疑是人们在实践当中通过反复试验，日积月累，不断改进跨过这两步的，于是完全意义上的"秤杆"便诞生在人间。

秤的发明，其重要意义就是让所有的物体有了准确"重量"，当然这是对我们人类而言的（物本身就是一直有其重量的）。这是人类"掌握"这个物质世界的重要一步。而秦始皇统一中国后，"车同轨，书同文，统一度量衡"，其中应该也包括秤。所谓秤的统一，就是指秤杆上的刻度和进位制吧。

中国古代在称量上是采取十六进位制的，说白了，就是十六

两为一斤。所以过去，我国城乡所用的杆秤，也是十六两一斤，也就是秤杆上每斤间有十六个刻度的。这每个刻度都打上洞眼，然后注入锡水，冷却后形成一排等距的显目的圆点，俗称"秤星"。为什么是十六两十六颗秤星？据说，秤星不是别的，而是用以象征天上的星辰，如此一来，一杆秤便被赋予神圣的意义，有代表着真理的意味，是"一言九鼎"，轻忽不得的。那么，这十六颗星各个代表什么呢？据说，前七颗星代表北斗七星（天枢、天璇、天玑、天权、玉衡、开阳、瑶光），意在告诫人们在称物的时候，心思要正，要能明辨是非；中间六颗星是南斗六星（天府、天梁、天机、天同、天相、七杀），意是对所有人与物都要公平；而后三颗星各代表着福禄寿，寄托着美好的寓意。我想，这种十六星之说，显然是出自后人的附会。而最初不过是偶然，中华某一最有影响的部族采用的就是十六两一市斤制（或许就是秦国吧），而后来，各部族同化，认为十六两制"好使"，便都接受这一"制度"。这种度量衡的同化与统一，正是文化上同化与统一的一个缩影。

　　一物之出，人们总是赋予其神话，从而加强其重要性，这大约是人类普遍的心理。上面的秤星说是如此，中国人把秤的发明权交给范蠡——这样一位改写部分中国人历史的大人物，也就不难理解，何况他功成身退，还成了天天跟"称重"打交道的大商人，自是顺理成章。其实，秤在范蠡之前就应该已经出现。据考，世界上最原始的秤，其实物证据（石块砝码）发现于今巴基斯坦境内的印度河文明遗址，距今已有近四千年的历史；古埃及人在同时代的记载中也有提及，但至今没有发现实物。中国人发明秤大约在春秋中晚期。秤并不是一件多么难发明的物件，只要有商

第一章

业及贸易存在的地方都很可能会产生,因为一切发明都基于实际的需要。中国历史博物馆收藏有一支战国时的铜横杆,这件衡器既不同于天平也不同于后来的杆秤,但与不等臂天平类似。经过逐步演化,衡杆的重臂缩短,力臂加长,也就成为现代仍在使用的杆秤。

这也说明,中国人在发明"秤"的过程中,最初"杆秤"与"天平"似乎是有点模糊不清的。而随着实践的不断深入,"杆秤"与"天平"各自成形,各有所用。"秤"也就不断发展,一至如今,形成了各式各样的秤,特别是地磅和今天市场普遍使用的电子秤(以及弹簧秤),我以为是颇为重要的再次发明。

现在一般人会买一盘测体重的电子秤放在家里,只要一站上去,体重就测出来了。我小时候在乡村,基本上很少测体重,但也曾经测过几次,那都是在立夏日,测体重的工具自然是大抬秤。我和与我差不多大的孩子就抓住秤钩,由大人拎起来,称一下。但有个讲究,就是秤砣只能从轻往重的方向拨,而不能从重往轻(也就是从外往里)拨。因为前者意味着生长,而后者则反过来,体重消减则意味着萎缩,这当然是不好的事。这是乡间的忌讳之一。还有其他的习俗,如:小孩子周岁"抓周"时,眼前会摆上书本、杆秤、弓箭诸物,如抓到杆秤,当然认为预示孩子长大会做商人。长辈们还会教儿子从小认秤星,而十六两一斤的老秤,大秤星外还有一排小秤星,还真不好认,我就始终没有搞明白,所以我长大后一点经商头脑也无。据说,过去婚礼上,新郎揭开罩在新娘头上的红盖头,也要用杆秤,我没有赶上,故也不知何以要如此,只能推测,是预祝新夫妇将来会过好日子。这些习俗多少也说明秤在人们心中的地位吧。

关于秤的谚语也很多，诸如"心平勿用秤""家有黄金，外有杆秤""秤头让人，算盘赢人"等。但我觉得"心里有一杆秤"，最值得记诵，也最是意味深长。这与"人民群众的眼睛是雪亮的"意思相近，说的是做事要讲良心、讲公道，尤其那些为官者，要有仁民爱物之心、公平合理之心。

按西方的说法，我的星座是"天秤座"，我虽只是一介书生或者说小小的文人，但秤上所传达的理念与品格倒是应该学习的，故而拉拉杂杂撰成此文。

第一章

筷子

筷子是中国人的一大发明,而且是了不起的发明。它形制简单,两根竹木细棍足矣;使用便捷,几乎可以对付一切食物,夹、戳、撕、穿,简直随心所欲。

因此,我常想发明筷子的民族应该是在文化上有卓越的创造和发展,完全可以永远自立于世界民族之林。

因为他有化繁为简的能力。比如饮食是多么复杂的事,天下有那么多的食物,煎、煮、烹、炒;整体的、切碎的;有条有块的、纠缠成团的,用一双筷子都可直捣黄龙,直取要害,指哪打哪,轻松如意,不需要刀叉敲击叮当作响,不需两手并用,悄悄地、静静地就能把饮食大事办好,就能满足口腹之欲,甚至可以敲骨击髓,掏取藏在深奥处的微粒,汲取任何营养,为我所用。一双筷子驰骋满桌菜肴,几双筷子你唱我和井然有序地对舞、独舞、伴舞。把一次盛筵演绎成一次精彩的演出,岂不令人感叹其精妙绝伦。

能够发明筷子的民族,是一个非常讲究实用的民族。不搞繁文缛节就是实用;不搞那多花样就是实用;就地取材就是实用;直接应用就是实用;万变不离其宗,千言万语"一言以蔽之",

就是最大的实用。而这一切，都符合筷子的特点。

哪怕从筷子的名称上也可看出这一点。据我所知，筷子在古代曾名"箸"或"筋"。估计这是与最初从动物身上取出筋骨作为筷子有关。但后来发现，用动物骨头还是费事，不如就地取材，用竹木细棍便当。实物变了，名称也得改，因为这种取材方式来得快，同时为了形象，干脆就在"快"字上加上"竹"字头，既好听，又形象，通俗易懂，老幼称心，于是"实至名归"，确立不移，流传至今。

或许这有点儿"望文生义"。其实也不是完全"想当然耳"。我曾亲眼所见，一群劳动者中午聚在一起，准备享用送来的午饭，而其中一两人没有筷子，而我们也没有手抓饭的习惯，怎么办？那两人根本不着急，他们转身就从一棵小树上折下一截细枝，去

第一章

掉叶子,一分为二,一双筷子便做成了,何等便捷,那时我就想,"筷子"之叫"筷子"可谓名副其实。

筷子形制简单,但其用处除了当餐具还变化无穷。这才是它真正"厉害"的地方。它仅仅由两根细木组成,但恰如《易》所运用的"二进位"制,启发了电脑计算方式,这两根细竹木或用金属等特制的筷子,也把它的功用发挥到极致。

它可以做攻防的武器。无论是嬉戏还是真的格斗,一双筷子,尤其是金属筷子在手,挥舞起来,总会令对手胆怯三分,让他避之唯恐不及。可以想象,如果是一位大侠,一双筷子在他手里当会出神入化,杀人于三步之内。敌人的利箭飞镖飞来,功夫高手也会手到擒来,拿一双筷子抵挡,是多么好看。如果这是想象,那么如有毒虫,有一双筷子总比赤手空拳容易对付,用筷子夹取飞舞的苍蝇,我即便没有见过,也可想见它并非完全是武侠小说里的情节。

众所周知,银制筷子可以试出食物里有毒与否,这虽然一般只有贵重人物才需要,但只需运用就餐时必用的筷子就能试毒有无,不也是令人颇感宽慰的一件事么?何况普通人或许也会遇到"被投毒"的窘境。

筷子是很好的礼物,尤其是在婚礼上,用筷子作礼物简单却寓意深刻。因为筷子必须是两根组成一双,不可离弃,只有同心协力才能使用,这对新婚夫妻来说是多么好的告诫与祝福。同时,一双筷子一样长,这对夫妻携手白头到老是多么好的暗示与期冀!何况,一双上好的筷子,染成红色,看着也有一种喜庆之气。

在我家乡,用一双铁制的筷子深入炉膛、火坛拨火,使火焰或木炭燃烧得更好,是再便捷不过的事。

筷子还可以用来指画图形。《汉子·张良传》："良谒汉王。汉王方食，曰：'客有为我计挠楚权者。'良曰：'请借前箸以筹之。'"张良借刘邦的筷子来指画当时的形势，比空口而谈更能让对方明白。"借箸"成为代别人谋划的代名词，多有味道。

《三国演义》里讲到曹操与刘备煮酒论英雄：

> 操曰："夫英雄者，胸怀大志，腹有良谋，有包藏宇宙之机，吞吐天地之志也。"玄德曰："谁能当之？"操以手指玄德，后自指，曰："今天下英雄，惟使君与操耳！"玄德闻言，吃了一惊，手中所执匙箸，不觉落于地下。时正值大雨将至，雷声大作。玄德乃从容俯首拾箸曰："一震之威，乃至于此。"操笑曰："丈夫亦畏雷乎？"

在这逐鹿天下的细节处，也见到了一双筷子。不管这筷子落地是刘备被说中心思而大吃一惊的必然结果，还是他借雷震之威以掩饰自己的心迹，总之成了刘备的道具，很好地演出了一出戏，令人印象深刻。

筷子，中国人几乎每天都会用到的物件，凝聚了多少玄机，刻写了一部中国餐饮史、礼仪史，甚至暗寓着中国人的命运史。说筷子是一种文化现象，是一种文化的凝集，当然也就一点不为过。

据说，世界上有五分之一的人在使用筷子。汉文化圈中的人都会使用筷子，而且都是从中国传出去的，也就是说筷子的源头在中国，这确实是值得自豪的一件事。

前面说过，运用筷子体现了中国人的聪明智慧，说明中国人也有发明事物的本领。筷子文化的核心就在于用简洁便捷的手段

第一章

解决一些复杂的问题,这对我们今后的发明、创造、创新,也是一种有益的启迪,也是一种鼓舞的力量。如果说在一双小小的筷子上面也体现了一种民族精神,我们也应该将这种精神发扬光大。

手杖

我发现一个现象：现在的老人拄手杖的越来越少了。过去好像不是这样。我们从影视作品和画片中看到，有许多人到了五十来岁就拄上了拐杖——有一种比较精致一点的手杖，好像应该称"文明棍"，它不是随便拿根树木棍子做成，而是由机器批量生产、统一制成的。比如国父孙中山先生，去世时不过五十九岁，但去世前多年，他就似乎手杖不离身，当然孙中山先生是为国家鞠躬尽瘁，耗尽心血。现在的人越活越年轻了，大约是生活安逸，营养好，因此身体好，六十、七十都不能称为老，也不显老态，有的甚至行动敏捷，自然不需要借助手杖。

手杖这种助行工具是自古就有的。人的身体一旦羸弱无力，要想行走，本能地就会寻求支持的力量，而抓起一根棍子以便支撑，是再也自然不过的事。所以古人就认为拄杖是老年人所必然会有的现象，于是便有古希腊悲剧《俄狄浦斯王》

第一章

中的故事。俄狄浦斯在路上被一个人面狮身的怪物拦住了，逼迫他猜一个谜语，如果猜对了，自然可以通关；如果猜不出，则要被吃掉。那谜语就是："有一种动物，早上是四条腿走路，中午是用两条腿，晚上则是三条腿。"俄狄浦斯猜出了谜底，那是"人"，早上、中午、晚上分别是人的幼年、壮年和老年。所谓"晚上三条腿"就是人到老年要拄拐杖。而这个怪物是斯芬克斯，她承认失败便投海而死。

中国老人自然也不会例外。但是，杖本是人人可拄之物，你五十、六十岁可以拄，我二十、三十岁也可以拄，谁都可以拄，此亦无可厚非，不就是拄个拐棍吗？又不会造成什么恶果。但话也不是这么说，中国是礼仪之邦，你二十、三十拄杖是什么意思？是想显得老成，凌驾于他人之上？是想催前辈赶快让贤、退位，你们尽早上位、掌权？国家当中手杖乱舞，青、老不分，成何体统，岂不是一种乱象，"是可忍，孰不可忍？"必得有规矩，必须纳入制度。于是《礼记·王制》上便有了规定：五十杖于家，六十杖于乡，七十杖于国，八十杖于朝。可见，手杖在中国也不是随便可以拄的，否则，乱了秩序，有碍天下太平，是不可忽视的大事。这样规定，好是好（好就好在整齐划一），但不免让人觉得做人真难，万一遇到特殊情况怎么办？

手杖说到底就是一根棍子。但是，是物就有质地、形态之别，一根棍子之所以被赋予一定的形态，也是因人（身份）而异的。乡野百姓当然就随便找一根树枝或竹竿戳一戳，只要顺手即可。而家里富裕的，最起码要把手杖做得漂亮一点，上点漆使其有光泽最好。再富贵一些尤其是有权有势的，其手杖必得名贵，以彰显权势。戏台上的《穆桂英挂帅》，出场的佘老太君，手里拄的便是龙头杖;《红楼梦》里的贾母拄的拐杖也一定有龙头。龙头,张牙昂首,威风凛凛,要想表达权势,似舍此无物。去贾府打秋风的刘姥姥比贾母年纪还要大,但她拿着手杖了吗?没有。第一,她不会拿龙头拐杖,甚至连一般"华丽"一点的拐杖也不会拿,拿了岂不是"耀武扬威",还用去打秋风,讨几两碎银子吗?第二,她也不会拿一根竹竿,即使路上拿了,到了贾府门前也会丢了,因为那不是叫花子拿的"打狗棍"吗?不仅自己寒碜,也会让贾府没了面子。

进入现代社会,在一般有"档次"比较讲究的"文明"场面,有一定文化身份的人是喜欢拿一根"文明棍"的,英文名称"walkingstick",中文就音译为"司的克"。这在表现现代故事的影视片里出现过无数次。既非手工制作,就不是随便找一根树枝就算数的。它呈直线型,而不是弯曲的;它是光滑的,而不会布满疙瘩;它有可能越往下越细一点;它可以是木的,也可以是金属的;甚至还可能是镶宝石、刻图案以及镏金的。总之,很有"现代感",拄起来颇有"派头",所以一度在中上阶层颇为流行。

但说白了,手杖就是一根棍子,所以它除了支撑身体,帮助人行走之外,当然也可以做别的用途。如在草地上行走时,可以用它拨开草丛、藤蔓,不仅便于行走,而且可以"打草惊蛇",把那些毒虫赶得远远的,免遭侵害。还可以当作鞭子,杖责不听话或做错事的晚辈乃至下属。说真话,抡起手杖,劈头盖脸地一顿猛敲,那样的责打任谁都吃不消,都会惧怕。因此手杖甚至可以作为武器,除了猛烈敲打外,它的尖端如果足够尖锐,也可以刺杀人或动物。至于电影里所表现的,手杖里装着微型手枪,关键时刻一捏,就有子弹从杖中飞出,让敌人毙命,这也就是"顺

第一章

理成章"的事，这么一说，让人感觉温暖、温馨的手杖也就带上了杀气，也就成为凶器了，这不仅有伤大雅（或小雅），也是血腥味极浓，还是不要发展到此地步为好。

就我自己而言，我觉得如果老了要拄杖，不必龙头拐杖和"司的克"，"藜杖"最好。藜是一种野生植物，茎粗而坚韧，风干以后可以为杖。这种藜杖在中国有几千年的历史，战国《庄子·让王篇》中有"原宪华冠履杖藜而应门"的话，唐代杜甫《暮归》诗有"年过半百不称意，明日看云还杖藜"之句，宋代的东坡也说："村舍外，古城旁，杖藜徐步转斜阳。"还有史有名的一首宋诗（作者：志南）："古木阴中系短篷，杖藜扶我过桥东。沾衣欲湿杏花雨，吹面不寒杨柳风。"可见古代文人一贯喜欢拿这种植物做手杖。为什么呢？大约这种藤状植物粗细、轻重适中，取为杖很自然，不必有人工刻削痕迹，即便失去，也不太可惜——因为它不是贵重之物，山中所有，取之不尽。当然，除此之外，我喜爱它，因为这里还有这样一个典故：

刘向于成帝之末，校书天禄阁，专精覃思。夜有老人，著黄衣，植青藤杖，登阁而进，见向暗中独坐诵书。老父乃吹杖端，烟然，因以见向，说开辟以前。向因受《洪范·五行》之文，恐辞说繁广忘之，乃裂裳及绅，以记其言。

我也希望能遇见这样一位杖藜的老人，在黑暗中，把他的藜杖吹燃，照我在书山觅径，对我说"开辟以前"。

083

"梦笔生花"

正如农夫要有一柄锄头、一把镰刀,上战场的士兵要有一杆枪,铁匠师傅要有锤头和铁钳一样,喜欢写作的人也要有一支笔,这支笔不论是铅笔、毛笔还是钢笔,都是他劳动的工具,也可以说是战斗的武器。

当然,21世纪以来甚至更早,情况有所改变,那就是许多写作者不是用笔来写,而是操作电脑键盘,在屏幕上打出一行行文字,而原来的笔只起临时性的辅助作用。其实这并不要紧,凡是

第一章

真正用笔写过文字的人，即使用电脑写作，他心中也永远会有一支笔。在键盘上按键，只是用笔写字的转化。我相信人类用笔书写了几千年，只有用笔书写才能真正记住一个字，对一个初学者尤其如此，用笔书写的动作与形态早已成为整个人类的集体无意识，根深蒂固，不可移易。何况有些艺术如中国的书法、绘画非用笔不可。

正如农夫爱他的锄头、镰刀，战士爱他的枪，喜欢写作或者写字的人，也会爱他的笔。这种爱很具体，更多是因为用起来顺手，写起来有效率，而不是因为它是珍宝或某种珍稀物品。但正因为用起来得心应手，它会在用它的人心目中比珍宝还宝贵。如鲁迅先生在写作时用的几分钱就可以买到的普通毛笔——一般的"三家村塾师"或账房先生都会用的，但他把它叫作"金不换"，这就含有对它的喜爱之意。

我也是从小就喜欢写写画画以至于写文章的。我用过的笔大约已经很多了，它们当然都是极其普通的——贵重的我买不起，甚至觉得没有必要。我也想不起都用过什么牌子的笔，但用笔的情形或者说与笔打交道的一些经历至今不曾忘记。

一开始，当然用的是铅笔。圆圆的一支，有的还带橡皮，笔杆上有花朵一类的图案。也用过笔杆带棱的铅笔，这种铅笔放在桌上不容易滚动，它的铅似乎质量也好些，不易折断。而到了小学高年级，还有红蓝铅笔来到我手上，它的笔芯是蜡做成的吗？我至今不知。它一般只用来画画或读书时在重要的地方画线，所以我常看见工人绘图用它，领导批阅文件用它。二十世纪末，我读书时也一度喜欢用它。现在不怎么用了，因为我不喜欢再在书上画线了。

小学三年级前后，我开始使用钢笔。那也是普通的钢笔，上下笔管都是塑料制成，只有笔尖用了一点白钢。笔帽顶上还安有螺旋，连一挂扣。我常把那挂扣旋下来掏耳朵（那时候，我患轻微的耳炎，常常作痒，只有掏掏才舒服，而钢笔挂扣下端是圆的，状如火柴头，不致刺伤耳朵）。钢笔是要汲墨水的，那装墨水的是个长长的胶管，有的胶管外还护以铁夹，汲水时一捏即成。这种简单的钢笔大约七八毛钱一支，不算贵，也不能耐久，时间不长，不是笔管摔裂了，就是将笔尖弄分叉了，再不然就是汲水管再也汲不上墨水。一旦遇到故障，我便自己动手修理。如笔尖儿坏了，我就把它拔下来，换上一支旧笔的笔尖。拔也不容易，有时便动用牙齿，结果满嘴都沾上了墨水，嘴唇变得乌蓝。我不知用过多少这样的笔，也不知修过多少次。

那时候还有专门修笔的行当，大约是那在商店一隅修理手表等精密机器的手艺人附带做的生意。但所修的笔，都是所谓的"铱金笔"，它比普通"自来水"笔要贵重些。我记得铱金笔的笔杆主体是塑料铸的，笔管包得很严实，只在笔头露出浅浅的圆孔，从那里伸出一点点笔尖，这笔尖可能就是铱金的。它的笔帽却是不锈钢做的。合上笔时，不用拧，插上就行，因为它的内层是有弹性的。这样的笔我也不记得用过多少支，但可能多是在中学时代。

也是从小学三年级开始学写作文，而那时誊抄作文，老师是要求用毛笔的，每天中午到校，每个学生还须写一张毛笔大字。所以那时，乡间还有毛笔厂，专门制作毛笔。我上学的路上就有一家，它所生产的毛笔可能就是一种白羊毫而不是狼毫，因此也很普通。但是有一年，我的父亲忽然送了我一支钢笔式的毛笔，

第一章

外形像钢笔,内里也带汲水管,而笔头是毛笔的毛,那毛可能就是狼毫了。我很珍惜它,因为它不用每写一两个字就得蘸一下墨汁了。但有一天,我和同村一位同学一起放学回家,匆匆穿过那开满紫云英的田野时,不知怎么回事,忽然就发现这支笔丢了。我问我的同学是否见到我奔跑时把笔弄丢了,言外之意是不是他捡到了。他一口否认。但过了几个星期,他有了一支类似的钢笔形毛笔,我当然有所怀疑,但他仍说不是我那支,而是亲戚给他的。我看他的笔也确有一点不同,或许真的不是我的那支。我的那支笔不知所终,至今仍旧是个谜。我一直耿耿于怀,所以二十年后我在一首诗里写道:"一片紫云英铺展开来……我奔跑,把自己丢失了/那个刚买回三天的玩具小人/也从怀中滚下失落在花丛中间……"其实不是"玩具小人",而是这支有特色的毛笔。

我也用过蘸笔。我见父亲批改作业、作文,用一支蘸笔一次次将笔尖伸到墨水瓶里蘸一下,然后写几个字,觉得很好玩。那墨水有红色的,也有蓝色的,当然用不同的笔蘸。那笔尖似乎更加尖锐,笔杆也更细长而尖。因为不能离开墨水瓶,所以用途受限制,我大约也只用过几回。同样,我用过几次铁笔,就是用来在钢板上刻蜡纸的那种。我用它帮老师刻写试卷、范文,有一阵,我还用它刻过一两张文学小报给同学们传阅。因为喜欢写作的同学并不多,这事也就没有坚持下去。

我读大学时还上过书法课,教课的老师已成为书法名家,我的字却仍然没有多少长进。书法课分毛笔、钢笔两种,我只上过前者,而后者因为当时流行一种书法钢笔——就是把它的笔尖弄弯了,这样写出的字有毛笔书法的效果,而这我是不喜欢的,所以就不准备练所谓的硬笔书法了。但我至今不明白,人们为什么喜欢用这种怪笔？还有人在用吗？

二十一世纪前后，市面上开始流行碳素笔，我于二十世纪末在一个封闭的环境下得到它，我一见就喜欢上了。因为它构造简单，而且笔头尖细，用起来非常灵巧。它的墨据说是石墨制成的，写出的字可以很长时间保持不变色，这多好！而且它像圆珠笔一样，油墨装在一根根小塑料管里，用完一管，再换上一管，这样写字就像战士打枪，每打出一弹夹子弹，再换上一弹夹。我曾积攒过一大把用完的碳素笔芯，还很想像古人那样以之造一"笔冢"，但最终没去造，大约是怕塑料不易降解吧，这也是碳素笔唯一的短处。另外，碳素笔的外形也千姿百态，甚至有各种定制，令人格外欢喜。因此近二十年，我都一直用碳素笔写作。

我不喜欢圆珠笔，几乎没用它写过一篇文章。圆珠笔很多时候出油并不均匀、流利，笔触也粗糙，而且经常莫名其妙就写不出字了。

我庆幸自己赶上了用碳素笔的时代。因为说白了，笔也就是工具，用过即舍，正如舍舟登岸、得鱼忘筌，不必搞得那么金贵，那么复杂。我曾得到数支精工制作、装在豪华包装盒里的"金笔"，那是专门作为纪念品制作的，可是总放置在抽屉里不用。我不认为用这样的奢侈品就可以把文章写得好。

但我一直羡慕江淹、李白，他们一个梦见仙人授以彩笔，一个梦见笔头生花，醒来果然文采斐然，笔下华章如锦绣灿烂。我当然没有做过这样的梦，故而文章平平，难以惊人。不过，我倒不认为跟我用的笔都是简单、廉价的普通笔有关，鲁迅先生的"金不换"在市面上也不值几个钱，但他那文章精彩绝伦。因此，我认为，江淹所得笔本身也不妨普通，李白梦中生花的笔也可能常见，但只要是"神仙"所授，只要它能生花，就可以不凡。其实哪里有这样的神仙，倒是杜甫老先生说得实在:"读书破万卷，下笔如有神。"功夫不负有心人，我期待自己也有梦笔生花的那一天。

尘世物影

乡村旧物件

生于20世纪60年代的我,赶上了一个社会发生巨变的时代,即便是在穷乡僻壤,也有日新月异之感,古人说:"向之所欣,俯仰之间,已为陈迹。"在这个时代,似乎更是如此。

我童年看到的乡村,基本上还保持着原始的风貌。那时候甚至连电也没有架通,人们日出而作,日落而息,过着几千年一贯的田园生活。日常所用的器具仍然是老祖宗传下来的物件。比如量米还习惯用升、斗;称重所用的秤许多还是十六两为一斤的老秤;雨天用的雨具仍是蓑衣、斗笠、纸伞;点的灯也是油灯,甚至有的油灯用的还是香油、灯芯草;更不用说犁、耖、锄、镰及其他一些农具,直到我20世纪90年代离开乡村时还在使用。

当然,有许多物件那时就已经被淘汰或处在淘汰之列。有的我只见过一次两次。现在想起来,这些"一面之缘"倒也非常珍贵,因为正是从它们身上,我看到了古老的乡村生活的一些影子。

我第一想说的是箩柜。什么是箩柜?我在查"百度"的时候,还想着可能不会有这个词,没想到还真搜到了一篇署名文章:《打箩柜》。对,我们家乡也有这个词:打箩柜。这篇文章把箩柜介绍得比较清楚,不妨摘录:"箩柜,外形似大大的睡柜(不过,什

第一章

么是睡柜我倒不大清楚），内部中间平躺一面筛子。磨得的面粉麦麸，掀开睡柜盖子倾入筛子里，一人站在连着筛子的脚踏板上不住地踩踏，使得筛子在柜子里摇晃，筛子撞到柜子，发出咯当咯当声。"筛面也叫"打箩柜"，就是这么来的。可是我见到的箩柜不是在劳动现场，而是在生产队一间装废弃物具的公屋里。时年五六岁的我喜欢和同村的小伙伴们在一起疯玩，有一次捉迷藏，不知怎么就闯进了这间公屋。满屋子杂七杂八的物什，结满蛛网与灰尘。"捉"的孩子追赶得急，我感觉无处可藏，忽然前面有一只约一人高的木柜，似乎还开有小门，便不由分说钻了进去，进去的一刹那，还碰着了一蒙有轻纱的木框，轻轻一碰就把纱撕烂了，柜里边有一个正好藏人的空间，只是呛了我一鼻子灰。玩毕出来，问比我大的伙伴那是什么，答曰："箩柜。用来筛面的。"哦，以前还有个这么个物什，我在心里想。但我只匆匆见过这一次，因为，乡亲们早就把麦子送到公社旁边的碾米厂去磨了，谁也不再用石磨磨面粉了，所以也用不着箩柜筛面。

　　再者是板筑。所谓板筑，就是用来筑墙的工具，古代也叫"版筑"。形制很简单，就是有两块长约两米，宽约一尺多的木板，在两头儿用短木板固定、连接，要筑墙的时候置放于地，不断地向里填土，并用木杵将其捣实，筑好了一层，再架于其上，又筑一层，以此层层加高，直到一堵墙筑成。我见过板筑，还正好在我家里。那一年，我家老院子的墙塌了一块，父亲便请人来重筑。几个工人把板筑一层层地架上，用杵捣，脚踩，石砸，如此这般一阵忙碌，很快就完工了。晨光里，工人们或骑或立在墙上，有说有笑，倒是一点也不显得紧张。我记得板筑中间还有圆棍，所以层与层之间，也会留下不明显的圆眼，不知缘何如此。这种筑墙方式少说也有四千年了。因为三千年来一直都流传商王武丁从奴隶中选拔贤能的佳话，所选的奴隶"说"就是在傅岩（今山西平陆东）从事"版筑"的苦役，可见板筑历史之久远。但是，我似乎就见过这么一次，它同许多事物一样，从我的人生记忆里一闪即逝。

还有打夯(hāng)。打夯还有一个别称就是"打硪"。所谓"硪"就是用来砸地，把地砸结实牢固的大石块，大的如两块叠加在一起的磨盘，四周缠以绳子，再延伸出几条长绳，七八个人就拽着那绳子一齐用力，把大石块拽起来，飞向半空中，然后猛然砸下，土地受力，就会变得结实又平整。我见到的打硪是常在发洪水的时候。洪水冲垮了堤坝，要把它堵上，不能仅仅堆些土与石块，还要把它砸牢靠。于是便有几个男劳力掀起石硪，让它飞起、落下，一边劳作，一边还会喊着口号以统一动作，形成同一节奏。据说，外地还流传有"打硪歌"，比如沔阳地区有歌唱道："这山望见那山高，两山合拢搭座桥。桥上跑车通南北，桥下流水灌秧苗。"劳者歌其事，是很有现实意味的，可惜我在家乡没有听到，或许人们也是唱的，只是我没有记住。我倒是记得我和几个同学在上学的路上，碰到打硪的人在休息，也去试着掀动那石硪，但毫无悬念的是只抬起了一尺高，落下去也很别扭，因此才明白看人打硪那么轻巧，轮到自己殊为不易。

我还想说说村里的碓窝。所谓的碓，乃是舂米用具，词典上的解释是："用柱子架起一根木杠，杠的一端装一块圆形的石头，用脚连续踏另一端，石头就连续起落，去掉下面石臼中的糙米的皮。"所说大致不差。只是我们村里的碓，有一个"三轮车"式的底盘，人可以站在上面踩踏木杠，杠端的石头像一只鳄鱼头，

第一章

而鳄鱼头所舂的石臼，在我们那里就叫"宕"，故连在一起称"碓宕"。这碓宕用得最多的时候，是在每年的农历三月三前几天，因为三月三这天，我们那里都习惯于吃蒿子粑以祛灾强体，而蒿子粑的原料糯米粉和蒿子，就是通过碓宕反复舂砸才糅在一起的，所以那几天，碓宕要排队才能用得上。例外是有一年停了很长一段时间电，公社的碾米厂也只得停业，人们只能秉烛舂米以免断顿。对碓，词典还附有另一解释："简单的碓只是一个石臼，用忤捣米。"这样的小碓，我们把它叫"钵子"，而杵只是一根擀面杖，我的母亲常常用它来捣芝麻，将芝麻捣成粉末，可用来包圆子，或就拌以砂糖，作为一种零食小吃，据说是一种很好的补品。

  我们的祖先用了几千年的物什，到我们这一代手里终于完成其使命，成为历史，化为记忆中的一鳞半爪。我觉得这没有什么可惜的，因为这是一种必然的趋势或者过程。我们回忆它，只是为了追忆先人的生活，知道中国人数千年都以此谋生，人们用这些工具书写了数千年中华民族的劳动史、生活史，甚至有人从这平凡的劳动中崛起成为历史名人（如从事版筑的傅说），这也就够了。

恋物时代

人刚生下来，大概对这个世界总是充满好奇的吧！他对看到的一切，都会觉得新奇有趣。这种对事物保持浓厚的兴趣，恐怕要贯穿整个少年时代，有的会更长乃至一生。

回想我在少年时代，就是如此。不仅每天对看到的天地、自然界万物感到欢欣，对来到身边、手头的许多小物件，也是由衷地喜爱，甚至总想把它们据为己有，以便可以随时把玩。那简直像是一种"恋物癖"的表现，那样的阶段对一个人或许可以叫作"恋物时代"吧。

我的那些物件，有许多都是从村里小伙伴那儿得来的。至于"得来"的方式也有多种，比如赢来的，打架斗殴或打赌打赢了，就自然可将事先说好的某个物品归于己有；还有是物物交换来的，或花几个硬币买来的，甚至还有看得眼热，实在放不下，乃至不惜冒着被拒绝的风险要来的，这都可能有的，可以说是不一而足。总之，那时心心念念都在一些小物件上，得之则喜，失之则愁、则忧。

即便到了现在，有许多物件我都还没有忘记，甚至想重新拿到手里，再次把玩一回。

第一章

扑克牌。我不记得自己几岁就学会了玩扑克牌，反正是很早。山村里没有什么娱乐方式，每逢春节，大人小孩都喜欢玩扑克牌，其中也会有赌几个小钱的输赢。一副牌五十四张叶子，玩的花样却很多，似乎是有无穷变化，这就令人觉得新奇！我参与其中，怎能不产生也拥有一副牌的念头！于是死乞白赖缠着大我几岁的哥们，让他把多余的叶子转让给我。这样我就逐渐拥有了一副完整的扑克牌了。扑克牌玩得时间长了，不免要卷边、起毛、缺角，这时有小伙伴便想出了一个法子试图解决这个问题：用桐油把扑克牌"油"一遍，反正我们那里盛产桐油，找点桐油不是难事，没想到桐油"油"过的扑克牌颜色变黑，硬是硬了，却更容易折断，这还不如不油，任其自然。

玻璃珠。现在也想不起这些玻璃珠来自哪里，有的珠芯还是彩色的，几枚放在一起，滚动起来五色闪烁，十分好看。玩它就是所谓"弹弹子"。事先挖一个小洞，放一枚玻璃珠在洞口不远，拿另一颗从较远的地方弹射出去，撞击洞口处的玻璃珠，入洞者为胜。这是不是有点像"打高尔夫球"的雏形了？不过那时我们根本不知道世上还有什么"高尔夫"，我们照样玩得不亦乐乎。我还曾和父亲同事的孩子"五毛"跑到父亲学校的中学部里偷实验室的玻璃管，拿回来做什么用？没什么用，大约也不过是吹吹水泡，或跟人换玻璃珠，因为它们都是玻璃做的嘛。那时我还没有上学。

乒乓球拍。这大约是上学以后的事了吧，因为迷上打乒乓球，总要达到一定年龄和身高。学校里有乒乓球桌和拍子，但可惜我们不是随时可去打。父亲也带回来过一副拍子，那是借的，玩了一段时间就要还回去。怎么办？自己动手，丰衣足食，这个道理似乎也无师自通。小伙伴们便用木板自己制作乒乓球拍子——反正做起来也不难。没有合适的木板，便去找水车上卸下来的"车畇子"即水车的轮叶，大小正好与一只乒乓球拍子差不多。当然这也不易得，我便拿十几枚硬币从村里"手艺"做得比较好的伙伴那儿买来一副，这样就可以打球了（后来还为这事，被老师揪到那个伙伴的班上罚站过一次）。没有台子，那就把门板卸下来找两条长凳支上，反正只要能发球、接球就行。我在我家的院子里常开这样的球局。我也就是在这样的状态下学会打乒乓球的，有的小伙伴"抽、削、旋"皆会，我也略会一二。不过我这种"野狐禅"打法，"发球"太不标准，以致到了大学上体育选修课，"乒乓球"老师纠正了我很长时间，我仍没有学会标准地"发球"。呵呵！

玩具手枪。这才是我少年时代最最心爱之物啊。时刻都想有一把"好枪"，除专心致志搜罗还日思夜想。我甚至一度在家里开过"兵工厂"，找来小伙伴，用泥巴兴致勃勃地制作各种型号的枪，以"手枪"为主，风干了，用刀子在上面雕刻出准星和花纹，用墨汁染了，夸张点说，"几可乱真"。另外就是用铁丝弯成手枪模样，枪管上绑上从自行车链条上拆下的一枚枚链节，再用一根铁丝做成撞针，一扣扳机，撞针在皮筋的带动下，撞向链子一端特意设置的一个小孔，小孔里倒插着一根火柴，火柴头被撞击，就发出爆炸声，火柴棒也被撞飞出去，还能发出一声脆响。可想而知，这种枪也会伤人，如射中人的眼睛，后果不堪设想，所以屡被大人禁止，但我们仍照玩不顾，幸亏也没有发生什么事故。有一回，村子一户人家来了亲戚，其中一个半大孩子带来一把很大的木头手枪，可以打火药，枪管还是一根钢管，让我感觉

第一章

新奇而又佩服,我便千方百计和他套近乎,想用别的物件跟他换,可惜均不能打动他,一起玩了两天后,他便带着这枪回家了,让我怅然若失。我到了外婆家,也找到跟自己差不多大的孩子玩枪。他们辈分大多比我长,其中一个有一把木头手枪,通体都是木头做的,只是放置火药的地方包了一层铁片。我自然也想得到,便总是拿在手里。这么好的东西,主人也舍不得释手,便在疯玩打闹中抢夺,抢来抢去,还乱扔,没想到,当我扔的时候不小心把其中一个小伙伴——我的堂舅的头砸破了,惹得他的母亲也就是我的小外婆跑到我的外婆家将我骂了一通,两家因此弄得不愉快,外婆似乎就更不喜欢我了,可见我小时候的确太过顽劣,唉!

小广播、电闸。那时,做小广播在小伙伴们中也颇流行,这当然是受真正的广播的启发,反正每家每户按规定都要安设一个广播,好奇的孩子便把它从墙上拿下来,拆卸开来反复研究,随即便大胆尝试,找来一个装过润肤油的小铁盒,按广播的结构,将各种必需的物件配置起来,没想到,还真是能收到声音,虽然比蚊子的嗡嗡声大不了多少,这也足够让我惊奇,并想拥有一只。我自己做成了没有,不记得了,倒是可以肯定从小伙伴手里用什么换来一只,可惜没玩多久,就哑了。可见我从小就是个"科技"盲,而有的小伙伴的心灵手巧实在令我赞叹!与之相关的是做电闸,也就是在一块木板上用铁片做推拉开关,将家里广播的那根地线从中剪断,安上这手制的电闸,这样就可以将广播的"响"与"不响"操控在手。这说明,小孩子是有一定的控制欲的。我也做了好几个这样的玩意儿。

鱼钩。我一度还迷上了钓鱼,大约看到别人垂钓,每每有颇丰的收获,自己技痒难忍,便想如法炮制。于是开始一次次置备钓竿，鱼钩、鱼线则是从邻村一个走村串巷"卖零货"的老货郎那儿买的。但鱼并没有钓到多少，鱼钩时常被鱼儿吞掉，鱼线也不知为何总被水下的什么缠住，一被拽断，便急切地到老货郎那儿去补齐。有时老人并不在家，情急之下，便用家里日常所用的针拿火炙烤后，弯曲过来，权作钓钩，中间少不了也要经过一番捶打，这倒应了老杜的那句诗："稚子敲针作钓钩。"

　　铁环、滑轮车、陀螺……这些小孩子喜欢玩的玩具，我也通过各种手段弄到手，具体途径照例记不太清了。还有哪些自己喜欢的"收藏"过的物件呢？似乎也说不出更多的了。那时候乡村生活贫乏，也很封闭，外间的一些稀奇玩意儿根本接触不到。倒是家里原本也有几样看上去小巧玲珑的，也觉十分可爱。如母亲用来种菜的小锄，大如小儿的脚掌，其柄不过一尺来长，但以之松土、挖野菜十分顺手，而且在全村是唯一的一件——那时村里的农具都是大型的，谁也不去置办这样一件微型的工具——所以为我所珍爱，我曾用它挖沟筑坝、掘坑栽树。另外，父亲还给我买过一只小小的塑料手电筒，其电池也比普通电池小许多，我常于夜间带着它在村里村外东奔西跑，与邻村的孩子开战，即使埋伏在乱坟岗中，有此手电，似乎也不畏惧。这样的小手电，也是全村绝无仅有的。

　　想起来，那真是一个沉迷于物的年岁。我总是对这样那样的小玩意儿充满兴趣，整天到晚不是寻摸这个，就是制作那个，几乎没有一刻停的。噢，对了，除上面提及的，我还制作过水烟筒、击水枪、竹笛、小木船、时钟……还曾没完没了地收集炮仗，一有空就拿出来燃放。许多物件还引起我无穷的想象，家里的一幅画，衣饰枕巾上的一个图案，都让我凝视久之，浮想联翩。有一

第一章

次，随着人群去一个村庄观看文艺宣传队的流动表演，人散后，我拾到一个小圆盒，盒子里装着几根橡皮筋、几颗玻璃球、纽扣和几枚头发夹子，我猜想这一定是某个女孩丢下的。我一边把玩着，一边想：她是什么样的长相呢？她现在在哪里？她为什么要收藏这些东西呢？她把它们弄丢了，是不是很着急？……后来，我看法国的电影《艾米莉的奇妙命运》，发现艾米莉也拾到了类似这样的盒子，并想方设法将它交给了盒子的主人，让当年的小主人一下子回到了过去的时光。于是我就想，可惜我当年拾到的那个小圆盒早已不在了，不然，或许我也可以找回失去的时间吧？

恋物或许是每个人必经的阶段，但我好像上了中学，简直是一夜之间就对那些小物件毫无兴趣了，只是有一样，就是对图书的搜集收藏还乐此不疲，一至于今。

第二章

第二章

雷

我有时候想,即便不信"上帝",也应该好好感谢造物主,创造了一个地球,这个人类生存的家园,这个美好的世界。有些事物简直是让我们不信有造物主都不行,因为创造得那么巧妙,多一分,少一分,都可能让人类无法生存。比如海洋,如果海平面再高或再低那么一些,人类的生存环境都可能大受影响;再比如雷,如果它再"厉害"一点,也就是炸得更响,恐怕亦非人所能忍受。

"以雷鸣夏",雷多在夏天生发。因为雷是"带异性电的两块云相接近时放出闪电,闪电引起的高温使空气膨胀,水滴汽化而发生的强烈爆炸声"。而夏天正是水汽蒸腾,极易上升成云、冲撞激烈的时候,所以很容易遇上雷暴天气。斯时电光噩噩,雷声阵阵,连大地都会山摇地动。有时,我们确实感受到雷电的激烈,那闪电如从空中穿过,很容易像马刀一样劈到我们身上;那雷就像一颗炸弹炸响,离我们咫尺之遥,稍不留神,即会叫我们粉身碎骨。幸好没有发生这样的事,人类和动物被雷击中的概率极低,尤其是只要懂得一点避雷知识,不站在容易导电的地方,基本上可以安然无恙。试想,如果雷的激烈程度再大一些,那将会怎样,

103

如果雷电在大地上处处开花，将置人类与万物生存于何地？如此来说，我们怎能不暗自惊呼一声："侥幸！"或者感激地叫喊："谢天谢地！"

但是，确实还是有人遭遇过雷击的悲惨命运。那多半是由于其自身的"错误"造成的。我在小学读书时，就曾亲见一个被雷殛死的人。是我们邻村的一个妇女，家境很不好，儿女多，夫妻俩也不是多么聪明能干，在生产队时代没有什么收入，日子当然艰难得很。没想到，人说"虱子单咬病牛"，这位妇女有一天在田间薅草，干着干着，天地间风云变色，雷阵雨来了，雷声一阵接一阵震撼大地，甚至越逼越近。这女人平时就反应不够灵敏，她没有及时避往安全地带，结果被雷电击中，好像也没有把她烧焦，只是夺去了她的生命，就像一片树叶被风刮落在地。此事，人们议论纷纷。因为乡间常有人赌咒发誓："若如何如何，就会遭天打五雷轰！"也有说法：遭雷劈是做了亏心事，或存在前世的冤孽。这样的议论使这位不幸的妇人再一次受到伤害，实际上是毫无道理的。这位妇女的不幸就源于她没有避雷知识，没有找一个干燥的地方站立，以避免被雷电当作导电之物。

人类在早年，甚至在一百年前，还不是把雷看作一种自然现象。因为除极少数智慧者外，都认识不清这种现象发生的原理，只能认为是天神在发怒，在示威。进而认为，主宰雷电的会专有其神。在古希腊神话里，雷神是宙斯——众神之主，雷电不过是他的武器。《荷马史诗》中提到宙斯，都在前面加上定语"雷神"，可见其因雷电生威而能慑众。这倒也符合这位主宰者的形象，人间的任何武器都无法与裂开层云、鞭辟半边天空的闪电及其发生的震天巨响类比。在北欧神话中，雷神是托尔，每逢雷电交加时，

第二章

他乘坐山羊拉的战车巡视四方，车隆隆的声音，如雷轰响，似乎比战神声威要温和一些，不知是否因为在北欧，雷电相对收敛些，所以造成的"雷害"也小些的缘故。在中国呢？似乎更形象化，也更人间化了，雷神干脆就叫雷公、雷婆。《山海经·海内东经》："雷泽中有雷神，龙身人头，鼓其腹则雷。"这简直是太寻常了，毫不足为奇。民间故事中的打雷，也不过是雷公、雷婆挥槌撞击而已。《广东新语》记雷王庙中的雷神："雷神端冕而绯，左右列侍天阶，堂殿内两侧又有雷神十二躯，以应十二方位。"我记得还从古"志怪"小说中读到的故事：有一个雷雨天，天地间也经历了一番电闪雷鸣的轰炸。过后风和雨静，室外一株大树上却传来怪声，原来是雷神被自己所劈开的枝丫夹住了，脱身不得，那雷神黑脸红衣，焦躁不已……这样的雷神不仅没有赫赫神威，简直与普通人无异。把一切都人间化、温和化，大约是中国文化的一大特色吧。

　　我小时也曾畏雷。在野外，一旦遇到雷雨天，就会停止行动，赶快寻找避雨避雷之处，不敢在树下经停，甚至不敢持伞在雨中行走。在室内，每逢雷声大作，连窗户边都不敢伫立，也不愿到阳台上逗留。但后来我遇到一件事，似乎把我的胆量锻炼得大了些，似乎如在特定的情境下，也能做到"纳于大麓，烈风雷雨弗迷"了。那是一件什么事呢？是在我来到北京的第六个年头吧，我正在京西的玉渊潭附近住。其时的玉渊潭对外开放，几乎不收门票。夏天，许多人在潭中游泳，似乎也不被严厉禁止。尤其是中间的那条大堤和拱桥边上，从那里下水的人很多，站在边上看热闹的也很多。我是自来到北京以后才学会游泳的，严格地说，此刻正处于兴头上，只要能下去的水都想下去游上一圈。所以我也经常下到玉渊潭里，劈波斩浪，搏击激流一番。这一天，我与同住一个套间的一位同事约好下午前往游泳，但出发时，已隐隐感觉到天气有变，天边已开始作云，而且看来势头很猛。然而我们还是出发了，因为约好了的事，也不能轻易改变。没想到，进入公园，天气陡变，乌云已铺满天空，太阳消失了，狂风却刮起来了，吹得地面飞沙走石，公园里的人也纷纷遁去，只有少数几个仍在水中浮沉，一湖激浪煮沸了般汹涌澎湃。不知从哪里获得一股勇气，我们也下到了潭里，下到如沸如羹的波涛当中。这时天边的黑云不断翻滚，把天空漆染得越来越黑。而云丛间，开始闪现火光，一道道猩红的闪电在云中炸裂，像火蛇乱钻，而轰轰的雷声似战鼓在天上擂响，而且随着分分秒秒过去，越发剧烈起来。我们仍坚定地在水中来回沉浮出没，总期望过一会儿就会云收雨敛。但雷暴的势头并没有减弱，那一声声仿佛可以炸碎一切的雷声越来越近，有时仿佛就在潭的对岸，就将越潭而来，轰击到我们头上来。说真话，这时我心里也有些恐慌，我们会不会被雷"逮"上而罹遭轰炸？我的同伴把是否上岸、回家的疑问的目光投向我，我一时无法回答，只能拖延或者强撑说以不变应万变。忽然，我想起了潭中的鱼儿，我心想，从来没有听说有雷电击中水中的鱼儿，那么，就让我们做一尾水中的鱼儿吧！再说湿淋淋的一身，走在回家的路上也不安全啊！那么，就只能泡在水里了。心一定，我们游得更自由自在了，简直不把头顶上的嚯嚯电闪、轰轰雷鸣当回事，我又是潜水，又是仰泳，一副风雷不惊的天地之子模样，直到乌云散开，狂风停息，雷电远遁，从此以后，我起码在心理上对雷电不是那么畏惧了。

也许正是从这时候起，我格外佩服美国的开国元勋、政治家、

第二章

物理学家，大陆会议代表及《独立宣言》起草和签署人之一本杰明·富兰克林。"百度"上关于他的一节文字值得一记：

> 据称在1752年，富兰克林进行了一项著名的实验：在雷雨天气中放风筝，以证明"雷电"是由电力造成。这是一项非常危险的试验，事实上，同时期有其他科学家进行类似的实验而被电击致命。至今仍有不少人对本杰明·富兰克林当年是否真的进行了这样的实验，或实验到底是如何进行还心存疑问……如果本杰明·富兰克林真的把手靠近导下了雷电的钥匙，他将会被直接杀死。但没有争议的是本杰明·富兰克林发明了避雷针……

我因为有在雷暴当中游泳的经历，所以我相信富兰克林在雷雨天气放风筝，从而发现将电流导入地下就能避免雷震是可能的，因为在适当的时候，尤其是做了充分准备的话，在雷暴下做这样的实验也并非必死无疑。何况他是一个献身于科学、献身于美国和人类解放事业的人。有感于此，我还写有一首诗歌《手持闪电的人》，以歌颂他"驯服"了闪电，也"控制"了雷霆，给人类带来了光明与安全，真是令人无限钦敬！

尘世物影

电之力

　　一两百年前，世界上还没有多少人知道电为何物，更没有几个人懂得用电来取暖、照明、驱动机械。而今天，全世界每个人都离不开它。如果没有电，那么也就意味着返回原始社会。

　　电流来到人间或者说电力为人类所掌握，真正是一件开天辟地的大事，它简直是重造了一个世界。本来，人类社会是在缓慢地发展，发展的成果只是物质数量的累加，而有了电，人类推开了飞速发展的大门，人类的进步插上了腾飞的翅膀，这时已不是物质的累加而是事物的质变。从此人类上天入地，几乎无所不能，甚至可以登上月球，涉足别的星体，这在电尚未为人类所知的年代，就是异想天开，无论如何都是不可思议的。人类已经须臾都离不开电，电是人类手里最基本也最锐利的武器，它就像孙悟空手中的金箍棒，帮助人类推开许许多多未知的大门。

　　但电其实早就存在于这个世界，最初就是天气变化中产生的雷电。雷电一般产生于对流迅猛的积雨云中，由此产生电荷，而且云的上部以正电荷为主，下部以负电荷为主。因此，云的上下部之间形成一个电位差。当电位差达到一定程度后，就会产生放电。雷电来自天上，却可以摧毁地上的建筑物，引起森林大火并

第二章

因此烧死人和动物。它似乎是一种野性的存在，甚至可以看作负面的能量，而只有伟大的科学家才会想到把天上的闪电牵引下来，掌握在自己的手中，为我所用。这真是一个石破天惊的想法，从此人类历史翻开了全新的一页。

在这个过程中，人类一些光辉的名字永远值得我们记住。美国的开国元勋本杰明·富兰克林被认为是把电从天上牵引到人间的第一人。早在1752年6月，他就在暴风雨来临的时候，来到野外，把带有金属杆的风筝放飞到天上以感应电流，以此证明天上的雷电与人工摩擦产生的电具有完全相同的性质。很快他就发明了避雷针，天上的电终于被牵引着来到人间。除了他，我们至少还应当记住伏特，世界上第一个发现用化学方法产生电流原理的意大利科学家；还有焦耳，研究热和机械功之间当量关系的英国科学家，他从实验中发现了电流可以做功；欧姆，发明了电阻中电流与电压的正比关系即著名的欧姆定律……关于电方面的许多计量单位都以他们的名字命名，这是应该的，可以说他们是改写人类历史的人。

可惜，由于我上初中时就开始"偏科"，我的物理学知识几乎等于空白；对电的"认识"只有可怜的一点点。但我在生活中，从来就对电充满了好奇，感到神秘，一直心存敬畏和崇仰。

我大约五六岁时才听到"电"这个名词。而直观地意识到电的存在，是对公社传达室里的那部电话。比我约大一点的伙伴告诉我，电话里可以听到从很远很远的地方传来的声音。我们多想听到这遥远的声音，于是便把手伸进传达室的窗户，拿起了听筒，这时便传来接线员一声好听的"喂，哪里？"我们哼哼哈哈装模作样地回应了几声，便挂上电话，溜之大吉。但下次还会来，并进一步摇动电话的摇手，再次骚扰一通。回去的路上，小伙伴指着让我看一根一根直立在路边的电线杆和上面延伸过来的电话线，告诉我，电话就是靠电线上的电流传话的，多远都可以听见。我感到惊奇，不知道那电线怎么把声音传导过去，回到家，我们便用泥巴制作了两部电话，把一部搬到打谷场的门楼的二层上面，然后再用泥巴在墙壁上捏出一根长长的电线，从楼上牵到楼下，两部电话连接之后，我们就可以同时拿起话筒通话……这样的游戏似乎只玩过一次，但在我的生命史上是倍觉珍惜的一页！

接下来我对电感兴趣是对家里的广播。每天的早、中、晚，广播都会响起来，一会儿是播报新闻，一会儿是戏曲节目，仿佛里面有一个戏台，在热热闹闹地表演，但它实际上只有碗大的一个装置，这多好玩啊！我产生了探索的念头，于是便搬椅子过来，爬上去，把广播摘下，拆开，反复看反复"试验"，看它的声音是从哪里发出来的。同时还琢磨它为什么要牵一根电线到地上，为什么有时地面板结了，还要浇浇水……结果，广播先后拆坏了两个，也没有弄出个所以然。对其原理，比我大的小伙伴似乎要明白一些，他们用装过润肤油的铁质小圆盒做一只小广播，不过放进磁石、漆包线什么的，左缠右绕，竟然真能从里面隐约听到一些声音。我从心里感到佩服啊，在我眼里，他们也简直可掌握电了！我到一个小伙伴家，还见他在把广播的地线剪断，中间安上一个自制的开关，这样就可以控制广播发不发声了，这也令我欣喜。我如法炮制，找来木板、铁片，做成一个闸子，安在我家的墙上，于是也就开合自如了。可是不久，村里支上了大的电线杆，架上了高音喇叭，一发声，声传数里，家家户户的小广播自然也就被淘汰了，我们也就"控制"不了那从虚无缥缈的世界里传来的声音了。

第二章

那时候,村里还没有架通照明的电。到了二十世纪七十年代中期开始酝酿通电,田野里由远及近又由近及远都支上了新的水泥电线杆,村里也运来了大捆大捆的电线,甚至每家每户照明的设备都陆续配齐,这样忙了几个月,终于在某一夜一声令下——通电,瞬间整个村子里灯光璀璨,一片通明,真是让人高兴坏了,小孩子们个个欢呼雀跃。此前那些无数的黑夜里,村里不过是偶尔闪烁一星半点油灯发出的光,而电的到来,给我们打开了一片新天地。很快,大队部里有了碾米厂,我们不再用石臼舂米了,也不必用石磨磨面了,公社农机站里也有了机器制面了,社办企业建起了各种各样的加工车间,可以用车床冲出各种机器零件!这一切都预示着,农村开始摆脱原始的风貌,农民开始告别原始的生活,可以说,从此一切都变了!比如脱谷,过去我们都是抬着"禾桶"到田间,然后抱起稻束,狠狠地掼在禾桶的帮沿上,用人力把稻子打下，现在队里有了脱谷机，在打谷场上就可以脱谷，把挑上来的稻穗"喂"进脱谷机的大口，那一头淌出来的是稻草，底下滚落的是干净的稻子……对了，当年，我们这些毛孩子总是对脱谷机感兴趣，每当中午歇晌，脱谷机停息下来，我们总要跑过去，想办法叫它运转起来，而电闸是由大人们封起来的，就防止我们开动而造成危险。但我们可不怕，便找来铁丝，把断了的线路硬是给它接通，这样脱谷机又能隆隆地运转起来，我们为也能叫这么大机器听我们的话而发出欢呼！

正是因为有了电，农村才逐步开始了现代化的进程。正是因为有了电，人间才日新月异，一百多年来的发展比此前几千年的进步还要巨大！而每一项跨越式发展背后都少不了电的推动。今天更不用说了，人类进入电子时代，信息与能量的传递都已是瞬间的事，一只小小的手机就包罗万象，这一切简直令造物主也要咂舌。人类的科技水平以难以置信的速度在提高，人类几乎可以无所不能或许不是神话。这一切也都奠定在基本的元素——电之上。因此我想对一切有益于人类把电掌握在手中的人，尤其是其先驱——富兰克林、伏特、焦耳、欧姆等人无论如何赞美都不为过，他们才是神话中的普罗米修斯，他们是真正给人间带来光明的使者！

我基本上是个科盲。在初中上物理课，一开始还有些兴趣，但客观上因为授课教师的频繁更换，而没有把基础打好，导致到现在我还没有怎么把动能转化为电等原理掌握清楚，这是此生最大的遗憾之一。我既没有到过水力发电站，也没有到过火力发电站，我弄不清电力产生和传输是怎样的过程，甚至在去内蒙古旅游的途中，看到那逶迤起伏的山坡上矗立着一座座高塔似的风力

第二章

发电设备，尤其是见到那一叶叶巨型风扇在缓缓转动，我竟有些怀疑：这就能够发电？还有我听说，现在的许多乡村已经用上了光伏发电，而这又是怎样的一种装置，我也是一无所知。我越加感到对这世界知之甚少，因此，如果说有下辈子的话，那么我已经有了一个目标，那就是成为一个电力学家。

上帝说："要有光，于是世界便有了光。"而电正是光所凭借的能量，在某种意义上说电就是光。曾以无比的深情和深邃的哲思唱出光的赞歌的大诗人艾青，也同样对电发出赞美。他说：

自从发现了你
我们也发现了自己
在无限里上升
超越时间和空间
我们向未来飞奔。

尘世物影

露

后来我从阅读中知道别人也有这样的发现：每当春天或夏天的早晨，旭日东升，阳光照耀大地，我走在田间小道上，会看到我的身影倒映在绿油油的稻禾田里。本是一道黑色的剪影，但是在头部却像戴了一道金箍，灿灿的向外放射毫光。我小时候见此情景，感觉神奇极了，仿佛自己有超凡入圣的可能。后来我也琢磨其中的原因，猜测到那是因为一片青葱的禾苗上都挂满了露珠，当我的身体遮挡住阳光，使阳光向边缘流注，加上形成明与暗的对比，从而造成一种光芒缤纷的效果。也就是说，这里更多是由露珠反射造成的。

也许正是从这时，我对露珠有了格外的注意。我不觉得它们只是普通的一滴水，而是活的精灵，或者说是造物主派送到大地上的精灵的遗迹或化身。它们虽然很微小，却无比纯净、晶莹。有时我看见一片灌木丛，上上下下都挂满了露珠，就像人工布置的璎珞，阳光照在上面，闪耀出云霞一般的光彩，使这普通的植物，变成一件玲珑剔透的璀璨的工艺品。有的点缀在花圃里，如从天坠落的无数的珍珠、钻石。当然，它们有时也会在晚间出现，那更像是天上的星星闪耀在大地上、草丛间，给人带来的是无限

第二章

的喜悦和兴奋。

我从小生活在乡间,常在田野里、山冈上、草坡上奔跑,当然随时都可以见到露珠。我看见它在散发着清香的荷叶上滚动;看见它卧在月季花的花心,仿佛在守护一丛可爱的花蕊;我看见它垂挂在一株绿茎上,仿佛在独自沉思;有的趴满了藤蔓,像一群孩子在悬望;有的甚至凝结在树干上,不仔细看发现不了它,过一会儿却看到有泪水在流淌……尤其是当我们清晨到山谷里割草的时候,那么多的露珠不仅碰碎在我们的镰刀上、手指上,还会打湿我们的鞋子和裤管,让我们的双腿变得湿漉漉的,仿佛被什么咬了一下,就变成了鱼的尾巴……我们躲在瓜棚豆架下,谛听天上繁星的动静,会有夜露从叶缝中掉落下来,砸在我们的眼眶上,在我们的眼前缤纷地开出晶莹的水花……乡村就是一个露珠的世界,露珠的世界是完全清新的、纯粹的,一尘不染……

或许正是因为所有的露珠都是纯净的,仿佛没有被人间任何俗物玷污,所以人们总认为它是从天而降。其实,我认为它是从大地上涌现的,它是靠近地面上的水蒸气遇冷凝结而成,或者它是植物呼吸产生的气息的结晶,不然,它为什么多是凝聚于活的植物尤其是植物的叶子上呢?但是,人们总认为它是天上"降"下来的,是甘露,是仙露。它不仅可以滋润人的心田,而且可以医治人身上的疾病。据《本草纲目》提到的方法,秋露重的时候,早晨在花草间收取,其味甘、平、无毒,可润肺杀虫,其中白花露:止消渴;百花露:能令皮肤健美;柏叶露、菖蒲露洗目可明目;韭叶露:治白癜风……难怪,许多药名即便不是用露水调成也会取名"露",如《红楼梦》里有"玫瑰露"。

但是,物极必反,人们对露的作用看得过重,就往往导致谬误乃至出现种种令人难堪的笑话。如早先中国人认为露水大有益于人的身体，是仙人赐下的玉液，调配以适当的药物，可以医治百病，益寿延年，于是总要想方设法采集下来，于是便有了汉武帝的仙人承露盘。《史记》《汉书》上都曾记载："（武帝）其后又作柏梁、铜柱、承露、仙人掌之属矣。"颜师古注引《三辅故事》："建章宫承露盘，高二十丈，大七围，以铜为之，上有仙人掌承露，和玉屑饮之。"后一句表明，汉武帝为了长生不老，可能已在服用类似魏晋时人颇为流行的金石散之类的东西，而这种"好神仙"的结果是闹出了种种悲剧与笑话，乃至赍恨以殁。不仅人没了，到了魏明帝时，立于建章宫前的仙人承露盘也被搬走了，据说那铜人还感伤地流下了泪水。为此，唐人李贺写下了脍炙人口的《金铜仙人辞汉歌》，以抒发对人世沧桑的感慨。

这么说，露水，这一"微不足道"之物，在一定程度上参与并影响了中国人的生活，大约一点也不为过。其实，它在某种意义上，还参与了甚至说是改变了中国人的历史，那就是唐朝末年的"甘露之变"。中国人素来认为甘露是仙人所赐，所以有甘露降临，就是一种祥瑞的表现，就是预示着国泰民安的好兆头，国内无不欢欣鼓舞。而唐末宦官为患，几乎控制了整个朝政。为了反击和铲除宦官，皇帝和忠于他的臣子绞尽脑汁。有一天，他们终于想出一个计策，宰相李训使人诈称左金吾大厅后石榴树上夜降甘露，想诱宦官首领仇士良等去察看，趁机伏兵加以诛杀。不想被仇发觉，他逃回殿上劫持了唐文宗入宫，并派禁军大肆捕杀朝官，除李训被杀，连未曾参与预谋的宰相王涯、舒元舆等也被灭族，长安有些街坊和人家被劫夺一空。小小的的露珠（虽然未必是石榴树上的甘露）也可谓见证了中国的一段惊心动魄的历史。

第二章

一滴水可以反映太阳,一颗露珠同样也可以反映一个世界。这是诗人的语言,不免夸大,但在一定程度上也是事实。比如小小的露珠为什么会涌现,为什么会消失,这里面当有物候学的原理,它的成分有哪些,它到底有没有药用价值,大约也属于博物学、药物学范畴,这都值得研究。而它什么时候变成露珠,什么程度上变成白霜,更是气象学家要关注的。我作为一个"诗人",也就喜欢关注古往今来人们对露珠的吟咏,有许多诗句常如植物园中的晨露一般在我心灵上闪烁:

蒹葭苍苍,白露为霜。所谓伊人,在水一方。(《诗经·蒹葭》)

青青园中葵,朝露待日晞……少壮不努力,老大徒伤悲。(汉乐府《长歌行》)

对酒当歌,人生几何!譬如朝露,去日苦多。(曹操《短歌行》)

尘世物影

露从今夜白,月是故乡明。(杜甫《月夜忆舍弟》)

可怜九月初三夜,露似珍珠月似弓。(白居易《暮江吟》)

这里面蕴含着多少人生的意义啊!

第二章

盐之味

盐虽说是一种调味品，其实也是一种食物。因为任何一个正常人都不能不食用它，即便不是直接吃下，而是把它融在菜羹里。这是由人的生理决定的，因为盐可以为人体提供所需的钠元素和氯元素。如果身体缺乏钠就会出现代谢紊乱、身体乏力等症状。

但盐又确实是一种极好的调味品，人称"百味之王"。任何一种菜肴，即使食材再高级，烹制得再精工，如果不放食盐，那也是寡淡无味；而放入适当的盐，即便是常见的蔬菜，也可以滋味百出（当然前提是也得有油）。学化学的朋友告诉我，如果盐放得适当，白菜也会煮出淡淡的甜味，让人感到滋味深长。这似乎是一件"怪事"，让人称奇。

我想，人之所以离不开盐，可能是跟这个地球上的生命都发源于海洋有关吧。一切生命的源头都在海洋里，曾经习惯于摄入盐分，走上陆地也仍然缺少不了盐，或许除了一种能量的汲取，也是为了对生命本源的一种追忆吧。

所以，不仅是人类，动物也不能缺少盐。饲养动物的人，都会在动物的食料里加入适量的盐。比如许多牧场的工人，会随身携带盐袋，随时在喂给牲畜的食物里撒些盐，而这些牲畜也颇识味，饲养员以此来调教和训导它们，让它们"听话"。而野生动物呢？它们本能地渴望能补充到一定的盐分，它们会自己到某块土地甚至山岩上去寻觅和汲取盐分。有文章告诉我：在茫茫的大森林里，人们会看到成群结队的野鹿趁着月色，到结有一些盐碱的地面上去舔舐，它们在那里久久地驻足、盘桓，流连不去，直到黎明……这样的情景是多么动人啊！

  人类在很早以前就知道煮卤为盐。据说，这是由狩猎、游牧文明转向农业文明的重要一步。因为此前茹毛饮血，动物的血肉里面就含有一定的盐分，能一定程度满足人对盐的需求；而转为食用谷物、蔬菜，因为这些食物是不含盐分的，如何获取盐元素便是一个问题。所以有人说黄帝和蚩尤的涿鹿大战，其目的就是夺取和控制盐的出产地：山西解县的盐池，我认为这很可能是真实的。

  人几乎每天都要食用盐，尽管量不是很大，但架不住普天下每个人、每天都要食用，那量加在一起自是十分惊人。所以自古以来，盐也是天下商品当中最大的一宗，这也就存在最大的一份商机。有资格、有本领投资于此，从业者不愁不富，搞不好就会成为富可敌国的富商巨贾。而历代在立国之初都允许自由买卖食盐，但随着朝廷开支增多，便不约而同都打起了食盐的主意，那就是把盐业生意收为"国有"而建立专卖制度。为此，历史上统治阶级内部也有过多次争论。但毫无疑问，这里面的巨大利益需控制在统治者手中。结果，专卖制度是建立起来了，但也堵不住走私的漏洞，以此而腰缠万贯的商人仍比比皆是；如果真的以严厉手段打击他们，他们断了财路，又往往不惜铤而走险。颠覆大唐王朝的黄巢就曾三代是私盐贩子，而元末的起义领袖方国珍、

第二章

张士诚等也曾贩过私盐。这样的人走南闯北，见多识广而又家底丰实，会把什么放在眼里呢？所以说这小小不言的盐曾决定一个个帝国的生死存亡也非过甚其词吧。

就我所知，食盐的来历不外三种：海盐、井盐、岩盐。所谓海盐，就是煮晒海水为盐。最初是煮，但所费木材甚多，得不偿失；后来主要是晒，在海滩上划出一格一格的盐田，把海水灌入其中，任其风吹日晒而渐渐风干成盐。这可能是天下食盐的大宗。由此我想到，过去我曾惊诧海洋在地球上所占面积之大，现在才知，如果海洋面积减少三分之一或二分之一，天下陆地面积增多，人口增多，还真的未必每个人都能吃得上盐。因为盐滩少，内地到海滨的距离也增加，即便不说贩盐的成本加大，机会也少得多，那么如有很多人吃不上盐，势必会造成天下的动荡。幸亏远离大海的内陆地区还有井盐可采。虽然井盐采起来非常不易，要开辟很大的井场，还要架设许多提取卤水及煮烧卤水的装置与锅灶，想想要吃上一点盐，得付出多少辛劳。

所以，在过去，盐是极其贵重的物品。有许多民族，将一小包盐和米赠送给远道而来的客人，那是最高的礼节。

我第一次意识到盐的重要性，是小时候看电影《闪闪的红星》。那里面有一个情节大家都很熟悉，就是主人公潘冬子为了送一点食盐给被围困在山上的红军游击队，在关卡不能通过的时候，他想出了一个办法，就是将所携带的盐用水化开，然后把它泼到自己的棉袄里，这样就可以不露痕迹地把盐带过关口，到达游击队驻地，再通过用水浸泡之后放进锅里烧煮成盐。这当然是个办法，我那时很佩服潘冬子的机智。但长大后，我多少有些疑惑，那就是，一件棉袄里能储藏多少盐水呢？如果盐水太多，湿

第二章

漉漉的衣服也容易引起怀疑。再说，那么多盐，一时都化为盐水，怕也不容易吧。

我这么想，是因为就我所知，过去的食用盐颗粒都很大，甚至是一颗颗四四方方的晶体，就像现在的冰糖，那么大的盐粒用水融化，恐怕需要一点时间（如果是开水，可能快些）。

那时候，我家的盐都放在小陶罐里。那盐不仅颗粒大，也不像现在的盐那么雪白，而是总带一点灰暗之色，所以有时也把盐叫"青盐"。烧一锅菜，只要从罐里摸出两三粒丢进菜里即可。而我常常担负着买盐的任务，有时候，因为有事耽搁或忘记了，也会向隔壁人家借一匙两勺的，其实也不用还，因为别人家也会遇到此类情况的。但总的来说，家家户户都能吃得上盐，只在偶尔的谈话中才会夸张地说："连盐都吃不上了。"这也让我这个从历史和文艺读物中得知"从前人们并不是那么容易都能吃上盐"的小小书生始终感到庆幸的。

但我听说，在乡间也总有个别人连盐都不吃的。不是吃不起，而是主动放弃，那就是下苦心修行的僧尼和居士。拿我母亲的话来说，那就是"清水当斋"，是一种很彻底的苦修，是很不容易的。我的一位女同学的姑奶奶就是数十年如一日，茹素且不食盐，对这样的苦修者，我们只有由衷地敬佩。

煤的记忆

　　煤与炭都让人感到亲切，就是因为它们都能变成一团火，给人带来温暖与光明。

　　我很小的时候没有见过煤，因为我们那里不产煤，村里也没有人家烧煤。后来，在大队部的铁匠铺里，我第一次看见锻铁的师傅把堆在地上的煤一锹一锹铲进炉膛，才知道煤为何物。

第二章

　　但在学校的课堂上，老师已跟我们说到煤的形成：那是远古，地上的大森林，成片成片，连绵几百公里，因为遭遇地震或地陷而被掩埋到地层之下，历经几十万年、几百万年，终于变成了煤。地球上煤的蕴藏量是很大的，有的煤矿开采出来的煤堆成了山，可见地下也就是煤海了。听了这样的介绍，自是感到震撼，也感到几分惊奇，这么多的煤都是植物形成的，那要多少植物呀，真的有那么多的森林掩覆到地下就变成了煤海吗？这只是潜意识当中的一点疑惑，没想到，几十年后还真有科学家提出疑问并进行研究，认为煤未必是植物的碳化，而是矿石的自然化合形成的结果。当然，我对此仍无研究，不能说出个所以然来。此乃闲话。

　　也是在小学的课本里，我第一次见到煤矿工人的形象。但那是悲惨的，因为文字介绍的是旧社会的煤矿工人，特别是在日寇侵华时期，煤矿工人更是过着暗无天日的生活。我记得课文里讲到日本鬼子把持着矿山，驱使工人挖煤，每天下井长达十几个小时，而且几乎不给什么报酬。工人饥寒交迫，贫病交加，死了就被扔进万人坑，比死一只猫狗还不如。书中还附有工人挖煤时的工作图，一个工人口中衔一盏小灯，像猪狗一样爬行在一条隧洞里，可以想象那环境的逼仄、阴暗、潮湿以及危险，这种非人的生活像刀刻一样印在我的心里，常常鞭答着我的神经。

　　忽然有一天，我家里不知通过什么途径买来了一两千斤煤，作为日常生活的燃料。此前，父亲也多次跟母亲谈到买煤，所以我也知道有所谓的有烟煤和无烟煤及其价格（可惜现在记不确切了）。他所在的小学及部分同事家里可能都烧煤或曾经烧过，这是促使他买煤的动力。买来了煤，当然就要有烧煤的炉灶，我记得是一只圆桶形的装置，里面放一两只圆圆的蜂窝煤。父亲要做的就是把炉灶点着，用些木片细柴，可能还浇一点煤油助燃，等火燃起来后，就把新煤坐上去。关键是每天晚上炉灶要封好，留一只煤仍然燃着，并处于不旺也不灭即半睡半醒的状态，这样第二天一揭开炉灶的封口，就可以接着用，不必大费周章地重起炉灶。这要一点技术，主要是火候要掌握得恰到好处。

不过，我记得我们家还烧过煤球，因为煤刚买来的时候，父亲就老在琢磨，煤里要加入多少黄土才比较合适。然后是把煤、土用水搅拌好，拿一只大勺子，一勺子一勺子舀起来，磕到地上，地上便布满一枚枚大松果般的煤球。待到晾干，收拢起来，就可以放进炉膛燃烧了。我已想不起来那炉子是不是不同于烧蜂窝煤的炉子，我只记得因为拌有黄土，出的煤渣更多，而这清除工作，正是我的日课之一。

可惜我家用煤的历史很短，前后不过两三年，而且主要是在寒暑假期间，也就是父亲在家的日子。不过，这对我来说，是一段宝贵的经历。不然，煤——这种深埋在地下长达百万年的矿物燃料跟我有什么关系呢？岂不如同天际的浮云？

我家乡虽不产煤，但在老县城的南门口有一座巨大的储煤场，就在公路边，围绕以高大的砖墙，砖墙上刷写着字体比人还大的标语："鼓足干劲，力争上游，多快好省地建设社会主义！"真可谓气势夺人。我们从公路上走过，只隐约眺望到一角煤山，却不知其详，何况门禁森严，望之俨然而生敬畏，同时也感到神秘。好长时间，我都不以为它是一座储煤场，但终于有一天，我的一位中学老师让我和另一位同学一起跟他去拉煤，才算揭开它的神秘面纱。我们拉着板车进场，地面就变成黑色的了，朝远望去，是起伏的煤的山丘。当中有一间出檐厦屋，门口场上有地磅，有

第二章

好几辆车拉着整车的煤在过磅。我们三人加上板车，就像漂浮在湖面上的木片，孤零零的。我的老师赶紧向工作人员递上一个本本，买了一板车煤。我们用了很大的力气才把煤拉出院墙，感觉整个储煤场似乎连一片叶子也没有少。我这才知道，全县的用煤量之大。然而都是供应给了谁呢？除了一些工厂、机关。

我在青少年时期对煤的了解就这么多。那时候，我没想到有一天跟煤的产地还会发生交集。有一座邯郸的煤矿，我去过多次，而且同矿山上的人家有了许多交往，甚至结下了深切于命运的关系，因为我娶了一位矿工的女儿，而且她本人也在矿山上工作，我对矿工的生活才有了具体的感受，对煤的亲切感也进一步增强。更重要的是，在我的强烈要求下，矿上安排我下了一次井，这同样成为我终生难忘的记忆。我乘着罐笼下到井里，在幽暗中模模糊糊地看到往深远处延伸的轨道，我坐上小货车，和前往掌子面的几位工人一起往前驶去。穿窿越来越狭小，就觉是进入了某座建筑物的大厅，不过一切都是草创的状态。铁轨已到尽头，我们只得下来步行。竟然还有很大的坡度，而且要走几公里，才走到工人操作的地点。是在山体里凿出很大的洞，工人开着电钻在向前掘进，那么强劲的钻头，再坚硬的岩壁也似乎迎刃而解。事实上，钻头前煤的晶体缤纷如雨，一会儿就积累了一堆，我最初从课本上看到的挖煤工人用小铲一铲一铲地开掘的形象，不知何时消失在时间的烟云中。我从煤壁上抠下一小块煤，用纸包起来，准备带回家。我再一次乘着小货车返回井口，然后升上地面。在矿灯房里交还矿灯帽时，我看见跟我同时升井的工人满面油污，只露出一双灵动的眼睛在那里忽闪忽闪，我很感动。我想起读过的一首诗：这些工人沉入地底，在煤海里潜泳着，去打捞沉落在地底的太阳……

后来，那一小块被我带到地面的原煤，被我当宝物一样供奉在书架上。我偶尔还会拿出来看看，它不仅把我重新带回掘煤的现场，而且使我遐想，我在想象它像一只黑色的鸟，在地下的森林里栖息了千万年，它终于飞出来了，飞到了地面上，它想把自己奉献给它所爱的人们，为他们带来光明的歌唱，燃烧像一束炽热的阳光……

我不禁想起我在大学时代曾经听到一位教现代汉语的年轻老师，用清澈动听的声音朗诵诗人艾青的名作《煤的对话》：

> 你住在哪里？
> 我住在万年的深山里
> 我住在万年的岩石里
> 你的年纪——
> 我的年纪比山的更大
> 比岩石的更大
> 你从什么时候沉默的？
> 从恐龙统治了森林的年代
> 从地壳第一次震动的年代
> 你已死在过深的怨愤里了么？
> 死？不，不，我还活着——
> 请给我以火，给我以火！

通过这次"地下"之旅，我对这些似乎有了更深一层的领悟：艾青写的是煤，其实也是一个民族！那么，我在采煤现场看到的正在劳动的，和矿灯房里正在把他们的矿灯帽挂回那一排排密密

第二章

的矿灯架的青年工人,他们本身也就是煤块,他们的劳动也是在发掘自己,让自己像一块煤一样燃烧,给这个世界带来温暖和光明!

人的记忆也是如此,对美好事物的记忆也像深埋在地下的煤,深藏在人们的心底。但总有一天,它们被发掘出来,在阳光下燃烧,会给人带来温暖、光明的感觉和无穷的力量……

炭

一小粒火炭在冬夜里点燃,就像一朵红梅在夜色里凌寒绽放,猩红温暖,是当之无愧的火种,是光源,让人对黎明、对春天充满信念和期望。

炭,通体黑色,却孕育着红红亮亮的光焰与热量。它的前身是绿色的树,是壮实的树干和遒劲的枝丫;它曾经立在春风里、阳光下,把它内在的激情蓬蓬勃勃地喷发,爆出无尽的枝叶,擎出或大或小、或红或白或紫的花朵,甚至还垂下累累的果实,期待着绿的繁衍壮大。但是它的生命戛然而止了,为了人类对热能的需要,它牺牲了,倒下,被裁成一截截的送进由山体凿成的窑洞,密闭起来点燃,在烈火中焚烧自己和同类,最后再次密封起来,熄火,然后重见天日。它们像从地狱返回人间的精灵,通身漆黑、憔悴、喑哑。但是,它们葆有真正的赤胆忠心,它们把一切能量都保存了下来,保存在它漆黑、憔悴、喑哑的外表下,在越是严寒的时刻,越是显示它们存在的价值。它甚至可以与硝磺一起放进爆竹里,点燃引信就可以爆出脆响。

人类大概在掌握用火不久就懂得运用木炭。因为他们发现大火焚烧后的树木,如果没有彻底焚尽的话,会遗下仍然坚固的木

第二章

"骸"（就借用这个词吧），而把它再次点燃的话，它不但照样燃烧，而且不会发出呛人的烟雾。这显然是可以作为别的用途的燃料。而将它置放在火盆里，于寒冬腊月用来烤火，显然是个不错的主意，因为它无烟，而且可以保持燃着而无焰的状态，不会像第一次燃烧的植物那样"不可向迩"。那么，扩展开来，用它来烧烤食物也是上好的选择。

我从小就熟悉木炭的这两个用途。每年冬天，滴水成冰的时候，母亲总要把家里的火坛（即手炉）生上火，那方法是先在火坛里垫一点柴灰，然后再铺一层木炭，最后再在上面加上从正在烧饭的灶膛里夹来的火种，轻轻地掩上一层灰，就可以长时间保持相当高的热度，说明那木炭是一直在薄灰下燃着的。当然，木炭如果放得少，到了晚上也会燃尽，那么对我这个习惯熬夜的人来说就得重起炉灶，再铺炭生火。而用于烧烤的木炭，一般都是在吃火锅时用到。我们那里火锅有两种：一种是陶钵，里面置放燃着的木柴，将盛满菜肴的铁锅搁上就行；一种是特制的铁火锅，主体是圆形的一个盆，中间隆起同样是圆的而且是上小下大的烟囱状之物，火炭就置放在里面，发出热力，炙烤锅中的食物，这与北方的涮羊肉几无二致，只是现在涮羊肉恐怕早已不用火炭了，而且我家乡的火锅是一端上来，里面的食品就是配好的牛肉、猪肉、鸡鸭鱼肉、糯米圆子、青菜等物，大部分甚至是熟食。我很喜欢这样的火锅，木炭煮出的食物仿佛更合胃口，所以每每大快朵颐。

除此之外，乡亲们还把炭置放进火盆里，就像一口铁锅外加一个木框，可以供几个人把脚搁在上面取暖，室内也就温暖如春。这样的木炭都是细枝木炭，所以也可以敲碎了放进熨斗里，被裁

131

缝拿来熨烫布料和衣服。我记得我小时候就曾多次帮助做裁缝的小姨置办这熨斗，一按按钮那熨斗就会上下打开，形如空盒，放进烧红的木炭，它还真能传热，手指不可轻易触摸，如果搁得不对，将其平面长时间搁在布料上，还可能将之烫坏，甚至起火，引起火灾。

粗壮的长枝木炭一般是机关单位才会用上。在我的家乡，那炭叫作栗炭，大约是栗树烧制而成的，当然更耐久烧，而且燃着以后，还会不时爆出细细的炸响，迸飞出火星——这很容易使人想象炭屑可以用于制作烟花爆竹。这样上好的木炭一般农家是轻易不敢用的。20世纪80年代初，我还是一名初中生，有一天我带我的一位同学去县文化局拜访诗人陈所巨，其时天上正飞着雪霰，寒冷异常，陈老师把冻得半僵的我们拉进办公室，搜出火盆，让我们烤火。那盆中用的正是粗大的栗炭，外表已结出一层白纸灰，内里却源源不断地发出热力，不一会儿，我们就如置身和煦的春阳当中。

冬天再次来临，早晨醒来，母亲手里拎着一只火坛，走来告诉我下雪了。我忽然问起火坛里的炭是哪里来的，她说是从县城买来的，偶尔也有人挑到乡下来卖。可是我一次都没有遇见过，听着母亲的话，我忽然开始想象县城里的木炭市场，是不是有一根根的木炭，被捆束得紧紧的，由山里人挑出大山，走到了人群熙攘的市场，等待有人把它们买回家，让它们变成温暖的火，或猩红或微暗，让贫寒的人家也四室生春！我想这是一定的。到了这时候，我才忽然想起在夏天和秋天里从我们家门口走过的驴队，每一头驴子背上都拎着两只笋筐，笋筐遮掩得严严实实，仿佛里面装着什么宝贝。那驴子迈着沉沉的步子，稳稳地从后山走来，走向平畈，有时还摇曳颈项上的铃铛，叮叮当当，悦耳悠扬。驴队是否也曾背过木炭呢？我问母亲，母亲点点头，说："是有木炭，都是栗炭（最初我以为是"力"炭，就是有力的炭），是运往各个城市的。"啊，我顿时感到一种莫名的振奋，原来多少年来，我家门口每年都曾走过运炭的队伍，一截一截木炭，就像是秘密武器，从山上运下来，运往城市，帮助市民们抵御严寒，可以说，这运送的是火，是光，是温暖与热量啊！

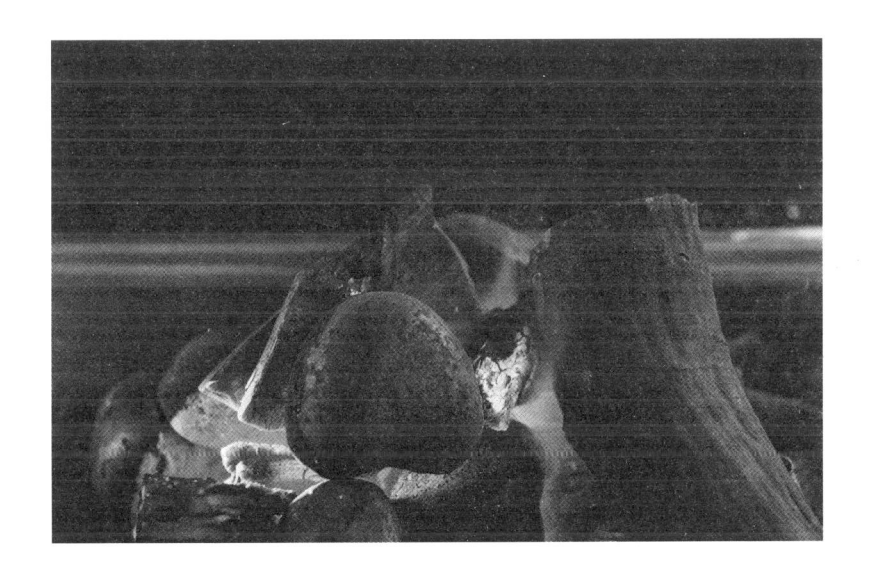

所以，当我大学毕业分配到一座小镇教书，第一个学期结束，年终学校发放一些福利物品，其中竟然有两捆上好的栗炭，我因为感到意外而十分惊讶，转而又十分欢喜。我甚至浮想联翩，我也有机会用到这么好的木炭，而这木炭可能是从山上，经过我家门口运往包括我工作的小镇在内的"城里"，现在又被我带回家，

家里更添一分温暖，父母也会倍感欣喜吧。我倒是不记得将此木炭运回家，家人的反应了，但我忘不了，我在学校里也留下了几根。每当气温下降，尤其是逢阴霾欲雪天气，正如白居易诗所吟："绿蚁新醅酒，红泥小火炉。晚来天欲雪，能饮一杯无？"我便把小泥炉拿出来，将炭敲碎后放进去，点燃，再将一口小铁锅坐在上面，锅里放进从食堂打来的青菜、肉片，就这样熬了起来，等到差不多的时候，就喊来左右邻居、同一年分来的同事，碗里倒上酒，就这样就着火炉品尝、畅饮起来。那平时并无多少滋味的大锅菜，经过炉火煎熬，味道顿时浓厚起来，甚至可以说鲜美无比，大家说笑着，品饮着，甚至连电灯都没有开，就借着炉中微红的火光，促膝倾谈，喝至微醺。那一刻不仅是感到温暖，而且是温馨，此后几十年都很怀念这平凡而滋味深长的日子！

那时候，我跟同事说到炭，还会谈到《史记》中豫让为刺杀秦王而漆身吞炭的故事，不胜惊讶，木炭竟还有这么厉害的一招：可以使人声音变哑。

"卖炭翁，伐薪烧炭南山中……"白居易的《卖炭翁》诗，我从小耳熟能详。我也曾经想象，山中烧炭应是什么样的一种工作，甚至在刚上小学时读到一册《张思德》的连环画，其中烧炭的画面让我久久凝视，至今难忘。可惜我一直没到山里去，亲眼看一看烧炭工人是怎样伐薪烧炭的，虽然我颇有这个愿望，可是，一旦破蒙读书，就忙于功课，哪有这份闲情逸致呢？于是，烧炭工人在我心中便始终保持一种神秘的形象。当我读到史书上讲太平天国起义战士有一部分是烧炭工人出身，而比他们稍早，还有意大利资产阶级革命组织——烧炭党人，我更是对烧炭工充满敬仰。他们都为打破不合理的社会制度，推翻压迫和剥削，舍生取义、顽强战斗，以致血洒疆场，他们的英风血气也像炭一样薪火相传。

小小的黑不溜秋、毫不起眼的木炭，它原本就是火种啊！它在烧炭工的手里由原木变成了焦炭，又在烧炭工的手里散发璀璨的火花，曾经照亮黑雾茫茫、阴风寒彻的中国和意大利的黑夜！

尘世物影

霜之韵

我要再一次感谢上天让我生在乡间，长在乡野，不然就像现在城市里的孩子，恐怕连霜是什么样子也没有见过吧。

因为霜是薄薄的，它虽然外形有点像雪，却没有雪花那么大，那么惹眼，更不会像大雪那样漫天纷飞，它来时是悄悄的，最初甚至只是空气。

据"百度百科"上解释：霜是指贴近地面的空气受地面辐射冷却的影响而降温到霜点以下，在地面或物体上凝结而成的白色冰晶。又说：霜是冰晶组成，和露的出现过程是雷同的，都是空气中的相对湿度达到100%时，水分从空气中析出的现象。它们的差别只在于露点高于冰点，而霜点低于冰点。因此只有近地表的温度低于0℃时，才会结霜。

这说得对。按照时序，气候暖的时候，在夜间野外植物上会凝结有露珠，而天气变冷到一定程度，那露就变成了霜。所以《诗经》有一句写得很准确也很动人的诗："蒹葭苍苍，白露为霜。"时序应在深秋，一般植物的叶子都已凋零、枯黄的时候，本应给人以萧瑟之感，不知为什么，"白露为霜"，反而让人不再失望，因为它使我们感到大自然的一种律动。大自然是活的，是生机勃

第二章

勃的，它一定会给我们再带来一个万物繁华的春天。

  小时候，每当霜降的季节，我们一方面感受着四野一天天变得肃静、清凉，一方面在享受捕捉一年里最后的温暖。有时确实听到夜空中有大雁飞过洒下的雁鸣，我们的心也随那大雁飞向南方。终于有一天，父母会在晚饭后说，今晚会下霜。为什么呢？因为下霜之前，人会感觉到自己身体的某些部位燥热，如脸颊，甚至手脚。果然如此，第二天早起上学，我走在田野间，会看到路边的草丛上敷着一层细粉，像是谁不小心将袋子里的面粉或盐洒落了一些，洒在了路上，当然等待太阳出来一晒，很快就化了，草丛里濡湿了一大片。除此之外，我们确实也在墙头或屋顶的瓦片上看到类似物，所以，我们学到"各人自扫门前雪，莫管他人瓦上霜"，眼前也会浮现看到的瓦上霜的形象。

  这是自然界以实物形式教我们认识何以为霜。而在小学时读到的郭风先生的作品，大约是叫我们第一次领会到了文学中的霜的美。

  月亮好像一枚冰冷的黄玫瑰。北斗好像几颗冰冷的宝石。

  我看见月光和星光把乌桕树和梅树的树枝，画出树影来，画在溪岸的草地上。

  我受到深深的感动了。叮真是的，我看见溪岸上的草地，凝结着白霜，好像一块无尽铺展的白色画布，上面画出了非常美丽的树影；好像墨笔画出来的浓墨色的树影，淡墨色的树影。（《夜霜》）

  在另外的短章中，郭风先生还写道："当我走回村里时，我在月光下站了一会，忽地看到石桥、草地和溪边的赤裸的梅树、乌柏树上,都已凝结着浓重的白霜。这已经是连续第三个夜,下霜了。"(《夜宴》)"夜已经很深了,我循着溪岸前行。我踏着铺着白霜的草地上的树影,要回到村里去。当我走进溪边的水磨坊时,我看见它的木屋上面,披着杉树皮和稻草的屋顶,铺着白霜。"(《水魔方》)

这仿佛一唱三叹。我真没想到,这微不足道的,甚至很少为人所注目的霜,竟然可以写得如此之美。我至今还记得当邻村的高中生向我展示他抄在小小笔记本上的这些精美诗章时,他一边念,一边入迷地赞叹的情景。这情景也像那薄薄的霜粉,在我心中留下了斑驳、参差的美。

郭风先生所写的,都是我在乡间亲眼见到过的,所以我感受亲切。

后来稍稍长大,我又读到"履霜坚冰至"这一富有哲理的句子。它之所以富有哲理,首先是因为它概括了一种自然界的规律——我们已经看到了霜，那么很快，更寒冷的日子将会来临！它的引申意思就是"见微知著"。我们要有更大的思想准备，生活中，某项事业上可能会遇到更大的困难，面对更艰难的局面……但这句话，也预示着事物总是在发展当中，有了微霜，可能就有坚冰，而坚冰之后呢，又会有春光。正如雪莱所言："冬天来了，春天还会远吗？"所以"履霜坚冰至"，不仅仅是预示着严峻、艰苦，它其实也预示着希望和生机。

这样的想法，大约就是一种从哲学的角度理解霜了吧。

而看到这一"霜"字，也很容易使人想起人们常用它来形容人在某个年龄段的相貌，如"两鬓如霜"。李白就有对头发变白的感喟："白发三千丈，缘愁似个长。不知明镜里，何处得秋霜。"确实，随着年龄增长，人的满头乌发会渐渐变白，先是一两根，后是一小束，一小片，最后变成满头银丝，这是不可遏制的自然规律。在变成满头银丝之前，头顶上那星星点点的白色（"鬓已星星也"），从镜子里望去，确实最像覆上了一层薄薄的白霜，让人感叹时光流逝之迅速，让人恐惧老之将至——正如"履霜坚冰至"，头上有了霜，就不免会迎来满头白如雪的日子。这也是一种人生的自然辩证法吧，那么恐惧又有什么用，我们应当清醒地知道既然人生到了秋天，那么我们就应该抓住有限的秋光，更加意气奋发，更加努力，向自己既定的人生目标不断地进击和奋斗，以累累硕果告慰人生的金秋，以更壮阔、更辉煌的境界迎接"晚年"的到来，让自己的满头银丝闪耀出无限的骄傲！这样的人生不是很美吗？

因此，我们头上的这种霜雪，正是一种提醒，一种激励奋进的鼓点啊！

夏日语冰

夏天来了,天气一天比一天炎热。有时坐在室内,热汗也涔涔而下,不由对清凉世界有一些怀念。甚至会想到冬天的冰,似乎这样也可以降降温避避暑,于是索性拿起笔写下有关冰的文字。

冰是常见之物。"冰,水为之,而寒于水。"(《荀子·为学》)大约是古人对冰的朴素的认知。确实,每当气温降到零摄氏度以下,地表水便开始结冰,许多人才真正意识到冬天来临了。在我的意识里,也只当滴水成冰(拿我母亲的话来说是"滴水滴冻"),

第二章

时序才算进入了深冬、严冬，一年中最寒冷的季节。

小时候虽是在南方（长江北岸）过冬，却没有哪年不会见到冰。我生性活泼，每逢结冰的日子，没有对寒冷的恐惧，反而更加兴奋，仿佛冰是什么稀罕之物。起码我可以和小伙伴们一起到水塘上面去踩冰了，把冰踩得嚓嚓响，裂痕由脚边辐射向远处，仿佛能获得一种快感。我们也试图在冰面上滑溜一下，或是敲碎一块拿在手里把玩，甚至还会嚼一嚼、尝一尝。更不用说也调皮地把冰块塞进同伴的颈项，最好让它顺着同伴颈项滑下去，不等掏出来就融化了，狠狠地"冰"他一下。这样做似乎彼此都感到快乐！

在我们那里气温到底不是很低，一般能结冰的塘面都很小很浅，即使冰碎了双足陷落也不会有危险，最多沾一脚泥水。而蓄满水的塘面可要当心，因为只在边缘结一点薄冰，远处仍清波粼粼，大人们是禁止我们去尝试的。我在小学课本里读到志愿军战士罗盛教跳进冰窟窿救朝鲜儿童的故事，不由想象在那冰下泅水是怎样的一种滋味，而如果是我，找不到冰的出口，该是多么恐惧！遂对烈士充满由衷的敬意，当再拿起一块冰，也似乎有了一种复杂的感情，薄薄的冰竟也可以成为杀人的刀子啊！

似乎从小也已经知道越往北，冬天气候越寒冷。冰天雪地，那是怎样的一幅图景？但我并不清楚中国的无霜冻的界线在哪里，不知道中国南方冬天是否也有冰。多少年后，我读加西亚·马尔克斯的《百年孤独》，它的开篇就让我惊奇："许多年之后，面对行刑队，奥雷良诺·布恩地亚上校将会回想起，他父亲带他去见识冰块的那个遥远的下午。"热带地区的人生来没有见过冰，简直不知道冰是什么形状，放在露天里会起什么变化，他们把冰

141

当作神奇之物！由此我知道不同地域的人认识都有自己的局限，所以读到庄子之言："夏虫不可以语冰。"当然深信不疑。

其实，我对冰又知道多少呢？起码我对水何以到零摄氏度以下就会结冰，此时那水分子是怎样的结构，至今仍很懵懂。我羡慕化学学得好的人，但似乎也不想去"追究"，因为对事物保持一种神秘感，起码是一个从事写作者所应当有或必须有的。因此，当我读到《后汉书》上记载的这个故事，最初也认为是"奇迹"：

（更始）二年正月，光武以王郎新盛，乃北徇蓟……晨夜不敢入城邑，舍食道傍。至饶阳，官属皆乏食。光武乃自称邯郸使者，入传舍……传吏疑其伪……绐言邯郸将军至，官属皆失色。光武升车欲驰，既而惧不免，徐还坐，曰："请邯郸将军入。"久乃驾去。传中人遥语门者闭之。门长曰："天下讵可知，而闭长者乎？"遂得南出。晨夜兼行，蒙犯霜雪，天时寒，面皆破裂。至呼沱河，无船，适遇冰合，得过，未毕数车而陷。

这件事看起来不大，却被认为对中国的历史进程具有相当大的影响，因为如果没有呼沱河一夜成冰，刘秀恐怕就落入敌手，再也没有后来的东汉王朝了，所以被东汉主流意识形态一再宣扬。有的说：本来呼沱河是不结冰的，而刘秀落荒逃来，河水突然结了冰，等他渡过后，河水又化开了，可见"天佑刘秀"！这等于是说，刘秀命中注定要成事，要做皇帝。其实哪有这回事，刘秀不过是赶巧而已，事情并非那么神乎其神，前面已有"铺垫"，刘秀往呼沱河边去的时候气温已经骤降（"天时寒，面皆破裂"），只能说他的确是"幸运"罢了。

这种被敌人追击到大河边上，有幸遇上结冰，得迅速渡河以

第二章

脱敌的事件，在历史上并不止这一例。于是我们不妨夸大一点说，看似平凡的"冰"也默默参与了中国的历史。

这或许也是"大历史"观之一种吧。由此我又想到，中国古人避暑竟然会用到冰。据我所知，古代京城里就挖有多处冰窖，冬日祁寒，从结冰最为厚实的地方把冰凿下，大块大块地储存起来，待到酷暑季节，再拿出来送到达官贵人家里，置放在室内，让冰在融化的过程中吸收热量，从而把室内温度降下来。我过去在夏天逛故宫，就曾担心天气这么热，皇帝和他的大臣们怎么办公？后来才知道这种担心很可笑。我辈小人物与这样的"大历史之冰"无缘。但是有一次，我从小小的冰上体会到一种生命实实在在存在的"实质感"。那一年，我在一所中学任教，到了寒假，校园里师生几乎都走空了，但我因为要复习考研，便滞留在宿舍那一间斗室里。过了几日，我忽然发现宿舍的玻璃窗上都结满了冰花，而且窗户上框一角还积累了一抔冰雪，而其时不仅并未降雪，且天天都有阳光，是为何故？我不禁纳闷儿。我走出宿舍去看邻舍的窗户，左右比邻的几位教师都回家度假去了，他们的窗户一片明净，既无冰花，亦无冰雪积存，我越加百思不解。但有一日，我恍然大悟窗上的冰花与冰雪是我呼出的热气凝结而成的（当然也包括体温散发的热气），热气遇冷成了冰雪！啊，这不是生命的"确证"是什么？平时对生命只有一种抽象的感觉，但现在它在窗户上留下如此明显的甚至可谓是斑斓的痕迹，怎不令人对生命有一种切实的体认。我觉得我由此更加热爱和珍惜生命。

这大约是我在对冰的认识上的一种意外的收获。至于"意内"的呢，我倒一直想做这样的尝试：拿一块薄冰，对着太阳，让它像一块凸透镜般聚焦，点燃准备好的一张纸或一些丝绒。我不记得我小时候玩过这样的"游戏"没有，但可以肯定自从听到这一说法后，确实一直念念不忘，想要实验一次，甚至几年前，我仍用一首短诗表达了这一意愿："我拿起一块薄冰／对着太阳把阳光聚拢／我要使它在融化前／变成一粒火种。"这里不过是暗喻一种"时不我待"的意思，要与时光竞赛，做一番有益的事情。但我诗中也寄寓了我对"冰"转化为"火"的神秘感。世界上什么事情不会向对立面转化呢？人们说："冰炭不能同炉"，看来也未必。这或许就是所谓辩证法的胜利吧。

不过，在我们的北半球，到了春天，冰雪消融，也是一种令人喜悦的景象。一夜东风吹拂，地面上的冰都消失了，化为一泓碧水，在阳光下荡起道道涟漪，泛着粼粼波光，我们心中积存一冬的阴霾也会一扫而空。不用说大江大河爆发凌汛的一刻，那种铺天盖地的冰消凌解的壮观景象更是夺人心魄！而冰雪融化后江河奔腾，岸边的舟船解缆，扬帆直进，又何其令人振奋！

即便接受了科学知识，我对司空见惯的水凝成冰仍感到神奇！而我对地球上的几次冰川期更是充满无限的遐想，甚至隐隐的有一丝不安！我在想地球上或许还会迎来大冰川时代。那时候，整个地球是不是都会结一层厚厚的冰壳，哪里还有人类？即便侥幸有些孑遗，也只能"苟延残喘"，等待地球气候再次变暖，大地慢慢褪去冰壳，届时，洪水肯定会到处泛滥——人类历史上的大洪水记忆或许就是这么来的！那么下一次，我们还会寻到一只传说中的诺亚方舟吗？

看来，每一块冰都连接着地球的陵谷变迁，见证过沧海桑田；每一块冰都蕴含着人类存亡的奥秘，蕴含着深深的谜！

第二章

彩虹记

我没有想到,我少年时代写的一篇稚嫩的习作《彩虹遐思》发表以后,网络上竟把其中的一段文字作为描写彩虹的"锦句",多少年都一直挂在那里。其实写得也不过如此:

七彩虹,确是那么美丽。看它总是那么柔和、宁静地贴着蓝天,柔和、宁静地折射着五光十色、绚丽璀璨的柔辉,映照了雨后大地上疾走的河流,也映照了草地上一颗颗晶莹的小水珠,四周都是一片柔和、宁静的氛围,每每这当儿,我们那些放牛的孩子,就会雀跃着从林子里奔出来了,用缺了门牙的小嘴,甜甜地唱起:"彩虹儿弯弯,小船儿弯弯……"唱累了,我们便趴在湿漉漉的青草地上,头仰着看彩虹儿,没头没脑地讲起彩虹的故事。

必须承认,这里面还有一定的想象和虚构的成分。这篇文章我是当做一篇"创作"来写的。实际上,在我家乡,在那广袤的天空下,在那无际的田野上,彩虹也不是频繁出现的。如果出现得多了,人们大约也就不以为奇了。出彩虹总需要一定的气候条件,应当是在夏日,也还不到极为炎热的时候,如果连日下了一些雨,空气中饱含一定水分,再逢一场大雨,把宇宙间的尘埃荡

尘世物影

涤干净，而雨雾后天上云卷云舒，太阳重临天宇，即便没有太阳，也应该是天光地亮，这个时候最易见到彩虹。

出彩虹的时候，确实到处都湿漉漉的。大地上溪流淙淙，树枝上水光晶莹，田间的禾苗和草叶上也遍布水珠，空气湿润而清新。我记忆中的彩虹一般出在东南方，从我家的窗户望出去，赫然有一巨型拱状物横跨在空中，不知从何而来，为何而来。它是彩色的，肉眼也能看出好几种色彩；它放着柔和而又夺目的光辉，使人感觉到它很充实、很自信，仿佛它是一直会存在的物体。这时，村子里会出现一些骚动，我听到人们的声音都透着几分惊喜："快看，快看，天上起虹了！"我们那里的方言，是把"虹"读作"gān"，大约是古音的遗传吧。我闻声跑出门去，看到那么多人竟然放下手中的活计，跑到空旷的场地"引领东南望"——真有点像古诗《陌上桑》中描写人们见到罗敷的情景："耕者忘其犁，锄者忘其锄"，还有行者"下担捋髭须"什么的，孩子们手舞足蹈，大人还用手指着那天上的彩虹给怀抱里的婴孩看，还有的甚至把它当作一件重大的发现在谈论，譬如彩虹是怎么出现的，刚才是什么样现在又是什么样。我想追到近处看，等我跑到东山坡上，那彩虹却似乎要离我而去，退向遥遥的远天，而虹脚插在云霄里，总看不到究竟落在何处……

那时，我们对彩虹现象产生的原因所知甚少，所以，彩虹在我们眼里总有一些神秘的色彩。有人认为那是蛟龙在吸水，不久即将天下大旱。还有人说，我们小孩子不要跑到那彩虹下面去，那将要被吸走灵魄。也有人告诫，对着彩虹不能吃东西，那会把什么古怪精魅吃进身体里。总之是带有一点祸祟的意思，其实还是出于极度崇拜的心理，总想把它神化一下才好。

第二章

我也曾久久凝视天边的彩虹。我在想象它有多长多大，它能跨到东海里去吗？我们有没有可能到彩虹上走一走呢？有多少人可以同时看到这一轮彩虹呢？彩虹最多能存在多长时间？确实是浮想联翩。想得多了，我总觉得应该有美丽的神话属于它。可是我从书本里并没有读到这方面的故事，这多少是一种缺憾，于是我便想用自己的想象去弥补它。因此，《彩虹遐思》里才有这么一个故事：

很久很久以前，旱魃在大地上横行，人间遭受到巨大的不幸，大地上的一切都被烤焦了，就在这时，从部落里站出了一个十三四岁的小姑娘小虹，她苦练本领，终于用那汗水磨出的特别锋利的宝剑，杀死了旱魃，小虹也累得倒下去了。但天上立刻就降下了大雨。从此，雨后，就有一道美丽的绚烂的彩虹升起，人们都说那就是小虹姑娘……

我不知道这个故事在别人看来是不是拙劣了点，但我自己是喜欢的，因为我觉得应该有这么个故事，我为此感到有点自得。但我很遗憾，这个故事并没有传开，大约是写得过于简单了些吧。

我在家乡看到的彩虹其实也就那么几次，有几次，觉得那彩虹极为鲜艳，而另外一些就淡远一些。我当然喜欢那浓艳一些的，甚至觉得这是上苍的厚爱。

到城市居住以后，我基本上再也没有见过彩虹。大约彩虹总是适合出现在空旷的原野上，那里有湿地有植被，水分足，具备产生彩虹的条件；而城市，尤其是我所栖身的这座大都市，弥望的都是高低参差的水泥高楼，植被稀少，稍大一点的河流、湖泊更是几乎没有，人们日日生活在板结成一块的水泥地面，空气是那么干燥，哪有可能出现彩虹这样"非凡"的"天象"呢？但是我到底是想错了，也是有例外的。

说起来那也是近十年前的事了。夏日的一天，天气整日都比较沉闷，时而阴云密布，时而又出一阵太阳。快到中午的时候，果然下了一点小雨，随之有凉风袭来，接着天又放晴，金灿灿的阳光出来照耀。正好来了一位家乡的作家，我召集本城的几位文友与他相聚。大家畅叙友情，漫谈世事，到了半下午，谈兴犹浓，便移步另一酒店。这时候，天色忽然又阴暗下来，凉风飒飒而至，接着便噼噼啪啪地乱掷下一阵雨点。我坐在酒店的会客间，透过飘舞的窗幔，看到窗外一座座高楼以其漂亮的深色玻璃平面和笔直线条奔赴云空，而楼顶则是乱云飞渡，瞬息万变，随之又是电光闪闪，雷声阵阵，豪雨骤至。这是夏日的寻常现象，我们不以为意，仍然谈笑风生。只是偶尔有一瞬间有暮色降临之感，仿佛瞬间就到了夜晚，这似乎也别有情致。不知过了多久，雨方才停了，天空中又开始恢复紫红光亮，而且有越来越亮之势。忽然，外面起了一阵骚动，我听见有不少人在说："彩虹！天上出彩虹了！"那声音虽然并不很大，但分明是有意压低后的呐喊。我一听，心中不禁一喜，觉得这真是罕见的景象，不应错过，便跑出酒店，站到街边仰望。果然，一道巨大的彩虹就横跨在东方的天际线上，它是我从未见过的那么宏大，那么饱满、鲜亮，仿佛真的像一座横空出世的现代化巨型桥梁，身上像是敷了荧光粉，里面也仿佛装着无数电灯，正向外放射光芒。原本一片昏暗的街道，就像天上点亮了一盏巨型的灯，一下子被照得比较明亮，只是背向彩虹的一面还略有点暗影，这样，城市就显出了阴阳两重天现象。大街上仍是车水马龙，但车速已明显减慢，无数的人站在街

第二章

旁,和我一样在仰望彩虹,为难得看到这一景象感到欢喜,远处有许多车子在按喇叭,而近处我听到了欢叫声,仿佛听到有人在喊"彩虹、彩虹"。我身后的街巷还是黯然一片,只有前方彩虹照耀的地方,光线熠熠,只有天上,五彩光华。这真是从没有见过的情景!这彩虹似乎比我小时候看到的还要饱满,距离我们更近。可惜仍是好景不长,随着时间一点点流逝,大约十几分钟之后吧,那彩虹就渐渐暗淡,没入真正的暮色之中,最后便彻底消融在里面了。这时,城市的街灯便只好接替它,一盏接一盏地亮了起来,大街上的车子又恢复了正常速度,车流在快速奔涌……

这或许并没有多么奇异的地方,但我生活在这座超大型城市里,二十年来仍仅此一见。我甚至觉得,它消失之后,还把它的光影——当然是渐渐淡下来的光影久久留在我的视网膜上。后来,我读到澳大利亚女诗人朱迪斯·赖特的诗《夜鹭》,觉得这次见到的彩虹,它给我的感觉与诗人笔下的鹭鸟有几分相似:

……马路的中央 / 踱走着两只高高的鹭鸟。// 比野禽更稀奇的事 / 出现在那些脸上 / 像是突然间服膺某种信仰 / 它们舒展开来,都在微笑。// ……每个人都说"别吱声";/ 没有谁大声嚷嚷;/ 可是突然鹭鸟 / 升空飞走。灯光变得暗淡。

说真的,那天城市上空的彩虹消失后,很长一段时间,我仍感觉一切变得那么暗淡无光,甚至可以说是灰头土脸,所以那天的彩虹令我至今难以忘怀……

第三章

第三章

我没有见过橡树

我知道世间有橡树,大约是从罗马尼亚的著名影片《橡树十万火急》开始。当年乡间放映露天电影,除了中国的战争片,

偶尔也放些外国的反法西斯故事片，后者甚至更让我着迷。有一次，传言某村要放《橡树十万火急》，一听这个名字就觉被吸引，为什么叫橡树，而且十万火急呢？可惜我已不记得自己去看了没有。因为那时虽然也迷恋外国电影，但以当时的理解力又觉不是十分能看懂，包括对中国人来说耳熟能详的《第八个是铜像》《多瑙河之波》，我看过后，对其中有些情节和人物的来龙去脉不是很能梳理得清，所以印象并不深刻。

不过，从此，橡树这个名词深植于我心。我一直在想象，那是一种什么样的树呢？它一定是高大、挺拔，看上去挺舒展的那么一种树，蓬蓬勃勃地生长出枝叶，满身都是葱绿，总之是矫矫不群。可是我求知的劲头并不是那么足，没有想到去查阅一下有关的植物图志，更不用说跑到某个植物园去亲眼一睹其风采。久蕴于心的这么一棵树的形象，因没有亲见而愈加感觉到它有些神秘，甚至具有一种浪漫的抒情的味道。果然，我后来读到了女诗人舒婷的名作《致橡树》，诗里，橡树似乎并没有"现身"，而整首诗是诗人作为"一株木棉"在向它倾诉，表达对它的倾慕和与之比肩并立的愿望，但是我们仍可以从侧面感受到它的形象：它很有高度，很有威仪，伸展着高枝，而且是铜枝铁干，"像刀、像剑、也像戟"，当然还会洒下浓浓的绿荫……而这多么符合我素来对橡树的想象！

但是橡树之于我，仍然一直停留于"异域"和诗里！我从小在乡间没听人说到过橡树这个名词，我也不存奢望，吾乡会有这么一种名贵的树木。

没想到，前不久事情忽然有了转机。我偶然读到刚出版的《人民文学》（2019年第12期），上面有一篇葛亮的小说《书匠》，其

第三章

中写到一个情节:"我"与教我习练书法的"老董"及其养女"元子"一起到南京城外去"看秋"。来到东郊山脚下的一口池塘边,"我"看见"沿着水塘,生着许多高大的树,树干在很低处,已经开始分叉。枝叶生长蔓延,彼此相接,树冠于是像伞一样张开来。我问,这是什么树?老董抬着头,也静静地看着,说,橡树。"——橡树!看到这里,我的心里也不由涌出欢喜,我似乎是第一次读到这么"近距离"的对橡树的描写,仿佛有些直接面对它的意味。我便继续往下看:

我问,伯伯,我们来做什么呢?

老董伏下身,从地上捡起一个东西,放在我手里。那东西浑身毛刺刺的,像个海胆,老董说,收橡碗啊。

我问,橡碗是什么呢?

老董用大拇指,在手里揉捏一下,说,你瞧,橡树结的橡子。熟透了,就掉到地上,壳也爆裂开了,这壳子就是橡碗。

我也从地上捡起一个还没有爆开的橡碗,里面有一粒果实,我问,橡子能不能吃?

"啊",读到这里,我简直是在心里发出一声惊呼!橡碗,我小时却是见过的。那时村子里每到冬天,大人们总是起早摸黑,成群结队到数十里外的大山里打柴。他们早出晚归、披星戴月,担回了一担担沉甸甸的柴禾,有时是枝枝丫丫,有时是黄澄澄的松毛,而枝叶担子里,往往就有一些枝丫挂着头顶一只小帽的坚果,一只只圆溜溜的像是某种手枪的子弹,可爱极了。我们这些孩子见到格外欣喜,也没有人告诉我们这叫什么,不过我们还是知道了它的名称:黄栎果。我们会把它们搜集起来当弹丸来弹,有时便把它那头顶上的帽子摘掉，那确实又如一只只小小的碗，我们把它倒扣在小手指上，再把手指画成人脸，让它变成戴着瓜皮帽摇头晃脑的"小丑"……

我还想起来，父母当年也曾进山打柴，在星期天和节假日，他们同样是与村里人结伴前往。中午不可能回来，除了自带干粮果腹外，偶尔会与同伴找个山村人家（一般是和某个同伴有点亲戚关系的），搭伙吃顿午饭。回到家，父亲曾念叨过，山里人家做的黄栎豆腐真好吃。甚至准备下一次去，他带些自家的土产与之交换一点带回来好好品尝。我不记得他带回黄栎豆腐没有，又似乎我也确实吃到过一两块——淡黄色，整块看上去有点像洗衣的肥皂，我并没有尝出多么特别的风味，不知父亲为什么这么喜欢。难道这黄栎就是我所神往的橡树？如果是，那么我即便没有见过生长在大地上的高大粗壮的橡树，只因见过其果实，也算和它有比较切近的"接触"了。

是不是如此呢？我不由想起去查一下"百度"。"百度"上的橡树词条告诉我：

橡树，壳斗科植物的泛指，包括栎属、青冈属及柯属的种，通常指栎属植物，非特指某一树种。其果实称橡子，木材泛称橡木。橡树是世界上最大的开花植物；生命期很长，有长达四百年的；果实是坚果。一端毛茸茸的，另一头光溜溜的，是松鼠等动物的上等果品……

那么是了，栎树就是橡树或橡树的一种，神秘的似乎遥不可及的美丽的橡树，原来我与她不过咫尺之遥，我甚至见到她的部分——枝丫与叶子、果实。我很后悔，没有早一点去查阅这一词

第三章

条,如果我一早就知道她就是黄栎树的"别称",前不久回乡时,我与朋友们开车去山区采风,一定要找人带我到那黄栎也即橡树下看一看,哪怕只是仰观一番也可稍致心中的敬意。

"阳春召我以烟景,大块假我以文章。"可惜我们对呈现在眼前的万物众生的大部分,总因这样那样的原因而视而不见。

我又回到前面提到的小说《书匠》:

老董说,毛毛,你看这橡树。树干呢,能盖房子,打家具。橡子能吃,还能入药。橡碗啊……

……老董这才回过神,说,哦,这橡碗对我们这些修书的人,可派得大用场。捡回去洗洗干净,在锅里煮到咕嘟响,那汤就是好染料啊。无论是宣纸还是皮纸,用刷子染了、晒干。哪朝哪代的旧书,可都补得赢喽。

原来橡树还能派得上这么大的用场……读至此,我不禁想对一株橡树三鞠躬。

尘世物影

红树林

我无意中翻出一本旧杂志（《人民文学》1999 年第 11 期），看到上面有一篇《夜探红树林》的文章，便起了兴趣。因为我也曾去探过红树林，而且去的很可能就是这篇文章所写的地方：海南东寨港红树林自然保护区。

这是二十多年前的事了。那年年末，我有一次海南之行。我们从海口到三亚，又从三亚返海口，兜了一小圈，算是领略了一下这座海岛的风光。返回海口时，天色已近黄昏，主持人说带我们去游览一下著名的红树林，众人当中腾起一片欢呼。因为大家都不免感到神奇：海水里竟然会长出一片树林，这树该有多么顽强的生命力！

我不记得自己是怎么进入那个保护区的了，似乎没有像《夜探红树林》的作者所写那样，先是乘车到海边，后从海上乘船去观赏那片红树林，所以他的一段文字正好可以弥补我所缺失的红树林整体印象：

"海边是密密的树林，一直向大海伸展，蓝色的海水中，浮动着墨绿的树冠，袅袅的蜃气，从绿树中缭绕而出。蓝色的水道将森林串联成大块翡翠。几只白鹭在上空翱翔。"这是陆上所见。

第三章

水上呢？"木船犁起海浪，扑打着红树林，红树林就摇晃起来，犹如披在大海上的绿巾，被风拂动，飘扬起伏。""两边的树林拥着小船，肥厚的绿叶将阳光折射，神奇的光彩效应，使红树林成了无数的彩色光斑的组合。""海上满目的树干，和浮在海上的树冠，参差相映，排列成无数奇形怪状的画面。"

这真是令人心醉的美妙景观，可惜我没看到。我当年应该就是从陆上深入一片海岬，然后直接步行进入林区。在此之前，我也和许多人一样，以为红树林像枫树一样火红欲燃、斑斓如霞，可是一进入林区，才知道根本不是那么一回事——它是绿的。那林中的树也不似想象的那样一棵棵或粗壮或纤细，但都笔直地向上，而且密密地靠拢在一起。实际上，它是一棵一棵散立而不成规律的，而且树干也不是直的，许多都是曲里拐弯，仿佛幼小的时候曾经像水中的海藻一样随波飘拂过，长大也没有校正过来，变成粗大的藤蔓纠缠在一起，在我们的头顶撑开一片绿色的篷盖。毫无疑问，那些枝丫形状也是无规则的，仿佛在整个树林里随意伸展着、攀缘着、穿梭着，像无数仙人正在舞蹈交缠的长臂，让人觉得古怪又惊喜。这种藤干植物，总让人联想到榕树的气根。榕树从枝干上垂下根须，而根须入地也成枝干，充分显示出生命力的强大。而红树林中的树之所以长成这样，也是同自然做斗争或者说共谋的结果。试想一下，当这些植物沉浸在海水中的时候，它要寻找生存与发展的空间，它要寻觅洒落在海面渗入海水中的阳光以进行光合作用，它不四处游走、四处漂移，怎么能办到呢？而此刻，海水是退潮了，或许早已退潮，甚至不会再返回来，但这些身姿飘逸，仿佛手舞足蹈的树林便以当初搏击风浪的姿势留了下来，甚至定格下来不再改变，而这样的一群真正经历过沧海桑田的勇士，是多么值得我们崇敬啊！

我随着同伴在林中漫步，脚下的路像经过洪水侵袭的地面一样略有点坑坑洼洼，高低不平，甚至还有积水，当然也长有些绿草。而这时已近日暮，林中光线黯淡，就像在夜里，有一轮淡黄的月亮照着（但我不记得是否真的有月亮升起），而虽然是岁末，但天气仍燥热得很，如果没有记错的话，还有鸣蝉在一个劲地叫着。林中并没有清风徐来，我们不知道离海还有多远，只见到一条小河在林间曲折穿过。再往前，遇上一个老人，他正在吊于树上的布床上躺卧着，悠哉游哉地乘凉。床边上还有个茶几，茶几上摆放着茶壶、茶杯和纸烟。他大约就是这里的守林人。我记得他的床下还放着一只铁桶，里面有一只动物，黑黝黝的，形状也有点古怪。我们问了老人这是什么，他答曰："鲎。"又问他卖不卖，他说"卖"，大约还说了一个数目，价钱不低。有人解释说：这是一种鱼类，其头胸部的甲壳略呈马蹄形，腹部的甲壳呈六角形，尾部则呈剑形。别看它奇形怪状，但非常钟情，如果丧偶，绝不另找配偶、另组家庭云云，让我对大自然的多姿多彩和神奇再次充满由衷的惊叹。

这次探访红树林就此结束，因为时间关系，我们纷纷退出了保护区，赶往下一场活动的地点。我对红树林的了解也就很有限。现在我读到同乡刘先平先生的《夜探红树林》，对红树林的有关习性知道了一些，也算是补了一课。

刘先生说："红树就像是被架托起来，顶起稠密的树根。""那些根，软软的，有弹性，用指甲剥开，才见里面是蜂窝状，似海绵一般。"他思索着这种结构的意义，在导游人的启发下得出结论："为了淡化海水。"那陪同他的东道主还告诉他："叶子上也有很多的排盐线，排除海水中的盐分！"

大自然是多么了不起！大自然中的生物为了生存、繁衍和发展，真是无所不用其极！大自然随时随处都可能创造奇迹！

红树的奇迹还不止这些，它们还是胎生植物，又一个让人匪夷所思的名词。《夜探红树林》中也有所涉及：

"尤其是秋茄，长得最泼皮，哪里都有它。有人将它称为红树林的先锋树，生命力特强。是'胎生'，植物种子在母树上就发芽了，特殊的构造，使它落下就不怕海潮的摧残，浪的扑打……"

我还在网上搜索到著名作家刘醒龙的一段文字，似乎说得更清楚：

"所谓'胎生'即专一生长在潮间地带的真红树种子在果实

内部成熟之后，不用休眠，直接在果实里发芽，再脱离果实，坠落到淤泥中，或者海水里。落在淤泥中真红树胎儿，只需区区几小时就能深扎主根，生发新芽，蓬蓬勃勃地活出一棵树的模样。"（《海南日记》）

啊！让我们再一次欢呼生命的伟大吧，再一次欢呼造化的神奇，大自然的无所不能！正因为如此，我们这个地球才能不断地创造神奇，才能如此生机勃勃，充满希望。我甚至觉得：我们这个充满生机、奇迹和希望的地球会永远存在下去……

第三章

枣的忆念

杜甫有一首沉痛的《百忧集行》诗，开头四句读来却令人感到亲切，因为这是任何一个在乡村生活过的孩童或少年，都可能有过的经历："忆年十五心尚孩，健如黄犊走复来。庭前八月梨枣熟，一日上树能千回。"

在我家乡，那遥远的小山村，虽然别的水果很少见到，但枣树倒有几株。因为村后有连片的丘岗，坡崖下多生野树，说不定哪儿就冒出一棵野枣树来，所以，在我的印象里，枣树都有顽强的生命力，不须有人特意栽植、护理，它就能生长出来。有时也不必很高大，截树干，横逸几根枝丫，就能结一串串的红枣。

枣红了，当然是成熟的，一般确实是秋令的"八月"。《诗经》里早就有"八月剥枣"的诗句，《大戴礼》曰："剥者，取也。"我理解，其实"剥"就是"扑"，用竹竿把枣子敲打下来。在我们村里，偶尔也会遇见哪个屋角旮旯里生长着一株高高的枣树，青枝绿叶中掩映着挂在高处的枣子，最初是青色，如一串串绿葡萄，馋嘴的孩子发现了，时常仰望着那枣，把头颈都望酸了，口里流涎，可是也不敢轻易敲打，因为这样的枣子常常都是有主的，打枣被主人发现，到底有些不便或者说难堪；而如果拾起土块、石头抛上去砸,又能砸到几颗呢?所以我们只能眼巴巴地望着那枣由青转红,到了中秋前后,主人把枣扑打下来,或许还能分享一升半升。

我们那里若是馈赠枣子,必定用量米的"升子",不知为何,这总让我把枣子与粮食联系在一起。其实,这还真不错,我从书上得知,在以往大饥荒年月,枣子还正是"救荒"的难得食物。《韩非子·外储说右下》就提到"秦大饥……枣粟足以活民,请发之"。这毕竟很好理解,饥荒年月,只要能食之物尽皆食之,何况是产量多,营养又丰富的枣子?令人称奇的是,古代还有以枣子代替其他谷物而交作军粮的。如果记忆没有错,《三国志》中就有曹操征集不到米麦,就让当地百姓以干枣充之的记载。我从当代作家孙犁的文章里也得知,他在战争年代,常常食不果腹,饥饿难耐，如遇枣熟，便走到山野里捡几枚干枣子充饥。

枣子当然也是可口的水果。新鲜的大枣脆生生而甜，谁都喜欢吃。何况它便于消化克食。晒干的红枣，则补血益气。所以枣子真是上等的果品，医家甚至认为长期服食可以轻身延年，以此，它多少与"神仙"有些"瓜葛"。《史记》记载："李少君以却老方见武帝。少君言帝曰：'臣尝游海上，见安期先生食巨枣，大如瓜。"《尹喜内传》："老子西游，省太真王母，共食玉文枣，其实如瓶。""如瓶""如瓜"，大约都是形容枣子的巨大，但大到这种程度，着实令人称奇，估计世间并没有，只能到神仙界寻之。这虽是为"神异"其事而故为夸诞，到底也颇引人遐想。

我在家乡吃过的枣子大约有两种：一种圆形或水滴形，如成人小指头大，很甜；一种如大拇指头大，大致呈圆形却似乎有点臃肿的样子，口感不及前者，肉质较松。这后一种似乎又称葫芦枣、生吃枣。我喜欢吃前者，但在我家乡，却有一种经过加工的很有名的特产叫"丝枣"，据说就以葫芦枣为原料。丝枣原名金丝枣、琥珀枣，为什么这么叫？是与加工的工序有关。丝枣是要用割刀在表面绞丝的，而"琥珀枣"是指经过白糖、白蜜熬煮，加工后仿佛琥珀，上着一层固化的蜜汁吧。宣传资料上称"丝枣"：红润晶莹，透明如红玛瑙，香甜可口。此品已有三百年以上的历史，清乾隆时秀才姚兴泉先生在其《龙眠杂忆》中就曾咏道："桐城好，致远亦非悭。蜜渍金丝原是枣，炼成秋石即名丹。只作土仪看。"吾邑乡间，素来就有"秋石、丝枣出桐城"之说，乡人以为自豪，其实丝枣别的省份也有出产，但是我只吃过家乡的丝枣，没有尝过外地的，自然无从比较；而家乡的丝枣给我的感觉就是一个字：甜，一种纯粹而不腻的甜。

我不记得我喝过枣子酿成的酒没有，因为不是嗜酒者，对酒品素不在意。但我吃过枣糕。那也是在城里，见到街上有人排队在食品铺子前买什么，凑过去方知是枣糕，既然大家都这么热衷，我也不禁好奇，买来一些品尝，觉得口感确实不错。而偶得一两包外地的朋友寄赠的大红枣，我也是喜欢的，因为冬夜读书，感觉腹空时，拆开包装，摸出几枚红枣来，不仅解决了饥饿，而且也觉得补充了元气。

吃枣的时候，我总想起小时候在村庄里到处搜寻枣子来吃的往事。特别爱回忆，有一个小伙伴的家靠近村西的丘岗，他家院落的一面墙就是一堵平顶的土岭，上面生满了杂草、杂树，其中就有一两株野枣，在八月的夕阳下，枣子从绿叶中闪烁着青青而又红红的光色，令人心动。终于有一天，我们说服那个小伙伴，让我们爬上去，很节制地摘取一捧两捧后，便忙不迭地溜下树来，以免被发现后让他蒙受家长的喝叱而使彼此尴尬……我多少年没有回家乡，就是回去，也没有再去那个小伙伴家，不知他家那一堵非人工的高峻而宽阔的土岭墙是否还在，上面是否还丛生着草树、野枣？对此总是有一种不尽的忆念。

第三章

葡萄颂歌

我是在什么时候第一次吃到葡萄的呢？实在是没有一点儿印象了。但可以肯定，在十五岁以前是没有可能吃到葡萄的。

但是，我在很小的时候就吃过葡萄干。也就是说我吃到葡萄干是在吃到葡萄之前。

这是因为我家隔壁有一户人家，其男主人很早就招工到新疆修铁路，成了一名铁路工人。远隔千山万水，他每隔几年才能回来一次，每次总会带点新疆的土特产以馈赠亲友，也在见面时分发给前来探望他的乡亲。这样，就总会有一两把葡萄干落到我的手上。

我把那葡萄干握在手里，似乎有点舍不得吃。我还会松开手掌，仔细观赏，见那干瘪的果子不过比大麦粒大一点，却那么甜，咬开一粒，满口甜味，不禁心喜。我便开始想象，真正的葡萄会是什么样儿，是不是都是这个味儿。想象葡萄的样子似乎并不难，因为毕竟见过画葡萄的画儿，几支藤蔓似的树枝，簇生着大片的叶子，叶子间垂下成串的珠宝似的果实……可是在那个年代，它与我们舌尖的距离是那么遥远。

我的这位邻居不仅带给我们葡萄干的滋味，也给我们带来新疆多产葡萄的消息。这一点，到我读初中时候，于语文课本上一首《秋到葡萄沟》的诗得到印证："秋到葡萄沟，珠宝满沟流，亭亭座座珍珠塔，层层叠叠翡翠楼……"这引起我无限的遐想：新疆真是个好地方啊，荒野之地竟然满坑满谷都生长着葡萄，要是去那儿，怎么会不把它吃个够？又想到：那没有人收的葡萄烂在沟里怎么办？它岂不发酵成了酒，那么满山满沟流的不仅是葡萄，也将是葡萄酒了。你看，我竟无师自通地想象到葡萄酒就是这样酿成的。

我在上大学之前，应该是吃到过葡萄的，因为那时候，县城的市场上已然有葡萄出售了。我和同学上街，"合伙"买一串葡萄也不是没有可能的，何况我还有同学、文友家就住在县城，他们把时鲜水果拿出来待客也是常事。因此，到了大一点的城市读

第三章

大学，见到街上到处都有葡萄卖，似乎也就并没有感到惊喜。

只是在我的印象里，家乡是从来不产葡萄的。但是，到我上大学的时候，竟然第一次在家乡见到土生土长而且是正在生长的葡萄，这在我个人的"见识"史上，似乎是件新鲜事。那时候，我通过一位中学老师介绍，和一位女同学（也已上大学）往来密切。暑假的某一天，那女同学要去另一个乡镇去看看她的亲戚，也是一位正在某大学读书的女同学，说是到她家吃葡萄。我感到很稀奇，便欣然陪她前往。见到了这位女同学，大家都很高兴。在她家吃完午饭，我们等待品尝葡萄，却迟迟不见有葡萄果盘送上来。跟我一道来的女同学看出了我的心思，便直接问主人：葡萄呢？我们可是来吃葡萄的！她的亲戚不好意思地说："还没太成熟。"仿佛为了证明并非虚言，便拉开后院的门，让我们亲自去"检验"。我们进了院子，见果然有一面院墙上都纷披着绿叶，密密的，把墙头都遮住了，微风过去，叶丛轻轻分开，露出了累累垂垂的葡萄，确实还似没成熟的样子——是绿色的，如果要形容它，还真像一串串碧绿的翡翠。

转眼三十年过去，我却一直没有机会再见到止在生长的葡萄，也就是说，那次在那位女大学生家中所见是第一次，也是迄今为止，唯一的一次。事情往往就这么"奇怪"。所以我一直不了解葡萄是怎么栽培、怎么护理的（比如任何葡萄都需要打药除虫吗？），更不知本土所植的葡萄味道如何，因为那一天没有吃上，而且话题不便多围绕它，所以都不得而知。其实，那时候，汪曾祺先生的名文《关于葡萄》已经发表，我应该是已经读到了，因为我正好订有一份刊登此文的《安徽文学》。其中的《葡萄月令》一章把一年里十二个月份怎么栽植、管理葡萄的，一一详细说明。

可惜这样的文章，我当时还不懂得其妙处。而今重读，我惊讶于老先生对植物知识的丰富了解。比如，关于葡萄的品种他就告诉我有这么多："我们现在有了这么多品种的葡萄，有玫瑰香、马奶、金铃、秋紫、黑罕、白拿破仑、巴勒斯坦、虎眼、牛心、大粒白、柔丁香、白香蕉……颜色、形状、果粒大小、酸甜、香味，各不相同。"其中，绝大部分名称，我都闻所未闻！

虽然我很晚才吃到葡萄，而且也并不觉得特别喜爱这种水果，就是现在，因家人喜欢吃而常常买回来，我也很少吃。但是，这并不妨碍我对这种水果有一种好感，甚至有一种诗意的感觉。我总觉得，在那山坡上或木架上牵连着一根根绿色藤蔓，纷披的绿叶间垂挂着一串串葡萄，是值得以诗来"歌而咏之"的，也就是说它是很可以"入诗"（当然也"入画"）的，我一直想为葡萄写一首诗，可是也许是见到的少，至今未曾写出，只在《夜之花园》中偶有涉及：

　　夜的葡萄藤不忘伸长触须
　　用枝叶覆盖岩石上的珠露
　　为酿造明天紫薇的早晨
　　每一粒葡萄的作坊都不停工

把每一粒葡萄都视为一座葡萄酒厂是我用能想到的"最妙"的语言来歌赞它。其实，葡萄除了作为水果为人所直接食用外，它更大的贡献就在于可以酿酒。葡萄酒以其色、味及营养成分，成为全世界人都为之着迷的饮品（可惜，我也是很晚才喝到，而且也没有养成喝葡萄酒的习惯）。

葡萄似乎易于生长，世界各地都有种植。我在《荷马史诗》

第三章

里看到，地中海、希腊诸岛屿，到处都有葡萄种植园。相互开战的小亚细亚人与希腊联军在各自的筵席上用的也都是葡萄酒。而基督徒对葡萄酒更是格外宠爱，他们把红葡萄酒视为基督的血液！在西亚（再往西北可通往希腊、罗马等地）盛产葡萄的情况下，葡萄进入原本不生产葡萄的中原地区，乃是迟早的事。而"葡萄（那时叫蒲桃）入汉家"是在两千多年前张骞凿空西域之后发生的事，正是从这上面，我认为从那时起，人类其实就在一步一步走向全球化了。而到了两千多年后的今天，全球化更是势在必行。葡萄和葡萄酒就是最好的见证。

我在俄罗斯诗人普希金的诗里读到他对葡萄的赞美："熟透的葡萄真叫我喜欢，它在山野枝蔓间果实累累。""葡萄颗粒那么圆，那么晶莹，多像妙龄少女的纤纤玉指。"我在阿根廷诗人博尔赫斯的诗里也常闻见葡萄的气息，他在短诗《雨中》中如是描述雨中的葡萄："这场雨把玻璃窗蒙得昏昏暗暗／使万物失去了边际／蔓上的黑色葡萄也若明若暗。"在另外一首《一处庭院》中，他说："永恒／沉静地潜伏于密布的繁星／黑暗笼罩着门廊，葡萄架和蓄水池／真是乐事啊，得享这份温情。"

尘世物影

我歌唱一碗大米饭

我是南方人,大米是我百吃不厌的主食。在我看来,世界上再也没有什么食物比一碗热气腾腾的大米饭更香更诱人的了。如果是品种优良的米,则更是粒粒都如珍珠美玉,不!比珍珠美玉更让人喜爱,因为珍珠美玉不能果腹,不能满足人最基本的生存需求。

第三章

每每面对一碗米饭，我的整个身心都生发出欢欣与愉悦。我会兴奋起来，恨不得把它直倾进口里、胃中，仿佛那是久违了的一种生命之源，要将它融入自己的体内，成为自身的一部分才能满足。这样一种饕餮相，真的有点可笑。然而也不乏让人羡慕的地方——我的同学曾跟我说，就喜欢和我坐在一起吃饭，看到我那般狼吞虎咽，自己也会胃口大开。

我常不自觉地要感谢上苍，让我们拥有这么好的食物！我也总在想象，人类最初是怎样发现稻米这种植物的——他们是在某片湿润或有浅水的洼地上偶然找到它的吧，应该有一大片，当然是野生的，他们看到那么多沉甸甸的稻穗，一定猜想得到这些谷物是可食的。他们一开始就知道去壳还是连壳吞下，这当然也得经过尝试。久而久之，他们会发现煮熟的去壳的稻米更是芳香可口！他们便将这种吃法推广开来。在没有稻谷的地方也种上了稻谷，而稻子适应土壤、气候的能力又是那么强，如此一来，稻子终于成为全球分布最广的农作物之一——或许全球大部分有水的地方本来就有原生的稻子（水稻或旱稻）也未可知，只是最初这一点那一点地零星存在，后来经过拣选才形成一片又一片纯一不杂的稻子而已。

中国有一万余年的水稻种植史，这多么令人自豪！我甚至怀疑，这个历史应当更长，几万年十几万年也说不定。稻米养活了一大半中国人，此言也应不虚。《诗经》里就有关于水稻的诗句："八月剥枣，十月获稻。"稻米对中国人的胃口的形成也起到了关键的作用，甚至会影响到中国人的性格。"稻作文化"是中国文化的重要组成部分（或许还是它的基质），这些都有值得我们骄傲也值得我们研究的地方。

尘世物影

李白有一首怀念杜甫的诗是这样写的："饭颗山头逢杜甫,顶戴笠子日卓午。借问别来太瘦生,总为从前作诗苦。"(《戏赠杜甫》)语气中含有一定的讽刺。一是暗示杜甫一直都缺少吃的;二是说杜甫作诗是"苦吟派",不像他李白咳唾成珠,挥洒自如。这里的"饭颗山",我不知是否确有一座以此为名的山,相传是唐代长安附近的一座山,但我认为李白采用的是一种象征、暗喻的手法,就是写有那么一座米饭做成的山,杜甫就待在这上头(意思是杜甫一直为衣食而忧)。我以为诗仙李白确实是有些不"识"人间烟火,他不如马克思懂得人间的最基本的道理:人须先吃饭,才能从事其他一切,比如作诗,比如革命……这样说来,世人谁不是站在"饭颗山头"或"面包山头"的呢?

我的家乡就主产水稻。虽然属于丘陵地区,但县境内的地势像整个中国一样,西高东低,东边有一大片开阔的平畈(或以平畈为主)。甚至我家附近的几个村庄的地形也约略似之。东边的平地就开垦成了水田,种植有稻谷,甚至西边的丘陵上凡是能够引水的地方,也都改造成了稻田。我小时候,本地改良物种,已由单季稻改为双季稻。每当初夏,稻子开始扬花的时节,整个田野上都飘着一股特有的清香,虽然很淡,但依然明显,因为这种香比其他植物的香更随和,更清馨,仿佛有一种质朴淡雅而又坚定的气质。乡亲们闻到这种清香,就会喜上眉梢,因为这将预示着丰收在望。辛弃疾就有"稻花香里说丰年"的词句,说明在中国这一情景已是数千年如斯!到了稻谷成熟的季节,整个田野如同覆盖上了大片大片金黄的毡毯,有的简直是一望无际,如同海洋,风吹来,波浪起伏,这时的村庄不过如露出海面的礁岛,一任金涛拍打,这种景象怎不令人欢喜不已!更可喜的是稻谷登场

第三章

后,脱了粒,堆在打谷场上,形似一座座小小的金字塔,这塔是粒粒如黄金的稻子做成的,仍然散发着清香,让人不自觉地联想到它给人的味觉,联想到它会给人身上增添的热量和力量,怎不令人想放声歌唱!

但是,这只是事物的一方面,另一方面,这一切的背后,却又渗透着无比的艰辛。农人们为获得丰收,要付出多少劳动。作为一个农村里长大的孩子,我不仅目睹这一切也曾亲身经历。从选种开始,乡亲们需要像呵护自己的孩子一样呵护每一株秧苗。"顶凌下种"是一个我从小就学会的词语,更懂得它的含义,它意味着需要顶着寒风雨雪,赤着脚跳到冰冷的泥水中,把种子撒进秧田;等秧苗长大了,还要把它一棵棵拔出来,扎成一束一束,再挑到另一块田里,将它一株株地栽插下去;接着就是施肥、锄草、除虫、灌溉;等到它成熟了,便把它们一束束割下来,打成捆,挑到打谷场上(或就在田里)脱谷;最后还要把它一遍遍地晾晒,直到晒干、扬净,才能颗粒归仓。而这还只是就单季而言,如果是两熟,第二季即晚稻还必须抢在立秋前插下,否则不仅减产,甚至可能颗粒无收,所以需要抢割抢插,是谓"双抢";这无论如何都是一场艰苦、激烈的战斗,而且此时正是一年当中最为酷热的时节,南方的太阳简直是硕大无朋的火炉,不停地向外喷射火焰,遍地卷起腾腾的热浪,有时天上罩着云层,太阳照样出来,更加炽热,四野炎蒸,闷得人透不过气,真的好比是进了桑拿室一般。越是在这个时候,农人越是要出征,因为如若暴雨骤至,所有的稻谷都将倒伏在地,被水淹没几天就会溃烂,割起来也更加困难。那些年每逢暑假,我都与乡亲们一道挑着担子,每天无数次奔走在田埂上,滚烫的石子把赤着的脚烙起一个个泡也无法顾及,更不用说逃避烈焰一般阳光的炙烤了。就这样,终于让稻谷登场,终于家家户户都飘起稻米那特别好闻的清香。

新打下的稻米真的是非常好吃。揭开锅盖,香气扑鼻;盛到碗里,粒粒光润瓷实;吃到嘴里,更觉柔润香甜。这样的米饭,不需要菜,也可让人连吞两碗的。如果再烧一两尾从池塘、河沟里捕到的小鱼,以鱼汤浇到饭里,那味道简直鲜美到不能再鲜美,吃起来,拿句俗语来说,就是"会舔掉了鼻子"。(吾乡有"多吃一塘鱼,多吃一仓稻"之说)这些稻米——流脂的稻米(杜甫有诗"稻米流脂粟米白",说的十分准确),是农人们用自己的汗珠换来的,农人们所得的唯一的好处,就是能够吃上这一个月新米。那段日子,村子里仿佛人人身上都添了无比的"劲头",连走路也会生风。

我们那里大概和许多地方一样,所产稻米有籼米、粳米、糯米等。籼米是早稻,黏性不大,粒长但膨胀得足,产量大,是能很好地解决饥饿的食物。粳米一般是晚稻,它短小而圆,但黏性较大,吃起来比籼稻爽口、滋润。而糯米黏性最大,煮在锅里,简直是粘连在一起,几乎不再粒粒成形,但它吃起来滋味更绵长,好像油性也更大,更能"杀馋",一般会用它来炸油糕。我们村里人家一般以食用籼米为主,以粳米为辅;而糯米只是种一小块田地,用来炸米糕,或磨成淀粉。我最难忘的是,每逢办大事或过年过节,许多人家会用一种叫做"甑"的器具蒸米吃。甑形如一只木桶,两尺来高,蒸的时候不是一次性把米放进去,而是放上一层蒸熟,再加一层,直到全部蒸熟。经过甑蒸的米(甑放在锅里,锅里还须不停地加水)充分发胀,颗粒饱满,吃上去非常"筋道"。而年底用糯米蒸出一甑,还可以将它晒成米坯子,储存

第三章

很长时间,而炒一炒,就是很好的炒米,可以泡着吃,也可以和上糖稀,做成冻米糖(即麦芽糖)。

有一碗米饭吃的日子就是美好的日子,哪怕现在也是。这一切当然只有在和平年代,风调雨顺的年头才能办到。如遇灾荒、战乱,无物果腹,路有饿殍,哪里还能谈得到这些呢?那时候,能吃上一碗大米饭,恐怕要成为多少人梦寐以求而难得的事。二十世纪六十年代中国大地迎来一场全国性的灾荒,许多人都饿死了!我听母亲说:好多个乡亲在奄奄一息之际,还在念叨着:"什么时候能吃上一碗米饭就好了!"她还说,邻村王三娘那年正逢上坐月子,整个月子里除了米糠、野菜,就只吃了三棵莴苣!只有三棵莴苣坐月子啊!这是什么样的日子!我还听母亲讲,那时她自己因在乡里办一个集体所有制的"小吃部",偶尔还有一点粮食进来,方才幸免。也许只有这个关头,我们才真正懂得:一碗普普通通的米饭意味着什么!——没有别的,那就是生命,如山一般的生命!也才会懂得什么是"民以食为天"呐!

因此,我对来到我面前的任何一碗大米饭,都想顶礼膜拜,不仅喜欢它、珍惜它,还要歌颂它,歌唱它!

我希望即使国家富强了,现代化了,每个中国人世世代代都要珍惜那来到我们面前的一碗碗大米饭!

尘世物影

新米的滋味

　　从物产方面来说，我的家乡没什么矿藏，只有农业。农业最大的产出是稻米，麦子及其他作物只占很小的部分。

　　那里，几乎所有的田地都种植上了水稻。连山丘上也开辟了稻田，尽可能引水灌溉。一年两造，早稻和晚稻。每当成熟的时节，遍地金黄，一株株结满黄澄澄谷子的稻穗紧挨着挺立在一起，简直是密不透隙，连成一个金色的海洋，在微风的吹拂下，起伏着波浪，看上去特别喜人。

　　稻子即将成熟时，会开放出细小的"稻花"，白中带一点紫色。而稻花一放，田野上便飘逸着一种淡淡的芳香，闻到这种香气，特别令人兴奋。老农的脸上挂着掩抑不住的微笑，话语也变得多了，甚至逢人开口即笑。"稻花香里说丰年"，几千年来都被认为是中国农村最美好景象。

　　而当稻子进一步走向成熟和饱满，空气中愈加散发出一种清香。这就是稻米的清香，它在告诉人们：稻米已经形成，可以下锅煮饭了，也就是说，可以开镰收割了。于是，家家户户磨镰、整筐、理担，并准备脱谷的器具——先前是禾桶，后来是打稻机，男女老幼齐上阵，一连半月没日没夜地奋战，终于把那一片汪洋似的稻子都抢割下来,挑到了打谷场上。这说的是早稻,为了不耽误种晚稻,时间紧迫,所以把这叫作"双抢"。至于晚稻,似乎要略为从容一些。

挑到打谷场上的稻谷还是谷穗与秸秆连在一起的,那么接下来便是脱谷、晒谷。有生产队的时候,是集体劳动,打谷场也很大,稻捆一担担挑上来,两台脱谷机同时作业,有人把稻束"喂"进那机器的巨口,那头稻草和稻谷就分别如河流、瀑布般流淌出来。由于参加劳动的人很多,小孩子也来掺和,整个场上机声隆隆,人欢马叫,热闹非凡,胜过节日。而大人、小孩都干劲十足,甚至兴奋不已,因为这预示着青黄不接的日子终于过去,人人都能吃上新米,美美地、饱饱地吃上大米饭了。而那生产队的主事人仿佛也能理解大家的心情,他一边安排全体连夜奋战,一边派专人把第一拨打下的谷子扬净,将它迅速晒干或烘干,立即送到碓房里用石碓舂出新米,然后把队里平日用来煮牛食的大锅好好刷刷,便一锅一锅蒸上了新米饭。那打谷场上本来还弥漫着一种清香,这时变成了熟饭的香气,仿佛昭示一顿盛宴即将开席。而那几个有些做饭手艺的社员,也变戏法似的烩出了一锅热菜——里面有豆腐、青菜、豆芽、肉片,一开锅,便香浓扑鼻,简直要把人醉倒了。只等一声令下,大家便都拿上早已准备好的干净脸盆去打菜分饭,众声喧哗中全村好好打了一次"平伏",每个人都感觉这比谁家娶新娘还热闹快活。

这是生产队时代留给我的最美好的回忆。尝新米的记忆,那种快乐,那种众人同乐,真的是无与伦比,刻骨铭心。而那新米的滋味也确实是美,揭开锅来,可以说饭味芬芳,很快弥漫开来,让人的嗅觉和味觉都感到充实、柔和、美满,甚至有些让人晕眩;而那香气是繁复的,馥郁的,仿佛除了立体的稻谷味儿外,还有花的甜味,叶的淡雅,水的平和,更有太阳的热烈、焦烈、芳馨……总之是让人闻不够也品味不尽。吃进口里,新米饭是如此瓷实而柔润,能唤醒五脏六腑对食物的期待与亲近,能慰藉全身百骸对力气与热量的渴求……而只要吃上一碗,就让人感觉到浑身是劲;吃上两碗,则不仅小伙子会健步如飞,老年人也增添了活力……

吃新米的一天,才是含辛茹苦、辛勤劳作的乡村真正的节日啊!每个人都可以打上一次"牙祭",每个人都可以加入村内村外的狂欢。无怪乎打下新米后,乡亲们总想与别人——尤其是亲友分享。拎一袋洁白如雪的新米到城关、小镇,到机关、学校里,送给自己尊敬的师长,亲密的友人,是最好的礼物,也会博得受

第三章

赠者由衷的欢喜与谢意。我记得,当年我到县城文化馆、文化局去拜访自己文学上的老师,有时也会捎上一袋两袋(不过三四斤而已)新米作为土仪,他们也不会推辞而是欣然接受,因为这也是一种对农家丰收的分享啊。

劳动者第一时间尝到丰收的硕果,这是自然的。新米,应该最富有营养,农家唯一的好处正是在这里。而相反,虽然在一千多万人口的大都市里觅得了"一枝栖",却再也尝不到新米了,吃的可能是陈陈相因的"太仓之粟",这也可以看作是必须付出的代价吧。

我后来在书中发现,不独我家乡农村对尝新米很重视,一些少数民族如彝族、哈尼族人也同样把吃新米看作节日,而且还有一个传承的庆祝仪式。那就是打下新米,不会自己先享用,而是先给狗尝。因为在他们的民族传说里,是狗帮助人类种成了稻谷。如哈尼族人认为其先祖原本不会开田种地,只会采摘野果,甚至不会织布御寒,而仙女幺姑娘同情他们,从天上窃得一袋稻谷来到人间。她变成一位老爷爷,给人们授种教耕,人们学会了种稻织衣,人间才变得欢乐安详。但幺姑娘因此被抓回天上受责罚,被变成一只狗,贬下人间,从此她再不能亲自耕织,只能看守门户了。而受惠的民族也不会忘记她,每逢新谷登场,他们总要杀猪宰牛,煮上新米饭,举办一次尝新米节。在这个节日里每家吃饭前都要盛一碗新米饭,端给自己家饲养的狗,以此感谢为民族做出贡献而牺牲的幺姑娘。

这一天实际上是我们民族的感恩节。而不忘恩的民族是值得尊敬的。我真希望有机会去哈尼族、彝族参加他们的尝新米节。

饭团

我对饭团的记忆，似乎都跟贫困和短缺有关。农村搞大集体的年代，粮食产量低，分到每家每户的口粮也就不多，每年总有一段青黄不接的日子。乡亲们虽然没到无米下锅的地步，但毕竟只能用很少的一点米熬一点稀饭，加上红薯、青菜，总算勉强对付过去。但是，这让我这个正在长身体，每天还熬夜读书的少年还是觉得不够。每逢家里只以简单食物当作晚餐的时候，我一开始是愁眉苦脸，后来便在口中嘀咕："又吃这些！整天只知道吃这些！"有时候妈妈叹口气，不言语，但有时候也会横眉立目："不吃这个吃什么！"

有一天，这样的情形再次重复时，也许是妈妈心情好，她忽然对我说："一会儿再给你吃点别的。"我听了并没有什么反应，以为妈妈不过说说而已。

但是，当我在灯下坐了约一个小时，妹妹已经入睡时，妈妈还在忙碌。不一会儿，她忽然从厨房里走过来，手里捏着一团米饭，走到我跟前说："给你吃。吃了好有精神学习。"我拿过来一看，是一只拳头一般大小的饭团，雪白的米饭中有淡黄锅巴掺杂其间，似乎像只玩具皮球，看上去十分可爱。我接过来，意外地

第三章

发现竟然还是热的，可想而知，是妈妈将中午的剩饭加热了，拿出其中一部分做成饭团，给我的饥肠补充能量。我的心间和身体顿时充满温暖，只是担心明天早上家里的早饭怎么办。妈妈说："你不用操心。"我便埋头大嗪起来，三五口便把那个饭团儿吃下去了，吃到最后一口，才觉得那饭团是那么好吃，不仅香味浓，而且有筋道、有嚼头，吃完意犹未尽。

我不记得第二天的早饭，妈妈做的是什么，或许是在剩饭当中加了一点新米，一起熬成稀饭的吧。我只记得，后来我竟能不时地吃到饭团，而有时候是在早上，家里有事耽搁，妈妈实在抽不出身为我做饭的时候，更会用剩饭捏一只大饭团，让我在上学路上吃，这样总算不是空着肚子上学。

我们的东邻日本人似乎也是喜欢吃饭团。我不知道日本历史悠久、闻名遐迩的食品"寿司"是否与饭团有关，或许寿司就是饭团的一种，但我不同意说饭团是由日本人发明的。我觉得像我妈妈那样，把剩下的饭捏巴捏巴捏成圆溜溜的一团，是自然而然的做法，是用不着跟谁学、跟谁模仿，也不用谁指点的，怎么能就把发明权归于某一国或某一族人呢？如果要讲发明权，我觉得亚洲那些生产稻米的国家和部族都是饭团的发明者。不过，像日本那样，把饭团做成寿司或者类似食品公开出售，而且一至于今，这还是令人敬佩的。这当然也得益于日本是个岛国，盛产鱼类和海苔，饭团里配有鱼片和海苔，自然就非简单饭团可比了。

其实，中国也有可以出售的饭团，那就是用粽叶包裹的粽子，也叫角黍，其来源据说与纪念屈原有关，这是人所共知的，此处不赘。

我之所以想起早年吃到的饭团，是因为最近读了一篇日本的

183

尘世物影

第三章

小说。这篇小说写的是某企业一位平庸的职工，因为经济形势不好，当企业鼓励职工主动离职（实际上是变相裁员），他觉得自己应该是被裁对象，便提出了离职申请，结果在告别宴上喝多了。在打出租车返家途中因为内急，要找个地方方便，不料在走向某片草地时掉入了一口深坑，叫天不应，叫地不灵，在其中一待就是两天，于是他回忆起过去，回忆起唱过的一首歌谣。这首歌谣很简单，就是"饭团子，滚滚滚；快快滚，骨碌碌"。他因此想起一个民间故事：很久以前，有个砍柴的老人，那天刚想吃饭团子，就有一只兔子从草丛中伸出头。"喂，你也想吃吗？"便扔了一只过去，没想到却扔进了一个洞里，兔子也跟着跳进洞。想不到洞里响起了优美的歌谣，就是"饭团子，滚滚滚；快快滚，骨碌碌"。老人又扔了一只，歌谣再次响起，如是几次之后，饭团扔完了，老人自己也滑入洞穴，结果看见眼前有一个很大很大的广场，数也数不清的兔子在舂年糕。

这是多么美好的事，饭团给善良的老人带来美妙的奇遇，谁能说一只饭团微不足道呢？

其实在日本民间还有类似的饭团子故事：住在乡间的两户农民，一家善良，一家贪婪。善良的老爷爷不留神把他吃的饭团子掉到了一个很深的洞里。后来就出现了著名的歌谣：饭团子，饭团子，骨碌碌地转；饭团子，饭团子，骨碌碌地转……老爷爷，老爷爷，骨碌碌地转……后来，老爷爷也掉进洞里了，由此得到了老鼠家族送的金子。然后消息又传到了贪婪的那家，他们也仿效善良的老爷爷把饭团子扔到洞里，自己也跳了进去。但是，他们在偷金子的时候被老鼠们发现了，仓皇逃跑，不料被坍塌下来的土埋在洞里了。

前面所说的小说题目叫《小虫的土葬》，作者森村诚一，我国许多人很喜爱他的侦探小说，但这篇"现实"题材的小说读来令人心酸，所写主人公的结局也是十分出人意料的，似乎不像后一个民间"饭团"故事所宣扬的"善恶各有报"那么显然分明。

第三章

瓜子

节日里，亲友相聚，坐在一起茶叙，置放一碟瓜子作为茶点，大概也总是会有的。我每年回乡度岁，就是如此。

我在家乡吃到的瓜子有三种：番瓜子、葵花子、西瓜子。

番瓜子就是南瓜子。但我们那里从来不把番瓜叫南瓜的，而且很长时间，我以为是叫"方瓜"，心里还颇纳闷，这瓜明明是圆的嘛，为什么叫"方瓜"呢？后来才知是番瓜，说明它是从海外传来的物种。

我们村里种植番瓜的比较多，而我家一开始种得比较少，所以看到别人总是能吃到瓜子，而我家没有，自然有些羡慕。后来自家也种得稍多，母亲在煮南瓜给我们吃时，也将瓜瓤清出来，并剔出其中的瓜子，然后搁在簸箕里让风吹干。到了除夕，会特意炒出一盘，供家人在守岁时，边嗑边聊天。这样也算有事可干，不至于纯粹闲谈。

南瓜子略呈椭圆形，一端较尖，淡黄色或白色。饱满的南瓜子炒熟，很好嗑开。有的人很会嗑，一粒瓜子搦进嘴里，舌头蠕动几下，壳与仁便分开。壳从舌尖飞出，仁经牙齿一挫便碎，随即入喉下肚，简直是不假思索，接二连三，俨然一架嗑瓜子的机器，令人佩服。我当然没有这样的功夫，大约还是吃得少，那些嗑瓜子的好手，无不是嗜食瓜子者。

南瓜子吃起来喷香，很能诱人一直吃下去。难得的是它还具有相当的药用价值。这在李时珍的《本草纲目》中就可查见。《现代实用中药》记载它"驱除绦虫"，《安徽药材》又说它"能杀蛔虫"，《中国药用植物图鉴》言："炒后煎服，治产后足浮肿，糖尿病。"如此看来，它的用处相当大。我亲眼见过，乡人用生瓜子拌以鸡蛋汁液，敷于伤口和小儿膨胀的肚皮，大约也是乡间有效的土方。

同样，葵花籽也有很高的药用价值。据云，葵花籽含有大量的营养成分，能有效缓解贫血，另外还含有硒元素，可以防癌；中老年人食之可预防高血压；更可喜的是，它可以压榨食用油，丰富了人们的食物结构。

我记得家乡是很少种植葵花的，我偶尔会在一片草野间看见一株向日葵，正如羊群中出现一只骆驼似的，孤零零地立着。不过那花朵的确好看，大大的金黄的圆盘，向着太阳，笑脸似的，即或作低头沉思状，也楚楚动人。因为见到的次数少，反而印象深刻。最初好像也很少见人吃葵花子，后来也只是略有一些。过年过节时见得多些，那大约是人们专门从县城里买来作零食的。我偶或一个人坐在那里不停地吃这种瓜子，却是因它比较容易嗑开，放在牙间轻轻一嗑即壳仁分离，从不"拖泥带水"。而我嗑这瓜子时，扯动面部神经，觉得脑筋变得活络起来，甚至可以说"神思飞越"，也就是想得多而且远，大约这是我喜食这种瓜子的主要原因：有助思索。不知这是否是我的独特体验。

偶尔得一摘下的向日葵，见其圆盘厚实，而上面蜂巢似的密

第三章

密布满果实，真令人心喜。

我吃西瓜子已经很晚了，应该在上大学前后。大约此前，市面上很少卖，而本乡也很少产西瓜，所以吃到的西瓜子都是袋装的，而最有名的就是"傻子瓜子"。当初，我亦疑惑：为什么把这种瓜子叫作傻子呢？是傻子造的瓜子，抑或是傻子才吃这种瓜子吗？不得而知，遂觉神秘，便愈加有诱惑力，这正是为这一商品取名的人的高明之处吧。

上了大学，我才知道，"傻子瓜子"的创始人是年广久，正是我读书所在的芜湖市人。因此，我颇听到一些他的故事，而且本市人人皆知他的大名是上了《邓小平文选》的。大约一开始他做瓜子生意，有些不合当地法律法规的地方，比如是不是在搞所谓的投机倒把啊，是不是存在欺行霸市行为啦等，争议颇多。而邓公一锤定音，容许他存在，使他一夜之间身价百倍，名闻遐迩，这对其商业上的助力可谓载上了火箭，想不富也不容易了。但利之所在，趋者若鹜，也就产生竞争对手包括内部的纷争了，以致引出各种说法。这是题外话，此处不赘。

我刚上大学，既是来到了"傻子瓜子"的家乡，当然也要好好品一品这种瓜子的，但买来的仍是袋装品。在我看来，这种瓜子有一"弱点"，就是形状扁平，嗑起来比较费劲，加上弄得潮乎乎的，虽然炒时加了佐料，使之具备各种滋味，但既然不容易嗑开，没耐心的人还是尝一尝即掉头而去，何况它价格不菲。但回乡时，总得带点回去孝敬家中老人。为了买到真品，我和几位同学上街去寻"傻子瓜子"炒货店。我记得在某个街道转弯处还真寻到了一家，内中一口大锅，类似北京街头炒栗子那般，有人用铁锨翻炒瓜子，但这里并不直销，要买还是等装袋以后。

我不知现在包括"傻子瓜子"在内的各种西瓜子的销售情况，我也不常吃这种瓜子（就是嫌它不容易嗑开，往往要动用双手）。好像还不止我一个说过不爱它，诗人梁小斌似乎也不喜欢吃，但他是从另一个角度看待的。他早年在《福建文艺》（1980.10）上发表过一首《西瓜子》的诗，说："从这个人的嘴里吐出，从那个人的嘴里吃进，我就不爱吃，这肮脏的、醇香的玩意儿。"这倒是一个新鲜的、别致的观点，诗人的视角和思考的确不同一般。想想也是，西瓜子都是紧嵌于瓜瓤里的，人们吃西瓜吃的就是瓜瓤，不可避免要把瓜子吃进嘴再吐出来（当然也有先剔瓜子的，但到底难剔尽），这些瓜子再炒出来给人吃，想想也是别扭。但若都不吃，不也是一种浪费？诗人这么说，大概不仅仅是针对瓜子，而且还喻指别的什么吧，那么他思考的深度无疑值得尊敬。

第三章

荸荠

我实在没有想到，荸荠还有这么多别称，有的把它叫作马蹄，有的叫它地栗、乌芋。《尔雅翼》则称其为"凫茨"：

> 凫茨，生下田中，苗似龙须而细，根似指头，黑色，可食。名为凫茈，当是凫好食之尔。

似乎连为什么把它叫做凫茨也解释了。那么凫是一种什么样的动物呢？其实并不稀奇，它就是野鸡。值得注意的是，文中凫茨又写作"凫茈"，不知这是用了"茨"的"同音异体"字还是另一种称呼。

其实，我小时候根本不知道这种植物或者说果子叫做荸荠。我现在也觉得这是一种古怪的叫法。我们那里是把它叫做土栗子。这大约是与它的别称"地栗"相近。

但我们并没有少吃它。我父亲尤其喜欢吃，他把它叫做"土人参"。而它确实具有药用价值。"百度"上甚至直接把它列为"中药名"。说它"具有清热止渴，利湿化痰，降血压之功效"，用于治疗多种炎症。还列举了古医术所开的医方。如《本经逢原》讲它"治痞积：荸荠于三伏时以火酒浸晒，每日空腹细嚼七枚，痞积渐消。"这真不错。我多少也有一些体验,有时父亲买回荸荠,总有一天两天没有食尽的,随意置于某个角落,不久也就忘记;隔了一段时间偶然发现,它已变得皱缩,但去皮吃了仍觉沁甜,甚至更甜,而多食,确实有益于通便溺。

或许正因为此,我家乡还有一种普遍而又别致的吃法,那就是作为正月初七打"糊焦汤"的主料之一。"糊焦汤"亦写作"胡椒汤",顾名思义,它是用胡椒做成的汤,但汤里不仅有胡椒,还有其他食品,一般是七种,其中花生米、薏仁米、红枣、荸荠、莲子、桂圆、豆腐是首选。这几种食材放在一起熬煮,在正月初七那天一早一晚家中每人必食一碗,顿觉辣辣的,通体皆热,很感舒泰。这多少有点像其他地方人吃腊八粥。我家乡似乎从不吃

第三章

腊八粥，或许是以"胡椒汤"代之。为什么我认为也可以写作"糊焦汤"呢，因为它正是糊糊，而又有一种焦味，我甚至认为那时候乡间可能连胡辣也不一定有，代之以剪碎的辣椒末未尝不可。至于为什么要在正月初七吃，其实很简单，因为初七是人日，在这一天食此"糊"，可以使得人的灵魂更紧密地附着于身体而不致分离，由此便得康健。这大约是一种古老的风俗。史载南北朝时，每逢人日，民众即以七种菜作羹，并用彩色布剪成人形，或镂刻金铂为人状，贴在屏风、床帐上，以为"厌胜"即以此压制邪恶、不洁而致吉祥。没想到这一习俗竟一直传延了一千七八百年。只不知在今日的家乡，是否还有保持。

我是不太喜欢吃这"胡椒汤"的，但我爱吃荸荠。每年正月初六晚间开始熬制这汤之前，母亲把洗净、去皮的荸荠放在碗里，我总要偷吃好几枚。大约为此，母亲也特意多准备一些。其实，荸荠生吃比熟食要好吃很多，那就是生脆清甜爽口。正月又是荸荠的当令时节，因为它是七月间下种，于年底十二月至来年三月都是收获季。我还记得正月里闲得无聊，还曾应伙伴之邀，出村到田间去掘荸荠。来到池塘大堤上朝下看，见田地一角长着一片管状的、枯黄的草类植物，伙伴告诉我，那草的根就是"土栗子"，长在泥土里面。但我们到底还是没有去掘，或许是因为正月里穿着新鞋、新衣，不忍心把它弄脏吧，何况，偶尔还会遇见有挑着担子的老人到村里来兜售荸荠，确实不稀罕。但这一瞥，让我对生长在田地里的荸荠留下了唯一的印象，这也算是一种收获吧。

尘世物影

生姜

姜原本写作"薑",草头表明它是一种植物。但我还是喜欢现在的"姜",因为从体形上看与实物有些近似。生姜就是几节根块不规则地拼接在一起,甚至也像"姜"字头上有两个"丫叉"。

我生长的年代,农村里生活贫困,但生姜作为一种调料还是会用到的,特别是在偶尔吃到荤腥的时候,用一些生姜可以去腥膻。我们家每年也会买些花椒、八角、桂皮之类的佐料,但常常

第三章

置于抽屉里很少用到，但姜还是不能少的，虽然每次做饭母亲都用的不多，有时生姜置放在橱柜里都变干变皱了，但总的来说，没有缺过。

可我记得，我们家乡本是不生产姜的，起码在改革开放之前是这样。每次都是父亲从县城里去买来，所以赶上不凑手的时候，也会向左邻右舍借一些。

至于为什么不生产，大约也跟姜挣不了多少钱有关。因为自古以来，民间就有一种说法："姜够本。"意思是，出产的姜卖得的钱也不过跟本钱差不多。获利不丰，谁愿意去做呢？不过，在学者、杂文家邓拓看来，应该有另外的解释。他在《姜够本》一文中说："许多有经验的老农种生姜，一亩沙土地可以得三千斤。每一棵姜最初只用一小片老姜做种，长出的新姜就有两三斤。即使遇到天时不利，田里别的农作物颗粒无收，而种姜的田地上如果也不长什么，你只要挖出原来种下的老姜，它却一点也不会损坏，照样能吃的，能卖的，绝不至于老本丢光了。这就叫做'姜够本'，也就是王祯说的'爬开根土，取姜母贷之，不亏元本'的意思。"

这大约得益于姜是一种辛辣之物，抗虫蚁，不易腐蚀。而这一物性，决定它为人体所需要。有资料说：姜除含有姜油酮、姜酚等生理活性物质外，还含有蛋白质、多糖、维生素和多种微量元素，集营养、调味、保健于一身，自古被医学家视为药食同源的保健品，具有祛寒、祛湿、暖胃、加速血液循环等多种保健功能。所以，民间治疗感冒、伤风的一种好办法，就是喝姜糖水。现在又流行喝红枣姜茶，大约也是一种调和脾胃经络的补品。

中国人食用生姜的历史可谓久矣。人们都知道孔子就爱吃，

《论语》中有一句"不撒姜食",也就是每餐必具,怪不得夫子身强力壮,即便一生颠沛流离,也活到了七十三岁,其中"姜"应该起到了强身健体的作用。

　　让我高兴的是,农村实行生产责任制以后,生姜产量大增,即使是在我们那个穷乡僻壤,乡亲们食用生姜也更加多了,所以许多人家也开始种植销售。食用方法不仅是作为调料,而且制作为茶点。做茶点是把姜切成薄片或者丝状,用糖腌渍起来,并储藏到一定时候,拿出来,再撒一点糖粉,就是很好的点心。吃上去,既甜且还有一点辛辣,吃一些就觉得通体暖和。我家里没有做过这样的食品,但我们村里有人制作,他们拿来一些让我品尝了几片,就觉别是一种美味。而更难忘的是十一二岁到外婆家做客,与外公的堂兄即"大外公"的儿子很要好,经常待在他家玩耍,而每次大外婆飨我的点心当中都有一碟糖腌姜丝,因为切成缕缕的丝,糖粉撒得多,那味茶点就越发香甜,吃在嘴,咀嚼久之,又有一种辛辣,辣过之后又有甜,可谓融和多种滋味于一体,真是耐人寻味,而且食之久不能忘。可惜,我只在那一个冬天吃过,此前此后再也没有尝过这么好吃的姜丝,让我一直惦记到今天。

第三章

李子的怀想

一颗颗圆溜溜的，似荔枝而无壳；一颗颗红艳艳的，像珍珠珊瑚珠，而有着厚实的肉质；一颗颗绿澄澄的，却比青桃还要光润；一颗颗红中透紫，紫中见青，仿佛闪烁的宝石，斑斓、五彩……

如果要我描写李子，我大概只能如此"形容"一番。而它的口感呢？却又那么生脆、瓷实而甜蜜，而有时又甜中带酸，酸后更有无穷的甘甜……让你在吃之前有一种向往和期待，又有一丝担心与害怕，但吃后更多的是喜悦……

我从小就知道天地间有这么种树：李树，天地间有这么种果实：李子。我更多知道的是李树，因为我就姓李啊！但我有时也会忘记李树还会结子，因为我从来都没有见过李树，更没有吃过李子。这甚至不比我之于梅树与梅子，我虽然没有吃过梅子或"青梅"，到底还见过梅树和梅花。

但是，终于有一天，我吃到了李子。那是在江城上大学的时候。那一天，我在街上闲逛归来，即将到达校园，却在园外高大的校墙下，见到有两三个乡村妇女挑着浅口箩筐，一来就坐到地上，向路人兜售水果。我不记得都有哪些水果了，只记得其中有

尘世物影

一大堆圆溜溜、红艳艳，一看就知很饱满、结实，比杏子还要大的果子。我没有见过这种水果，叫不出它的名字，便好奇地向她们询问，得到的答案是：这是李子啊。啊，李子！我在心里发出一声惊呼！原来这就是李子！原来李树结出的李子这么饱满、结实，这么好看诱人！我不由生出无限的欢喜！便毫不迟疑地要买一斤尝尝了，因为这是"我家"的果实啊！我不记得自己是不是书生气地告诉卖水果的人：我就姓李，所以要买李子！但肯定是一称好水果就拿起一枚用手擦一擦，放进嘴里咬了一口：啊！好吃，真甜！我是欢天喜地地满载而归，或许回到宿舍，还不忘请室友同尝。

想起当年的一幕，我至今心里感到温馨。我高兴有这样的机缘吃到李子，我在家乡的县城从来都没有见到过李子，到底还是

第三章

江南风物足啊!

正是因为吃过李子,我似乎与李树的关系变得更加贴近、切实,李子树似乎在我心中也不再是抽象之物,而是"活跃"起来了。可惜至今没有找到一瞻其风采的机缘,但这么多年一直在想象李树的模样,始终心向往之。

我只得在诗里创造这样的机会,于是便有了一首《在一棵大树下避雨》:

在一棵大树下避雨
……
我想起多少次走过这里
都不曾留意这里有一棵李树
也不知小镇上的李子来自何处
现在却分明感到它的呼吸
使我追忆逝去的老人
他的目光还在我头顶停留

这场景与其说出自想象,不如说是我心里的一种殷切期盼,那情愫更是真实的。

一场雨
又把我赶到这里
重温久远的故事

这多少有些慎终追远的意思。

后来,我在书中,遇到有关李子的故事,自是格外留意。

《世说新语·雅量》中记述有这样一则"逸闻":"王戎七岁,

尘世物影

尝与诸小儿游，看道边李树多子折枝，诸儿竞走取之，唯戎不动。人问之，答曰：'树在道边而多子，此必苦李。'取之，信然。"七岁小儿有此见识，确实值得称颂。所以《名士传》一书讲："戎由是幼有神理之称也。"幼有神理，也可说是个神童了。但是，正是这样一个很小就聪明的王戎，却在后来做了一件让人大跌眼镜的事，而且也是有关李子。《世说新语》"俭啬"篇曾记："王戎有好李，卖之，恐人得其种，恒钻其核。"吝啬算计到这种程度，也真令人咋舌。仅从《世说新语》记载的有关王戎的其他"言行"来看，觉其人应该颇有"识鉴"，何至于一啬至此，甚至每夜在灯下与夫人数钱，且向女儿一再追讨其所借之款，得之"方释然"。他难道不知道，钱乃身外之物，何况处于乱世？我倒觉得，他是有意识的"自污"，向当局表明自己和光同尘，胸无大志吧？

这且不去管它。无论王戎之于李子有何关联，也无改李子的酸酸甜甜，尤其是甜中略有些酸，而酸后更有大甜之味美，可谓是难得的佳果。难怪李子还有"嘉庆子"的别称。人们还将它与"桃"联称以喻佳弟子、人才；"桃李芬芳"一语比喻作育人才之盛；而"桃李不言，下自成蹊"，说明人们对这两种植物怀有由衷的敬意！

《尔雅翼》释"李"第一句即言："李，木之多子者，故从'子'，亦南方之果也。"这不由让我联想到李白的一句诗："我李百万叶，柯条布中州。"李树的善于结子，恰好喻示着李氏家族人丁兴旺，这或许是一种"巧合"，却也可以看作令人欣喜的佳兆啊。而李子这种"南方之果"，我在江南美美地初尝，到了北方以后，依然能够在各大小商场、水果店里频频见到，而且一枚枚比我当年吃到的更大、更厚实，我当然不敢天真地以为它是"随我北上"，但确实有一种"他乡遇故知"乃至"如见江南"般的欢喜啊！

梨子的滋味

我刚从商场买回几只大梨,黄澄澄的表皮,一个都有七八两重,看之令人心喜,可以想象,将皮削去,其雪白的肉质饱含沁甜的汁水,怎么不叫人口舌生津!

这么好的梨子一斤还要不了两元钱,觉得真是便宜至极。在都市水果店里,这样的梨堆满了货柜,即使生活水准不高的人也能买一些来食。我想在现在的乡村大约也会跟这差不多。

梨有"百果之宗"的说法，为什么呢？是因为它种植历史悠久，还是它极其普遍常见呢？不得而知。要想体会这一点，可能还要研究它。正如哲人说："要想知道梨子的滋味，就要亲口尝一尝。"可是我小时候要吃到一枚梨子，那是非常不容易的。我出生在乡村，村外有的是田地、丘岗，完全可以大兴果木，可惜就是不让人种植，令人费解。于是只剩下有少数人家在庭前院后栽培一两株果树，桃、梨、桑、枣之属，所产便非常有限。每当夏秋成熟季节，收得一些果实，自然视若珍宝。偶或拿出几枚馈赠亲友、四邻，便会被视为莫大的情谊。

我就是在这样的情况下初食梨子的，那甚至可说不是"吃"，而是"品"。记得家乡的梨都不很大，最多大如成人的拳头，如小儿拳那么大的倒不乏见，也同样值得珍视。品种有两种：一是青梨，皮厚而绿，其果肉则相对坚实而脆；另一种如上了一层浅浅的黄釉，颜色较为乌暗，其肉质较嫩而易化。当然两种味道都沁甜、爽口，似乎无人不喜食的。

我记得我很早就见过梨树，在什么地方见过，不记得了。印象中梨树都很粗大，春天来临，满树白花，密密匝匝，煞是好看。苏轼有一首《东坡梨花》诗非常有名："梨花烂白柳深青，柳絮飞时花满城。惆怅东栏一株雪，人生看得几清明。"感慨的是看似寻常的眼前美物美景，也不是人生中能常见到的。每一个读者对此恐怕都"于心有戚戚焉"。我更是想起少年时去同村的一个小伙伴家玩，玩了半天，他引我走过他家的小厨房，意外地发现，从这里望过去，靠里竟有一个四壁围拢的小小庭院。小伙伴打开门让我进去，我又意外地发现，靠南的院墙竟然生长着几株笔直的梨树，一树绿叶摇摇，在秋光中闪烁着光芒，而绿叶丛中竟然点缀着几枚黄澄澄的大梨,更是给人以意外的惊喜。可惜小伙伴没有请我"品尝"(呵呵),我当然也就不知道其味道如何。但这唯一的一次邂逅,我仍然认为是美好的,所以至今不忘。

物以稀为贵,所以才会有孔融让梨的佳话。这一佳话出自《后汉书·孔融传》的李贤注:"《孔融传》曰:'年四岁时,与诸兄共食梨,融辄引小者。'大人问其故,答曰:'我小儿,法当取小者'。由是宗族奇之。"后来,故事写进了《三字经》:"融四岁,能让梨。"遂家喻户晓,流传至今。其实,在乡间当也不乏"让梨"这样的"嘉言懿行",只是平凡农家小儿,有谁会惊为奇事,史尤人载之典册罢了。

《说文》对"梨"字的解释很简单:"梨,果也。从木利声。"不过我想这"利"可能也有"爽利"的意思,爽口、脆利,入口便消化。《尔雅翼》对梨的解释就是"梨,果之适口者。"而在医家李时珍那里,梨不仅有"快果、果宗"之类的"别称",而且是一剂良药,主治"消渴、咳嗽,痰喘气急,赤目弩肉",各有其方。其实,民间也都知道"梨"有清热解毒之功效。身体上了火,害了疮,也都相诫:"吃点梨,下下火。"我不幸就属于易上火的体质,故而也经常想找一点梨子来吃,但正如前面所言,谈何容易,于是只好退而求其次,到商店里买梨子罐头以代之。那罐头梨子是用糖水浸泡的,而糖分可转化为热量,所以吃罐头梨并不能"下火"。我来京读书前夕,脚气病得厉害,红肿、溃烂,几至不良于行,连吃了几瓶梨子罐头,仍然不见任何效果。那时,我多么渴望能得到一小筐雪花大梨,痛痛快快地大吃一番,既解馋又祛病,何其美哉!

"朋友,你到过砀山吗?你吃过砀山的梨吗?你见到过那千亩万亩梨园里的梨花一起开放的情景吗？……"上小学刚学习写作文时，父亲于一天深夜给我念本省日报上的一篇文章给我听，我至今没有忘记，也一直在想象那千亩万亩"千树万树梨花开"是什么一种景象。及至上了大学，逢到砀山籍的同学都要跟他谈到这篇文章，希望他详细介绍一下砀山梨。可惜他们也往往只简单说说，甚至语焉不详，我就更不知砀山的梨与别地的梨滋味有什么不同，我还表示有到砀山观赏如漫天大雪般的梨花的愿望，自然至今也没有实现。倒是有一次坐火车去石家庄探亲，与同一排座的一位返乡的农民工谈起他的家乡，我真的起了去游玩之念。他告诉我，他的家乡就是产梨大县，到处就是梨园，春天来临，四野都像普降瑞雪一般，洁白芬芳，连空气也都甜丝丝的，何止是天然氧吧，连泉水也比矿泉水甘洌清澈。他家屋子前后就有一大片梨树林，年年都有游人成群结队来赏花。我听了怦然心动，我深知其地离石家庄不远，极想劝家人同往，可是一到石家庄就有这样那样的事缠身，终于不果前往，至今引以为憾。

  不过我想，现在在商品经济的促动下，一座座大型果园应运而生，要欣赏"忽如一夜春风来，千树万树梨花开"的壮观景色，怕不是很难吧，说不定哪一天，我就约上一两个同伴，一抬脚一踩油门就开车去了。我期待那一株株缀满奇蕊的梨花在天空下，在我的整个视野里，轰轰烈烈地绽放！

第三章

胡萝卜

读到张爱玲的一篇极短的散文,不过两三百字,题目叫《说胡萝卜》,里面提到两种萝卜、一种昆虫,却好像都是我不知道的。

这两种萝卜是"洋花萝卜"和"胡萝卜"。前者是我从未听说的,后者当然听说过,也吃过,但放在其他的"萝卜"一块,我又有些迟疑,不敢确认了。那么最简单的办法,当然只有查"百度"。

"百度"上说:"(洋花萝卜)学名杨花萝卜,是一种小型萝卜,为中国的四季萝卜中的一种,因其外貌与樱桃相似,故取名为樱桃萝卜。"又说它"二年或一年生草本,肉质直根,长圆形、球形或圆锥形,外皮绿色、白色或红色"。这么说,仍然只能给人以模糊的印象,并不甚了了。好在随文配有照片,是那种浅红颜色的圆溜溜的块茎,我想起我是吃过,当然不是在南方的家乡,而是来北地以后在宴会上吃到的,但一般是作为一种凉菜,蘸酱生吃。它是红皮白瓤,如水果一般脆生爽口,所以才会出现在宴会上。

而"胡萝卜"呢?它是从内到外都是一种颜色:红色。"百度"上说:"是伞形科,胡萝卜属野胡萝卜的变种,一年生或二年生草本植物。"根粗壮，长圆锥形。这些都符合我的印象。我在少年时代是吃过这种植物的，但不是自家生产而是自县城买来的，而且买的不是生胡萝卜，而是晒干的胡萝卜丝。大多出现在一般人家的婚嫁喜宴上，是用它和着粉丝、香芹、豆干之类的混炒，有时还加上肉片，因为过去没有吃过，吃来还觉别有滋味，因此都为我辈乡下孩子所喜爱，爱之甚至不下于大鱼大肉，有时候，我们磨蹭在坐席的大人身边，就为等这一口混合素菜，清香可口。

但我们那里好像从没把这种食物叫作"胡萝卜"，而是直接叫作"红萝卜"，倒是"名副其实"。所以我读莫言的小说名作《透明的红萝卜》，我是把其中的"红萝卜"想象成"胡萝卜"，到底是不是呢？因为手头没有这篇作品，不好确定。但现在我知道了，"红萝卜"竟又是别一品类。

"百度"上有其介绍:"红萝卜是十字花科萝卜属植物,又名'大红萝卜''胭脂萝卜''东北红萝卜',一、二年生草本,根肉质,球形,根皮红色、根肉白色。原产于我国,各地均有栽培,东北是我国大红萝卜主要产区,因气候及品种等因素形成了其极高的营养价值和药用价值。"

原来如此。一个"伞形科",一个是"十字花科",产地也不同,颜色也有异,口感恐怕相差很大。尤其是红萝卜原产于我国,足令人自豪,前面也不须加一"胡"字,有了这个胡字,说明它产自外国。胡萝卜的原产地在阿富汗,在古代属于西域地区,但胡萝卜传入中国较晚,约在公元十三世纪经伊朗传来,更晚到十六世纪才由中国传到日本。

胡萝卜最宝贵的是富含维生素 A,这是对人健体治病极为有益的。至今,我家还经常食用,常规的做法是用它来炖牛肉,我却有很多年没有吃过由"胡萝卜"制成的红萝卜丝了——尤其是那种晒干了的,我渴望还有机会吃到它。当年,当农村经济状况好转以后,也有小贩挑着红萝卜丝来村里兜售。

张爱玲在《说胡萝卜》中提到的昆虫"叫油了",它就是蝈蝈,不过这种叫法,我似乎也是第一次见,也附记一下。

土豆

　　土豆算是最常见的食物了。我们小时候就听过一"经典"的说法："土豆烧牛肉就是共产主义。"我们信以为真，不知道这是修正主义者赫鲁晓夫的信口胡诌。但我们也知道咱们的领袖曾在词作里讽刺过这一说法："土豆烧熟了，再加牛肉，不须放屁。"

　　但那时候，我们几乎没有吃过牛肉，在我记忆中，少年时代在家乡恐怕只吃过一回，所以其印象就十分难忘。而土豆呢？甚至一次也没有吃过，甚至它长什么样，我都没有见过。在我们那里，只出产相似的一种植物：红薯。而土豆，我知道也曾叫过"洋芋"，说明二者确实近似。

　　因此，土豆在我的记忆中有很长一段空白。至于我在大学里吃过没有，我不记得了，好像也是没有。我吃到土豆，或者说比较多地吃土豆，是来北方。什么土豆丝、土豆片，不时会遇见。在京城的大学食堂里，自是不可能少了这一味菜。

　　但可能正是在北方读书期间，我回老家，在家中走廊的一角，忽然看见有一堆土豆堆在那里，我略有些惊异。我问母亲，这土豆是哪里来的，母亲告诉我，是自家种的。我们家也开始种土豆了？母亲点点头。我知道，既然我们家有，大约村里许多人家都

会种了。我很高兴,也似乎隐约地感受到了这种食物的传播性之大。

人所共知,土豆又名马铃薯。原产自热带美洲的山地,十六世纪中叶,由一个西班牙殖民者从南美洲带到欧洲,至于何时传到中国,好像没有明确的记载,据说其因酷似系在马脖子上的铃铛而得名"马铃薯"。最早见于康熙年间的《松溪县志》。在中土遍地可以栽植,于东北、西北称土豆,华北称山药蛋,西北和两湖地区称洋芋,江浙一带称洋番芋或洋山芋,广东称之为薯仔,又有称荷兰薯等,不一而足。由此也可见,它的产量很大,养活人之众多。怪不得康熙以后,中国人口翻番,当与马铃薯、红薯之类的粮食作物在中国普及很广不无关系。

我特意用手机与远在深圳的老母亲联系,询问有关土豆的事情。她告诉我:其实马铃薯在我们那里早有扦插,只是我们家没有种,后来因看到邻人们收获甚丰,也讨来种子种之。至于为什么堆在走廊里,是为了通风,马铃薯其实不易保存,它很容易就发芽,而发了芽的马铃薯据说是有毒的。她还告诉我家乡土豆之由来:早年间她还在娘家,当地遭了水灾,为救灾,政府调来一批土豆,而各家获得后不仅用于果腹,亦用于栽种,家乡从此即有土豆矣。

哦,这倒是我闻所未闻的一件轶事。这可能是中国救荒史常见的一页,千百年来,许多粮食作物的传播或许都是因为救灾而起的吧。

土豆在现代化的大城市亦被制成美食,颇受人欢迎。一是醋溜土豆丝,不爱吃的人估计不多;二是"麦当劳""肯德基"等快餐店里有一款别有风味的食品:炸薯条。当初我食此薯条,并没有想到它是马铃薯做成的,甚至以为是红薯。直到我八岁的女儿提醒我,我才恍然大悟。

不过,从此以后,每当我在"麦当劳"食用这一食品,这一外来的吃法总让我想起梵高的名画《吃土豆的人》,在那昏暗的油灯下,几个憔悴不堪的人围绕一盘土豆而坐,以之为晚餐,打发一个个漫漫长夜，想那清贫的滋味如果要去亲历，当是非常不好受的，幸好这一页终于翻过去了。

我有好久没有吃土豆了，因为我不会做我的孩子爱吃的土豆丝。但土豆并没有远离我，它甚至跟我很近，说朝夕相处也不为过，因为我办公室的同事就用盆养了两株土豆，绿色的藤蔓攀缘而上，葳蕤葱翠，给伏案工作久了的"倦眼"以养怡之福，不由想叫一声"善哉善哉"。

这么一说，土豆土豆，并非很"土"，反而很具有一种与时俱进的诗意！这当然值得用文字一记。

尘世物影

豆腐乳

我是比较喜欢吃豆腐乳的，几乎每天早上都有一碟豆腐乳佐餐，家里买了一瓶又一瓶，几乎没有断过。我看单位的早餐，食堂里也有豆腐乳供应，每天都有一大坛出售，里面的豆腐乳一层一层码得非常整齐。我不知道多长时间将这么一坛售尽，但可以断定，喜欢吃豆腐乳的不在少数。

第三章

我和许多人有同样的感受，豆腐是中国人的了不起的发明，它丰富了中国人的餐饮，充实了中国人的食谱。豆腐的做法有那么多种，让人百吃不厌，甚至可以开个全豆腐宴，而且价廉物美，简直是无与伦比。我觉得豆腐乳既是豆腐食品系列中的一个，也可以看做是另外一种发明。我记得其中有一个霉化的环节，这是其他豆腐食品所没有的。我想这也是很大胆的，因为一般食物霉了就不好吃也不能吃了，而豆腐乳则非如此不成其为豆腐乳，这真令人惊叹。

自小生长在乡村，我可以说是见惯了人家做豆腐，也知道豆腐乳是怎么做成的。尤其是到了二十世纪七八十年代，在我家乡，差不多家家会做豆腐和豆腐乳。隔了近四十年，我还依稀记得母亲做豆腐乳的一些环节，那似乎也不是多么复杂繁难：

一般是先要做出豆腐。我们那里都是春节做"年豆腐"时，特意留出两板三板或多少板（我多么想写成报纸版面的"版"）做得瓷实一点的豆腐，搁在阴凉处，稍稍被风吹干，然后用刀将之划开，分为很小的方块，继续放在屋内晾着。可能就在这时，等待它稍稍霉化，即上面长出细细的毫毛（是否确切，还应当请教方家）。接下去是选择适当的日子，当然是天气好的时候，将这些小块的豆腐一块块夹起，放到铺有一层稻草的大簸箕里，放得相对比较松散，然后拿到外面的阳光下晾晒。大约只要晾晒三到五天，等到上面的毫毛褪尽，甚至微微发出一种清香时，就可以再把它一块块夹起，放进事先准备好的大坛子里。每放一层撒一层盐；至于撒多少盐，可能就凭各人自己掌握了。最后是把坛子密闭起来，放在屋角不去问它，等两三个月后，再打开，就是熟悉的豆腐乳的香味了，一坛豆腐乳也就宣告制作成功。

我虽然在母亲制作豆腐乳的过程中，打过一点下手，但我不记得是否见过豆腐乳已制作成功，密封的坛子刚打开时的状态。我只能想象，这时那豆腐是白色中带一些乌黑，而半个坛子都已浸着盐水了。据说业界一般把豆腐乳分成青方、红方、白方，那么我们那里的豆腐乳是不是可以叫做"白方"呢？当然也完全是从颜色上来区分，而"青方"是臭豆腐乳，颜色是乌青的，闻起来有臭味，但吃起来味道又不错。其实，我家乡的豆腐乳在坛子里多搁一段时间也往往带有那么一点臭味，这么说，我家乡的豆腐乳处于"白方"与"青方"之间亦未可知。

人们都知道我们家乡的"徽菜"里有一道名菜叫臭鳜鱼，许多人吃后赞不绝口。我不知道臭鳜鱼的确切做法，因为我小时候没有吃过，但我想其中一种做法肯定少不了要用到臭豆腐乳，因为那臭鳜鱼的味道总使人想起臭豆腐乳。

"臭豆腐乳"的发明权归谁，据说是跟我在北京最经常吃的"王致和豆腐乳"的创始人王致和有关。那王致和也是我们安徽人，他原本是个读书人，来京参加科举，名落孙山，却不想返乡，遂滞留在京。生活困顿时，想起父亲开过豆腐坊，他便以此维生。结果生意越做越大，名闻遐迩。偶将一板卖剩下的豆腐放进坛里用盐腌制，因忙于琐事，已经忘记。待到秋后，忽然想起打开坛来，那一坛豆腐已变成青灰色，而气味闻起来，臭味中又夹杂着清香。他很好奇，夹起来一尝，滋味还蛮好，他以此送人品尝，亦都道不错，从此以做豆腐乳特别是臭豆腐乳出了大名，甚至成为京城一绝，品牌传承至今，所做豆腐乳品类更多。这也证明了，许多发明都是一线劳动者"妙手偶得之"。

我家乡的豆腐乳吃法似乎也就是直接从腌制的坛子里取出

第三章

来,盛放到盘里端上桌,只有极少数会切一些红辣椒丝洒在上面,然后置于饭头上蒸。在我的印象里,我家没有这么蒸过,我偶或见到或吃过这么蒸出的豆腐乳,那滋味真是极好。最难忘的是有一年,邻村的大哥考上了大学,我登门祝贺,去得有些迟了,他们中饭已经吃过,问我是否在他那里吃,我说吃,他们即以剩下的饭菜招待我,其中就有一味辣椒蒸的豆腐乳。那豆腐乳呈咸鸭蛋色,四方四正,质地比较结实,其中也有一用箸触碰即碎的。我舀了一些碎豆腐乳放在饭头上,那味道比咸鱼腊肉都有过之,简单地说,就是极为鲜美。我很奇怪,为什么曾经发霉的豆腐腌制起来,它不仅不再霉下去、烂掉,反而还会这么鲜美呢?至今还百思不得其解。当然那时候还没有听说过有什么臭豆腐乳,而臭豆腐乳乍一闻有点臭,其实也是很香的,这也真是怪事!

我的邻村大哥考上大学后便不轻易回来,等到他毕业把寡母接到外地,从此再无来往,我也就再没吃过这么鲜美的豆腐乳。但有幸吃过这么一次,亦足矣。

第四章

第四章

海鸟的故事

　　海鸟的故事多具有神话色彩,这是为什么呢?或许海鸟所生活的背景——大海,是一个广大变幻的地方,易于让人产生神话般的联想吧。

　　最有名的关于海鸟的神话故事当然是中国的"精卫填海"了。相传古中国炎帝的女儿女娃,因游东海淹死,遂化为精卫,经常衔西山木石去填东海。其精神更是可钦可佩,所以虽然是一则神话,倒也千古传诵,连陶渊明也要作诗咏赞:"精卫衔微木,将以填沧海。"并与"刑天舞干戚"并列,感叹其"猛志固长在"了。

　　在中国的神话故事里,还有一则海鸟的故事不仅颇为有名,而且很神妙。这则故事出自《列子·黄帝》:"海上之人有好沤鸟者,每旦之海上,从沤鸟游,沤鸟之至者百住(通"数")而不止。其父曰:'吾闻沤鸟皆从汝游,汝取来吾玩之。'明日之海上,沤鸟舞而不下也。"这真是一则让人叫绝的故事。本来那个"海上之人"与海鸥玩得非常好,每天一到海上,海鸥就来亲近,纷纷停落他的肩上、臂上乃至手上,相互嬉戏。可是一旦"海上之人"的父亲说:你明天也带一只回来让我玩玩吧,第二天,这个人再到海边,海鸥只在空中飞舞,再也不来亲近他了。为什么呢?因

尘世物影

为海鸥已经察知（即感受到）这个人有了"机心"了，当这个人没有"机心"的时候，他与自然契合无间，所以鸥鸟来亲；而有了"机心"的人"其心叵测"，是不可亲近的。这是多么微妙的一件事啊！却揭示了一个深刻的哲理，它告诫我们：人类与自然界相处时，要时时都按自然界的规律办事，否则，稍一偏离（站在人类的立场即有机心）的话，人类与自然就有了隔阂，自然界就会把你置于对立的地位！多么令人警醒！人与自然的和谐谈何容易！人要有诚心！

西方的神话里有没有海鸟的故事，我一时想不起来，应该是有的吧。但外国文学里写海鸟的也有那么几篇值得称颂。中国人耳熟能详的当推俄国作家高尔基的《海燕》。"在苍茫的大海上，风聚集着乌云。在乌云和大海之间，海燕像黑色的闪电，在高傲地飞翔。"这也是一篇寓言，将革命者比作海燕，在乌云翻滚、海浪咆哮的恶劣的环境下战斗，很是鼓舞人心，所以革命领袖喜欢称引它。文中还将海燕与海鸥、海鸭、企鹅这些海鸟进行对比，以突出海燕一往无前、大无畏的革命气概，似乎其他海鸟都不过是目光短浅、胆怯平庸之辈，不足一论的了。所以当年读到这篇散文诗式的寓言故事，只佩服海燕，而对海鸥、海鸭等则颇觉不以为然。这一情绪延续多年，直到走出"火红的革命年代"，才发现海鸥也有可爱的一面，如上则故事所描述的海鸥的机警、聪慧。环境之移人大矣哉，此又是一例。

俄国还有一位作家写到过海鸥，故事也感人至深。这位作家是俄国第一个获得诺贝尔文学奖的蒲宁，这篇小说叫《韦尔卡》。

第四章

　　话说在很早以前的远古时代,有一位小姑娘叫韦尔卡。她和她的家人——爸爸、妈妈、姐姐一起生活在海边上,每天在浪花里嬉戏,在沙滩上搜寻鸟蛋和龟蛋,无忧无虑地度过童年,跟她们在一起玩耍的还有男孩儿伊勒瓦利特。当她长到十四岁时,伊勒瓦利特已经是十六岁的小伙子,开始出海捕鱼了。长时间看不到伊勒瓦利特,韦尔卡说她就想哭;而每当他出海回来,韦尔卡的脸上就乐开了花,但是伊勒瓦利特并不理会她这份情感,他经常和她姐姐斯涅卡勒坐在一起。韦尔卡很是伤心,变得沉默寡语,村里的女孩子们都把她叫作"忧郁苦恼的女孩"。韦尔卡常常走到海边,等待出海的伊勒瓦利特归来,并兴高采烈地同他一道从小船上卸网、取鱼。

　　韦尔卡大胆热烈地向伊勒瓦利特倾吐情愫,可是遭到了伊的拒绝。韦尔卡伤心欲绝,她纵身跳入大海,却又被海浪抛回岸边。她自言自语道:"海神不让我死,我死之前应该把伊勒瓦利特杀死。"当伊勒瓦利特再一次出海,她还在等他归来,她回忆起童年时与他在一起的情景，想起两小无猜的情谊，忘记了想要杀他的想法，对狂风暴雨中的出海人充满了担忧。她从姐姐那里得知，一位巫婆说风暴把伊勒瓦利特卷到了冰海的一个荒岛上，船碎食尽，只有等死。韦尔卡前往巫婆家得到了证实，便要前去荒岛拯救伊勒瓦利特。但巫婆警告她，她将在大海上漂行两天两夜，等她到达伊勒瓦利特被困的岛上时，她就会变成一只海鸥，而这一切，伊勒瓦利特并不会知道。但韦尔卡决心已定，便划着船，驶入了冰海。她历经艰险，终于来到伊勒瓦利特躺着的海滩上，这时他已昏死过去，浑身上下被海水冲刷成了雪白色。韦卡尔欣喜地把他叫醒，但她刚要跳下小船，双脚还没有着地，便长出了两只大翅膀，身不由己地飞了起来，她想要说话，可她的声音也变成了海鸥的叫声……

　　多么感人的故事，多么勇敢的海鸥，为了爱情毅然献身、义无反顾的伟大与壮烈，每每读起来，总是那么强烈地撞击着我的心怀。海鸥虽然不似海燕那般勇猛，但她柔弱温驯的外表下，同样有一颗坚定的心，执着于爱的灵魂！

第四章

走下神坛的狮子

狮子是我最崇拜的动物,如果说动物也可以崇拜的话。

为什么呢?请看我在早年的一篇拙作里,这样描绘我心目中的狮子:

狮子真正是百兽之王。你看它卧在山林里时,四周连空气都不得不静穆下来,连一根草都不敢随便摇晃。狮子平时也很少走动,它静静地卧着,如巨岩、如丘峦,但它要是扑食动物的话,却似狂飙从天而降,不容有一丝反抗,三下五除二,就将之彻底解决。饱餐一顿之后,它又悠然退踞草丛间,静卧下来,眼睛似睁似闭,举头俯视一切。此外,狮子的外形也非常美,浑圆的脑袋,毛发纷披,衬托着一张脸似一轮光芒四射的太阳,的确有一种君临一切的王者气派。

不知二十年前的我从哪里得出这样的印象。大约是从一晃而过的影视镜头下,从图画与文字中。这样的印象虽不能说一点也不准确,但确实存在似是而非的地方,只能说,更多是出自我自己的想象。

我最近迷上了看手机里的各种狮子视频。而这样的视频真的很多,我一有闲暇就点开一个看看,仿佛追星族一般沉醉其中而不能自拔。我甚至觉得这些视频所展现的狮子界生活,比许多描写人间的电视剧都精彩得多。因为这是大自然最本真的一面,是最不假掩饰的,所以也是最迷人的。

看过这些视频,一个最大的感受,就是狮子走下了我心中的"神坛",还原为大自然中的一种普通的生物。狮子有可爱的一面,也有令人敬畏的地方,而无论是可爱还是令人敬畏的凶猛乃至凶残,都是大自然赋予其一种必须有也必然会有的本能,都是为生存所必具的本能,和许多其他生物一样,符合适者生存的原则。

这些视频改变了我对狮子形象的基本认知。一个基本常识:并不是所有的狮子都"毛发"纷披,衬托着一张脸似一轮光芒四射的太阳。只有雄性狮子头颅和颈项上才长有长长的鬃毛,使它像穿着翻毛衣领的大氅的贵族,气派非凡。而雌性狮子即母狮是

第四章

没有这种纷披的、蓬勃的鬃毛的,它几乎通体都很光滑。这竟然一定程度上影响了它们的分工。雄狮平常并不太参与捕猎活动,而是巡视自己的领地。它站在那里,硕大的头颅在鬃毛的映衬下似乎比身躯还要庞大,不怒而威,自然有凌驾于一切之上的气度,可以逼退一切对手。而这也妨碍它伏击和奔跑,因为容易暴露和产生阻力。而母狮没有这种"累赘",体量也小得多(有的母狮会比雄狮体重轻三分之一甚至更多),便于奔跑、出击。所以打猎常常是母狮的事,而雄狮更多是坐享其成,或在母狮与猎物缠斗之际,快速加入战斗,给其以关键一击,而往往也是一击致命。但在分享食物时,雄狮总是处于优先地位,甚而至于独享其成。

这不公平吗?不,肯定有它的"合理性"。因为狮子是群居性动物,往往是几头母狮和一头或几头雄狮生活在一起。如果是几头雄狮,如两头、三头,那它们是兄弟关系,它们共同统领几头母狮和它们的子女,生活在以它们的气味划定的一个疆界内(有时可大至十几公里)。这就是它们的独立王国,是不容侵犯的。这就需要狮子格外加以保护,如果被外来的雄狮侵占,那么不仅原来的统治者要落荒而逃或被杀死,它所生的幼狮也会很快被残杀,无一幸免。因为胜利者要与剩下的母狮交配生育自己的后代,而母狮也只有当无幼崽抚育时,才会发情。据说通过这样的"优胜劣汰",狮子才会生出更强壮的后代,才能在草原上生存下去。从这里可看出,大自然的生存法则既残酷又是合乎逻辑的。

但似乎残酷的一面显得更重。虽说狮子处于食物链的顶端,是所谓"百兽之王",但并不是随心所欲,一出手就有收获,不愁食物,而是十次打猎,七八次都要落空。因为生存法则同样赋予其他生物以生存的能力。大象无与伦比的高大身躯,长颈鹿粗壮有力的长腿，野牛不仅壮硕而且有锐利的尖角，羚羊斑马有敏捷的反应能力和极高的奔跑速度……要制服它们实非易事。于是狮子常常靠群体合作，靠埋伏来选中和袭击目标，当然也靠自己的速度与技巧，或穷追不舍，或一拥而上、一同缠斗，能下手时就下手，并做到稳、准、狠，才会凯歌高奏，让家族得享一顿大餐。但它们不仅屡屡失手，有时还会被猎物踢伤、刺杀。我看到的视频里有经典的一幕：几只母狮正如蚂蟥一般吸附在野牛身上，但有另外的野牛赶来，用牛角轻轻一挑，就把一头母狮高高挑起，掼在地上，接着再次把它挑起、掼下，这头母狮存活的几率也就很小，一切受伤的母狮因不能参与捕猎，也会被遗弃，只有等死，这哪里还有什么"王者风范"呢？

这还是有猎物可寻的季节，如果食草动物都迁徙走了，那么狮子常常处于饥饿状态。我在视频里看到几头皮包骨头的狮子连走路都摇摇晃晃，哪里还能找到一点"威风凛凛"的模样。饥饿之下，连暴露于野的兽骨也要啃，小狮子甚至打开大象的粪便，企图找到可食之物。对此情景下的"百兽之王"，我们也只有表示同情。

而真正让我大开眼界且着迷不已的是小狮子！而几乎每一段视频都有小狮子，如果没有它们，只有血腥的杀戮，那将会使人感到非常沮丧和压抑！

小狮子真是可爱之极。母狮将它们生下来，把它们身上的胞衣舐去，它们就开始爬行，寻找乳房。这时它们才有一斤或两斤重，眼睛也没有睁开，最初的两周都没有视力。母狮在一个偏僻的隐蔽的地方，独自生下并抚养它们。它们像雏鸟一样，张开小嘴，发出稚嫩的叫声，近似于"欧——哑——"。它们肉肉的一团，

第四章

茸毛遍体,几乎与小猫没有什么两样。它们在吸乳过程中,会与同胞兄弟争抢,一边挥动小爪,把别人扒拉下来,自己埋头进去,一边发出声响。稍大,同胞兄妹间玩得开心,不停地滚成一团,用头拱,用嘴咬(还没长出獠牙,当然不会太重)、奔跑、跳跃、打斗,还会跟母亲一起散步,快速迈动小小的步子,试图跟上;有时还会涉水、越涧,那种对外界既感新鲜又有疑惧的表情以及勇于尝试的动作、试图反击时张牙舞爪的"奶凶奶凶",真是稚态可掬,动人极了!

小狮子非常乖巧。它们的母亲在出"门"打猎之前,会把它们安顿在草丛间,灌木下,它们就非常懂事地待在那里不动,但一双眼睛专注地看着外面。当母亲归来,它们发出欢鸣,快活地跑去迎接。稍大,它们也会趴伏在岩石上,安静地看着母亲们在前面开阔地带围猎(似乎观摩一场战争)。它们在母亲休息时,也喜欢在它身边嬉戏,把它的尾巴当作玩具,捉住,松开,一扑一剪,做什么,都那么专注、投入。"父王"巡视归来,它们谨慎地表示欢迎,先是有分寸地靠近,直到父亲未表示厌烦,才敢贴上去,蹭、碰、吻、闹。

但是,就是这么可爱的小狮子,成活率却不过两成,大多活不过一岁。一是自然条件恶劣,让它们活活饿死。视频里饿死在荒野的小狮子,恍如一只被小孩子玩腻后弃置的毛绒玩具,脏兮兮而毫无生气,看上去多令人揪心;二是受到入侵的雄狮的攻击。另外,是被其他动物所杀。野牛因是狮子主要的捕猎对象而与狮子结下"世仇",所以野牛,特别是成群的野牛见到小狮子便血脉偾张,怒气冲天,会直冲过去,将小狮子践踏或挑死。多少小狮子就这样死于非命。大约这也是大自然自动控制狮子数量的"办法"之一，不然狮子成活率太高，这个世界上的其他生物哪还有存身之地？这或许正体现了"大自然"既残酷又多情的一面吧！

难得的是母狮的母爱，简直是可歌可泣。在如此恶劣的条件下，在这险象环生的世界，它要抚育自己的子女，是多么艰难！我在视频里看到母狮为小狮子付出了多少心血，这种一遇猎物下口绝不留情的猛兽，在小狮子面前就是慈祥、温柔的母亲。它即便忍饥挨饿，也义不容辞地躺下来给孩子们哺乳，甚至要忍受长出锋利牙齿的幼崽吸乳造成的痛苦，它也只呲呲牙，站起来，换个姿势躺下，继续哺乳。有的单亲妈妈带几个孩子，还要去捕猎。无论得手与否，一结束，就得跑回来照顾孩子，否则，孩子就可能遭遇不测。为了不被其他猛兽侵害，它还要带孩子迁徙住所。孩子那么幼小，走不动路，它只得用嘴小心翼翼地把小狮子叼起来，一步一步稳稳地前行。而放下这只叼着的幼崽，说不定另一只又掉队或失散了，它又得赶快回来寻找，一边跑，一边急切地呼唤，直至找到，同样叼起来再回到刚才放下一只的地方……经过一场暴雨，它急切地用舌头一遍一遍舐干幼狮的毛，当有雄狮靠近，它就急切地扑上前，尽显凶猛，以护卫孩子的生命。我觉得，这种母爱比世界上任何一种生物包括人对自己孩子的母爱都不逊色，甚至更感人，因为时刻要经受生死考验。

但就是这样厚重的无微不至的母爱，也往往庇护不了幼崽被同类、被其他动物杀戮。我看到视频里有母狮因无力阻止外来雄狮对自己的孩子痛下杀手而绝望地、悲哀地怒吼，看到家园被野牛一阵冲击后，枝叶一片狼藉，母狮回来寻觅幼狮，看到倒毙的孩子，欲哭无泪，久久不忍离去。还用脚爪一次次拨拉被践踏到泥坑里，肚腹还微微鼓胀的孩子，它多么想把它拉起来，让它重

第四章

新站立、行走，跟它依偎在一起！

可以说，正是从这样的视频里，我看到狮子生活的世界是一个多么残酷的世界，经常处于生死攸关的时刻！哪里是我过去所想象的一派威风凛凛、不可侵犯、生杀予夺、说一不二，哪里有这样的灿烂辉煌！是有雄狮成为百兽之王，威震山林，令万物折服，但毕竟只有少数才能做到，而且要经过多少生死搏杀和风雨饥馑的考验与磨炼！

但是这一切多么合乎自然！一切的艰辛死亡，一切的拼搏，一切的慈和与母爱集中起来，才是狮子应该有的生活。这个世界上没有神，只有活生生的血肉之躯，只有凭借上天赋予的能力与条件，去博取自己的生存，岂有他哉！

走下"神坛"的狮子，仍然赢得了我的敬意，因为它们为我带来了大自然给予我们的启示。

尘世物影

螺蛳

我的学长钱叶用先生在三十年前用优美的诗句这般咏唱螺蛳：

铺满月光的夜色里
白螺掀开了盖子
银子的流水下

第四章

> 黑螺打开了窗子
> 南方水田梦游的螺群
> 她雪白的肌肤
> 在蓝夜里亮如纯银
> ……（《梦螺》）

这很容易就把我带回久违的故乡，那充满稻花香、泥土气和流水生息的乡村之夜。

说到螺就不得不提中国人家喻户晓的"田螺姑娘"的传说吧。我在张岱的《夜航船》"四灵部"的"鳞介"目中读到一则类似的故事《螺女》：

> 闽人谢端得一大螺如斗，蓄之家。每归，盘餐必具。因密伺，乃一姝丽甚，问之，曰："我天汉中白水素女，天帝遣我为君具食。今去，留壳与君。"端用以储粟，粟常满。

这当是这个故事的原型，但仍然不知来源。

我十岁前后从《少年文艺》上第一次读到经过改写的"田螺姑娘"的故事就非常喜欢。这个故事只讲到青年农夫怎样耕田回来，见到满桌的饭食，后来特意早归，才得以解开这个秘密，并没有"田螺留壳"一节。我觉得故事很美妙，也很惬意，更重要的是切合我童年身处的环境，乡村里多的是茅舍旧屋，里面总住着有久觅仍难得配偶的青年后生。

螺蛳，我在乡间时时都能见到，池塘里、沟渠里、田野间，只要有一些黑色淤泥和流水的地方，总会有青螺生长。一只只大不过拇指，小的则比豌豆、稻粒大不了多少，颜色接近淤泥与土。在我的印象里，它们是点缀于流水间，随着水流微微地动荡着，也不知它们行走否，吃什么东西，甚至不能确定它会不会揭开那堵在螺口的指甲般的棕色盖子。我们在捕鱼捞虾时，一网下去，也会捞些螺蛳上来，那是要随手扔掉的，或者带回来，倒在庭院里给鸭子吃。我不知道那些"扁嘴"动物如何吃得了这躲在螺壳里的螺蛳肉，只听它们哗啦哗啦地啄得不亦乐乎。有一首童谣唱道：

小红伢，戴斗笠，摸螺蛳，把鸭吃；
鸭生蛋，把儿吃；儿屙屎，把狗吃；
狗看家，大家老人都沾光。

乡亲们不吃螺蛳，但住在村里的那一户上海人是吃的。他们把我们不要的螺蛳收集起来，用油盐加上辣椒煮了，嘬起来有滋有味，让站在边上的我们看得口舌生津。我回家跟父母说起，建议我们也如法炮制，一尝其鲜，父亲却摇摇头，始终无意于此。待我再三要求，他才缓缓开口道："不能吃，怕不干净，会得血吸虫病。"啊，血吸虫病，我是知道的，人得了以后，会肚子胀得很大，如扣上一面鼓，而四肢会变得瘦弱，这多可怕，当时有一部讲述治疗这种病的电影叫《枯木逢春》的，我们看过数遍。但是，那家上海人怎么吃了没事呢？我不禁向往而又迷惘了。

我终于从乡村走进城市，还是抵挡不住螺蛳的诱惑，总觉得其味一定鲜美。我从酒肆饭馆里的菜谱上看到有炒螺蛳一味，便一再有想尝试的念头，终于在一次得了稿费请同学小聚时，下决心点了它。一盘辣椒或韭菜炒的螺蛳肉端上来尝了尝，觉得也不过如此。我又看见街头上有小贩用火炉支一小灶，当街煮着带壳

第四章

的螺蛳，老远就闻到一股诱人的葱叶与肉的香味。我从边上经过，问一边用扇子扇火，一边叫卖螺蛳的大婶，多少钱一斤，怎么吃，她一一告诉我。我望着煮得油光闪亮的螺蛳，有一种强烈的食欲被勾起，但我想起父亲对我的告诫，便毅然走过这个摊位，紧赶几步到了要去的书店。但我的头脑里仍旧萦绕着那一锅烹煮的螺蛳的影子，又产生了赌一把的心理，回到卖螺蛳的大婶那儿，买了半斤，装在塑料袋里，一边用嘴嘬着，用牙签挑着，一边往校园里走，那味道果然鲜美至极，待到快进校园时，一袋螺蛳已经食尽，犹觉余味不尽。食兴正隆，便索性一不做，二不休，决定今天吃个痛快。我折返身回到刚才买螺蛳处，却见原先的小炉灶和那个大婶早已不知去向，我怕找错了地方，在附近几个胡同口张望了又张望，仍是不见踪影。刹那间，让我感觉到刚才发生的一切如梦如幻。

此后多少年，我都常常想起这次"经历"，我联想到"田螺姑娘"的传说，总觉得螺蛳有一份仙气，不然人们何以附会这么一段传奇？不然小小田螺的味道怎么这么鲜美？

后来，我读到一则关于"八仙"中的吕洞宾的故事，果然证明小小田螺有不凡的经历。故事讲的是：有一次吕洞宾因醉酒误了与其他七仙的聚会，在太湖边正焦急着，却见芦苇丛中摇出一只小船，摇船的少女长得清秀、标致。她将吕洞宾载往湖心小岛，七仙的聚会处。吕洞宾要付钱给她，她却谢绝，并自言她是太湖里的螺蛳。吕洞宾为感恩，对姑娘发誓往后再也不食螺蛳。果然，次赴宴，他让酒家老板把一盘螺蛳倒进太湖放生，众人皆觉新鲜：煮熟的螺蛳还能放生？没想到，那盘螺蛳一倒进太湖便都活了，在湖心游动……

如此看来，螺蛳还是不要吃吧，说不定里面真的有一位田螺姑娘或仙女……

第四章

对一只壁虎的怀念

说来有点可笑,我在乡间生活了十七八年,竟然不知道壁虎长的是什么样,即使和它照过面,那也只是它遥遥地从我眼前一闪即逝。我对壁虎的了解也几乎是空白,直到我大学毕业,分配到一个偏远的小镇教书……

那是我最苦闷的一个时期。从小怀抱不切实际的幻想,总觉得自己的人生应当属于一个更广阔的世界,不应这么早就局限于小小的一隅,因此从工作的第一天起我就准备考研究生,重新插上飞翔的翅膀。为了准备功课,几乎每个假期和礼拜天我都不回家,而把自己关在一间斗室里苦读。

我所在的学校坐落在小镇对面的高坡上,建校已有近百年历史了,风雨经年而又难得修葺,校园已经显得很破落。尤其是我们青年教师所住的一排宿舍,更是处处木朽铁锈,连窗户也不完全了。而一到假期,学生们都回了家,窗外的小操场上很快长满了茅草,不仅岑寂,而且有几分荒凉。

我就在这样的环境里准备应考的功课。有时候,书读得顺利,神与物游,意兴朗畅,未尝不觉得虽然身在陋室,心却在天上。有时候,却有一种很深的孤独与落寞感袭上心头,顿时觉得天窄

地狭，四壁紧逼，如茧缠身，总在想——不知我这小小的虫蛹何时可以破茧而出。

应该是在一个夏日的午后，一阵雷阵雨刚刚来袭，窗外的树木和草地水光淋漓，草丛间溪流哗哗，屋檐上仍在往下滴着水珠，屋子里却潮潮的，甚至有了一丝霉味，我的心情也就好不了多少，笼罩着一层薄薄的阴云。

我正百无聊赖地在窗口伫立眺望。忽然，我看见我那破损的纱窗上挂着一个什么东西，最初我还以为是一片树叶黏在那里呢，定睛一看，我才认出是只壁虎。它头朝下、脚朝上地趴在木框边

第四章

沿，一动不动。仔细观察，才发现它有一双小小的眼睛，那黑黑的眼珠也一动不动，在静静地凝视我呢。

我忽然有了一种复杂的心情。一方面，正当愁闷无聊之际，校园里了无人迹，有一个小小的活物来到我眼前，不正可以破我岑寂？即使是一只通体暗灰，还密布小鳞的壁虎，但它也是活体生命啊；但另一方面，我对它又有所畏惧，这种畏惧源于不了解，我不知道它有没有毒，它会不会从纱窗的破孔里钻进来，跳到我的桌上，会不会……而人在孤独的环境下是不能有一丝恐惧的，因为这种恐惧会渐渐放大，我就是这样，忽然生起了赶走它的念头，而且这个念头再也打消不了，我便找来一截小木棍拨它，最初它还有点不愿离去的样子，但终于一纵身，跳跃而去。

我以为它会就此一去不返，没有想到，过了一两天，我又在相同的位置发现了它。它还是那样，一动不动地趴在那里，似乎仍在朝我凝望。我的心猛地跳动起来。我的戒备心理愈加增强。我那时已经知道，壁虎在尾巴折断后仍然可以活下去，并且能再生长出一条新尾巴。是想折腾它一下呢，还是想试验一下呢？我也说不清是出于什么心理了，总之，我是找到了一根细长的钢丝，竟然悄悄地从窗纱里伸了过去，猛地一下，把壁虎的尾巴钉牢在了窗框上，它四肢摆动了几次，见没成效，便安静下来。

我本以为它从此坐以待毙，没想到，第二天一早我醒来一看，壁虎的身躯早已不知去向，只剩下一截小尾巴仍钉在那里，它果然是遁身有术，但是从此再也没有出现。

两年后，我也离开了那所学校。有时，我的心又飞回了当年苦读的那间陋室，但细想似乎也到底没有什么值得留念，可是，我不知为什么会常常想到那只壁虎，和自己当初对待它的举动。

我跟自己也无法解释,当初为什么要那样对待它。我甚至想,它本来是好心好意来看我,来陪伴我度过这段孤独的时光,为我驱赶蚊虫,然而我……

我后来才觉得,那只壁虎的尾巴虽然是被我折断,钉在那里了,但我的记忆的尾巴何尝不也是如此?我的"尾巴"应该就是留在心中的一丝愧疚,还有怀念。

第四章

黄山顶上的小松鼠

黄山归来许久，我的心仍常飞回到那一片莽莽苍苍、峭拔嵯峨的青峰绿岭。那真是创世以来就存在的一个云水激荡的山的海洋，天工展开的一幅雄奇瑰丽而又清新如初的画卷，让我一路行来，如随电影镜头般移步换景，目迷五色，直叹峰之高峻，松之奇伟，花之斑斓多姿，云之变幻莫测。但是，除了这些，还有一样让我萦念不已，那是在此行临近结束时，于"鳌鱼峰"上见到的两只松鼠。

我是从人们所认为的"后山"进入黄山的怀抱而向"前山"行进的。我不认为这是一种"逆反"，而恰恰是"渐入佳境"。也就是说，随着旅程的不断推进，所看到的风景愈加精彩。而到了人们所说的"前山"，更是达到精彩绝伦的顶峰，因为黄山著名的也是最高的山峰——"莲花峰"就在这一区域。可惜我来时，黄山上空已阴风呼啸，云雾低垂，似有暴雨来袭，通往此峰的道路遂被关闭，给我此行留下了唯一的遗憾。

但是这一遗憾由我在前往莲花峰的途中，攀登了鳌鱼峰并在峰顶见到了两只小松鼠而得到了弥补。当我到达黄山的中心位置——海心亭时，萌发的唯一愿望就是到莲花峰去。接下来却走了一段平坦的路，很快又峰回路转，石级上下起伏。我在一处下坡路上与同我逆向而行的游人擦肩而过时，向他们打听莲花峰的位置，得到指点，继续向前。我似乎在一条悬空的飘带上漂浮不定，又旋绕无尽。终于下到一个路口，见到左侧向上的台阶上设有一个大理石的指示牌，上面写有"鳌鱼洞"三字。我向上紧赶走了几步，穿过一个由巨石撑持的三角形洞口，登上一高处，山野呈现一片广阔的斑斓秋色，而一抬头，却见一头巨龟正翘首于烟霭蒙蒙的天宇。我在心里认定那就是传说中的鳌鱼峰。可是怎么上去呢？我只得左旋右绕地寻找通途。我又上到一个高处，那里有一个路口，顺眼望去，似乎还较平坦。

这正是通往鳌鱼峰的路。此时行人稀少，走上好长一段，才有三四个游人从对面走来。左侧是城垣似的巨大石壁，一路逶迤却始终沉默。四下里雾气飘涌上来，把眼前的景物掠去，我忽然有了一种骑上鲸背冲进一片汪洋的幻觉。正有些惶惑，却忽然看见石壁上出现了"大块文章"四个擘窠大字，竟无端地振奋起来。因为我毕竟也是个写文章的人，能写"大块文章"当然是一种永恒的向往。而此时此刻造化和大地展现在我眼前的不正是"大块文章"吗？这对我是一种多么强烈的昭示与呼唤！我有一种喜上心头的感觉，力气倍添，快步向前。看看前面已到了尽头，只有稀疏的几棵树立在那里，正好作为界限，树那边就是云烟弥漫的绝壁深壑。我回过头，看到一整块微微凸起的大石板，像鳄鱼头似地伸向云空，它的一边也是看不见底的烟雾滔滔。周围一切都是虚无缥缈，我眼里看到的只有鳌鱼峰，而此刻在这山顶上却是阒寂无人，只有我一个。我既有一些胆怯，又有了一丝喜悦和骄傲。这时"独占鳌头"四个字在我心头涌现。这一成语寓意在某

第四章

一方面登峰造极,尤其是在古代的科举中。我当然没有什么足以骄傲地称雄,但是谁没有向最高境界攀登的愿望啊!当此"鳌头"近在咫尺,而四下又无一人,我可不可以也尝尝"独占鳌头"的滋味呢?不管怎样,我也要有这样的勇气和胆量啊!我要去试一试。但我又看见前面不远处已拦起了一道约一米高的铁栏杆,显然是黄山管理处竖立的,防止游人为登鳌头而发生不测。要不要"越规"一次跨过去呢?我不禁踌躇起来。

这时,前方树林边的草地上,突然跑出了一只松鼠,它像一束深色的火焰在不远处一闪,还回过头来,用亮晶晶的眼睛看了看我,接着转身活泼地一跳,仿佛在觅食,又像在呼朋唤友。我紧走几步上前,它一下子就钻进栏杆,贴近了悬崖边缘。我心里一紧,它却又回头跑到较空旷的鳌背,还吱吱吱地发出欢悦的叫声，很快，又有一只褐色的松鼠从草丛间奔出。它们有时凑近，有时又分开，身子灵活地扫动，鼻子在不停地嗅着，显得那么的灵动、可爱。我再靠近它们，它们倏地又跑远了，直向鳌头溜去，一边溜，一边还回头看我，似乎在对我说：你也来呀，你也来呀！我心里不由感觉惊异，我甚至认为这两只松鼠的出现不是偶然的。它们是大自然的精灵，它们是黄山上的真正的主人。我一路行走，看到那么多的奇松、怪石、高峰、绝壁，但我似乎还真没有见到在自然状态下的活的动物，没有看到传说中的漂亮的锦鸡、白鹇，当然更没有看到珍异的金钱豹、金丝猴，黄山上的活物似乎只有人，除了人还是人！这时我才感觉到这也是一种遗憾。没有料到，在这次旅程即将结束时，大自然——黄山却派出这两个小精灵来到我眼前，向我奉赠这么一片生机与灵动。这不是一种召唤是什么？我不由自主地跨过栏杆，站到了鳌背上，那两只松鼠在不远的地面上嬉戏了一阵，进一步向峭崖边缘跑去，仿佛在逗我：下面就看你的了。我当然不能再那么胆怯，我定了定神，向微微上翘的鳌头走去。我终于站到了鳌头上，四下里云烟飘涌，苍茫一片，峭壁下更是幽渺无涯的深渊，但我确实是站定在了鳌头，我仿佛登上了群山之巅的极顶，极想举起双臂高喊一曲：啊，我来了！山高人为峰，我就是山之峰顶。

我当然没有喊出声，我深知这不过是一种虚妄，我并没有那么狂妄到以为自己真的可以登峰造极的地步，而这"独占鳌头"，也就不过是一次游戏。我退下鳌头，跨回栅栏这边，寻到了归途，施施然下山。但刚才的一番冒险也让我感到满足。我想起刚才见到的那两只松鼠，虽然此刻四顾搜寻不见它们的踪影，但我认定这是一次奇遇，它们在我心头永远留下了它们活泼的身影。从此，

第四章

当我以后登山临水时,我还会想起它们——比如,我很快就要去登泰山,我渴望能在泰山顶上见到它们的同类。如果见到了,我一定会代黄山松鼠向它们打声招呼。

尘世物影

龟

我所在单位附近，从前有一家饭馆名曰"仙鹤楼"，地势似乎也比周边略高，确实能给人以"飘飘欲仙"的感觉。其实，它与一般菜馆无二，腥鲜荤素样样俱备，实足的人间烟火。但它略微不同的地方是大堂里有两个很大的玻璃池，清水中各浮动着一头巨型海龟，空中悬挂的牌子上注明龟龄都在九百岁以上，让我们这些生命周期不足百年的人实在有点瞠目结舌。

第四章

每次到仙鹤楼用餐，我都要在这池边逗留片刻，目的就是观赏这两头大龟。它们虽然被拘于小池，仍然那么悠闲地浮在水中，有时还伸出鳍翅，像是想击水飞翔，又像是在划桨，总之还算自由自在。它们因庞大而底气十足，不做缩头乌龟，头颈始终像一杆标枪直趋前方，两只眼睛只有轻微的转动，仿佛在打量这尘世中的芸芸众生，甚至似乎看穿了每一个相对于它是那么短暂的生命底色，令人肃然而生敬畏。

我在心里"盘算"了一下，九百多岁，那它出生时，在中国还是大宋朝啊！说不定苏轼才刚刚过世，而岳飞还没出生呢！其后中国经过多少次的改朝换代，多少英雄豪杰匆匆登台又匆匆隐去，多少朝廷开张、兴隆一阵之后又哗啦啦大厦将倾，最后落得个一地碎石，此龟经历的虽然说不上沧海桑田，也可说是陵谷变迁……那么它们一直待在海洋里么？怎么躲过了那些刀剑炮火，安然活到了今天，甚至看到了人间声光电化的现代生活？这岂不是一种奇迹，大自然的奇迹！

但我知道，这对人来说是奇迹，对龟来说很自然。人们很早就知道龟是长寿物种，所以在人的眼里，龟都带有一定的仙气。神龟，神龟，中国人不是早就这么称呼它的么？也许正是龟穿越了那么漫长的岁月，所以我们的先人认为龟能预知国运的休咎，人事的成败，说白了，这都来源自人对时间的敬畏。我因此明白，中国人在殷商时代何以都喜欢用龟甲来卜卦了。后世文人进一步神化它，认为神秘的"洛书"也是由龟背负出水的，《尚书·中候》曰："尧沉璧于洛，玄龟负书出，于背上赤文朱字。止坛，又沉璧于河。黑龟出，赤文题。"《礼统》曰："神龟之象，上有盘，法邱山，玄文交错，以成列宿。"龟的身上甚至有天文地理的烙印，哎呀，何等了得？

　　不过龟的生命力确实顽强。《史记·龟策列传》告诉我们："南方老人用龟支床足，经二十年，老人死，移床，龟尚生，不死，龟能行气导引。"仅靠行气就能活数十年，这是怎么回事，我孤陋寡闻，不知今天的科学是怎么解释的。据说，今天的养生家还从此得到启发，创造了所谓的"龟息法"，我也不知其详。人言"老马识途"，但中国古人也相信老龟识途。《史记》："取龟置室西北隅悬之，以入深山大林中，不惑。"《续搜神记》上还有一则故事："鄱阳县民黄赭，入山采荆杨子，遂迷不知道。数日，饥饿，忽见一大龟，赭便咒曰：汝是灵物，吾迷不知道。今骑汝背，示吾路。龟即回右转，赭即从行。去十余里，便至溪水，见贾客行船。"我记得还听过龟救落水人的故事，或许是真的。还有一则故事讲，一农夫入山采樵，见荆棘丛中有响动，发现有两只碗大的龟，其一被夹在一棵树的大枝丫间动弹不得，但另一龟则口衔小虫喂之，从其背腹上的夹痕推算，已有数年矣，而其同伴不离不弃，多么令人感动，看似"笨拙"的乌龟实则有灵性，有智慧，知恩报德。相比之下，人未必能及。

　　但是，正如曹操说的："神龟虽寿，犹有尽时。"龟虽是长寿生物，但未必都能尽其天年。我曾参观过安阳的"殷墟博物馆"，那里收藏有多少刻有卜辞的龟甲。据说，有时一次考古发掘，就能找到数以万计的甲片，人们自豪地称这里有一座商殷王朝的档案馆。可以想象，当年中原大地上有多少龟在水草丛中出没，生息繁衍，然而都被一一猎杀！虽然甲骨文是中国文字的源头，龟也为中华文明的发展做出了贡献，但文明的进步真的要以牺牲如此之多的生灵为代价吗？我不禁陷入疑惑。

第四章

我生长在南方，那里也可算得上是鱼米之乡，但在沃野平畴与水泽间，已很少能见到龟和甲鱼一类的生物了。偶或见之，它们的个头都不大，孩子们总是捉来把玩，用草棍把它翻过来，覆过去，逗弄它伸头缩颈，如果是人会感到不堪其辱，然而它竟然习以为常。而且，我听说在与我们一江之隔的南方，人们对龟却是毫不留情——夏日里每当夜幕降临，农妇们习惯于把婴儿洗浴干净置于户外竹榻上乘凉，这时蚊虫也开始飞来，有时乌龟从河汊里爬上岸来，爬到婴儿的竹榻摇篮边吞吃蚊虻，而这往往被误认为它是来咬孩子的，便遭到农妇毫不留情地捕杀。我的学长钱叶用曾经用诗记下了这令人难堪的事实，读来令人唏嘘。

……所有的龟／都生着一张不咬人的嘴／南方最温暖的季节／龟们甚至爬入荫凉的庭院／爬到熟睡的婴儿睡篮旁／为花朵似的孩童驱赶蚊虫

而任何一只龟／都可能为不知情的母亲发现／进而被无辜地捕杀

确实，"所有的龟都生长着一张不咬人的嘴"，这就是龟忠厚的地方。也许正是因为忠厚、耐辱，龟又被人贬称为"缩头乌龟"，并拿它比如没有血性的汉子，甚至人们还将妻子有外遇的男人讥称作乌龟王八。所谓王八，即乌龟，也称"忘八""忘八蛋"。《辞海》上对"王八"解释得很清楚：

王八亦作"忘八"。乌龟的俗称，用作骂人之词，《新五代史·前蜀世家》："（王建）少无赖，以屠牛盗驴贩私盐为事，里人谓之贼王八。"赵翼《陔馀丛考》卷三十八：俗骂人曰杂种，畜生，曰王八……明人小说又谓之忘八，谓忘礼义廉耻孝悌忠信八字也。

呜呼！乌龟在世人眼里竟如此不堪！

不过，我倒是从未见到有人将龟作为食物捕来吃的，即便在饥荒年代，乡间也不食龟，这一点倒是龟比甲鱼的命运要强。但也有例外，我曾听以前的一位退休老人说到他在狱中度过三年自然灾害的经历，他的一位难友饿得实在连路都走不动了，一日勉强走到大田里劳动，却无意中发现了一只龟在草丛间趴着，他如获至宝般猛扑上去，一把扣住乌龟，迅即找来石头将它的背甲砸开，张口就猛咬起来，三口两口就将一只龟吃下大半……闻之骇然！

我倒是也见过一幅工笔油画，画的是一只龟母率领一群龟儿女，从大到小一只紧跟一只，排列着走在稻田的土埂上……那认真的架势、笨拙的样子煞是可爱。

我希望大自然的一切生灵都像这幅画所描绘的那样，稚拙、从容、充满灵性，那么喜人……

第四章

蟹

鲁迅先生有句名言:"第一个吃螃蟹的人是勇士。"这话说得很好。因为螃蟹乍看上去的确不像是可吃之物。那样子怪吓人的,顶着一副青色的介壳,挥舞着一对大钳子,而且横斜着走路,稍一触碰,它就叫那对大钳子来夹你,要吃它,没有几分勇气是不行的。

但它还是被人吃了。大约一开始也是生食,像人类对付所有的食物一样,后来偶然发现用火烤过、用水煮过的螃蟹更鲜美,当然便都喜欢熟食了。所以我想,要想找第一个吃螃蟹的人当到原始部落,几万年前的原始部落,而不是传说中的大禹时代,说什么大禹治水到江南,派壮士巴解守护已筑成的大堤,为防止受"夹人虫"的侵害,巴解掘壕沟灌上沸水,当夹人虫爬来,都被烫死且通体变红,散发出诱人的香味,守堤的卫士忍不住拾起品尝——这一品尝不得了,开了天下人都嗜食这一美味的先河。

人们对蟹,真是最能体现"天下之味有同嗜也"这句话的真理性。确实,我几乎没有见过不喜吃螃蟹的,反之,几乎都是不厌其多。最典型的话是在《世说新语·任诞》里的:"毕茂世云:'一手持蟹螯,一手持酒杯,拍浮酒池中,便足了一生。'"宋代的大文豪苏轼也是嗜蟹成癖,即便仕途失意,被贬到外地,也不会有什么牢骚,因为正好可以体味当地风物(食物)之美,"而乐以忘忧"。他说:"不到庐山辜负目,不食螃蟹辜负腹。"可见其对螃蟹的重视,乃至有人送蟹来,也欢喜地赋诗一首:"堪笑吴中馋太守,一诗换得两尖团。"(《丁公默送螃蟹》。"尖",指雄蟹;"团",指雌蟹。)甚至早在东汉,郑玄注《周礼·天官·庖人》便说:"荐羞之物谓四时所膳食,若荆州之鱼,青州之蟹胥。"(吕忱《字林》曰:"胥,蟹酱也。")可见,早在周朝蟹或者说用蟹做成的食物已成为王室贡品。

人类(应该说中国人,外国人从前食蟹与否,似未见记载)既有数千年食蟹史,当然发明了各种食蟹的方法,据说已有一部《蟹谱》,但我未曾得见,不知其搜罗几何。就我所读的书中,《金瓶梅》第六十一回提到的食法,可算新奇:

> 西门庆出来,二人(应伯爵、常时节)向前作揖。常时节即唤跟来人,把盒儿撮进来。西门庆一见便问:"又是什么?"伯爵道:"常二哥蒙你厚情,成了房子,不慎酬答,教他娘子制造了这螃蟹鲜,并两只炉烧鸭儿,邀我来同和哥坐坐。"……西门庆令左右打开盒儿观看,四十个大螃蟹,都是剔净了的里边酿着肉,外用椒料姜蒜米儿团粉裹着,香油碟酱油醋造过,香喷喷酥脆好食……

也就是说先把蟹肉取出来,用椒料、姜、葱、米儿、团粉裹就,然后蘸上酱油、醋,用香油炸酥,重新打入蟹壳中。

还有更新奇的。宋人林洪所撰《山家清供》中列有一味"蟹酿橙"似乎不是常人能做出来的。

第四章

橙用黄熟大者，截顶，剜去瓤，留少液。以蟹膏肉实其内，仍以带枝顶覆之，入小甑，用酒、醋、水蒸熟。用醋、盐供食，香而鲜，使人有新酒菊花，香橙螃蟹之兴。因记危巽斋积赞蟹云："黄中通理，美在其中。畅于四肢，美之至也。"此本诸《易》，而于蟹得之矣，今于橙蟹又得之矣。

这些方法，的确很有雅趣，很有味。但究竟嫌复杂了一些，用螃蟹做成的名菜肴很多，或蒸或煮或煎或炸，不一而足。但我还是认为直接放在蒸笼里蒸熟足见本色风味。最多是在吃的时候，蘸点佐料足矣。

《山家清供》似乎也不乏同样的意见。该书所列"持螯供"就是一例。

持螯供有风虫，不可同柿食。

尘世物影

蟹生于江者，黄而腥，生于湖者，绀而馨，生于溪者，苍而清。越淮多趋京，故或枵而不盈。辛卯，有钱君谦斋震祖，惟研存复，归于吴门。秋偶遇之，把酒论文，犹不减乎昔之勤也。留旬余，每旦市蟹，必取其圆脐，烹以酒、醋，杂以葱、芹，仰之以脐，少候其凝，人各举一，痛饮大嚼，何异乎拍浮于湖海之滨。庸庖俗饤非曰不美味，恐失真此物风韵。但以橙醋，自足以发挥其所蕴也。且曰："团脐膏，尖脐螯。秋风高，团者豪。请举手，不必刀。羹以蒿，尤可饕。"因举山谷诗云："一腹金相玉质，两螯明月秋江。"真可谓诗中之骚。举以手，不必刀，尤见钱君之豪也。或曰："蟹所恶，惟朝雾。实筑筐，噀以醋。虽千里，无所误。因笔之，为蟹助。"

"举以手，不必刀"，足见其豪迈。这么说来，"食不厌精脍不厌细"的美食家，为了食得尽兴，据说要用到锤、镦、钳、匙、叉、铲、刮、针等八件用具，其实也是多余。

江南水资源丰富、气候适宜，水产最为发达。我家虽不在江南，但从小对螃蟹倒不陌生。每当秋风送爽，稻谷橙黄的时节，田间溪流里，也时见有螃蟹在那里爬行，有时甚至有一只接一只的螃蟹横穿田埂，消失在稻丛里。那蟹是青壳的，鲜亮的，可是我几乎没有见过有乡亲食蟹，有时捕获几只，就弃掷在庭院里任家禽去啄。大约那蟹看上去不是很大，估计也没有多少"肉"可食，所以无人问津。倒是见有人把更小的蟹研碎，放入豆酱里，使得酱味更鲜，这倒与郑玄所说的"蟹胥"有点儿近似了。

我吃螃蟹是来北方以后的事。最初是家在江南的同事带了几篓著名的阳澄湖大闸蟹来给大家分享。我第一次烹蟹，可谓战战

第四章

兢兢、忐忑不安，既害怕，又怜悯，且担心蒸不熟，几欲放弃。但一掰开蟹壳，不知为什么，顿时食指大动，不觉便现出一副既咬又嚼、且吸且吮的饕餮相来，感到蟹肉的鲜嫩，蟹黄的香糯，总而言之，是别的水产所没有的味道，确实可称得是美食美味。从此加入嗜蟹者的行列，一至于今。

但我最难忘的食蟹经历也不过有两三次，那是可以放开肚皮尽情地吃，所以大大地满足了食欲。最初是随一个单位的职工到北戴河度假，在其疗养基地就餐，每餐都大盘大盘地上蟹。这是海蟹，个儿都挺大，一个人食上两三只，尽可膏馋吻。而新世纪初回乡，随在家乡任职的同学去他工作的湖上观光，中午就在湖边的木船上吃饭。其时正是金秋十月，正当虾肥蟹满时节，何况那船正是水上作业的捕蟹船，餐桌上自是以蟹盘为主。主人接连不断地从后舱厨房里端到船头的餐桌上，每一盘都是摆得高高的，那红通通的螃蟹个个都很丰满，看上去就令人口舌生津，何况正是用清清的湖水煮的，所谓"活水煮活蟹"，其味道更是十足的鲜美。我们一只只掰开，且吸且嚼，十指流油，佐以啤酒，那才真叫大快朵颐呀，确实让人产生一种类似毕卓（茂世）那样的想法，返乡落户湖滨，持蟹快慰一生。但我也知道，即使生活在当地，也未必能经常这样不限量地尝到此美味。

值得回味的还有一次在厦门鼓浪屿，我和同事把公事了了便去游玩，入住鼓浪屿宾馆。而休闲片刻后正当夜幕降临，我们随意在岛屿上漫步，很快走到海边的一间小酒家，正好适合几个人聚会，瞄准的目标就是要好好吃顿螃蟹，于是招呼酒家只顾端上来，庞大的海蟹再一次让我尝个够，而尤其够味的是，餐桌就摆在海滩边上，我们眼望着茫无际涯的海天和海上栈桥上偶尔闪烁

253

的灯光，听着一阵一阵哗哗的涛声，吹着凉爽的椰风，对着头顶在云中出没的月亮，持螯下酒，披襟敞怀，大言快谈，一无拘束，何其快哉！此境非神仙莫能比，可惜也不可多得，至今只有这么一次。

幸好现在普通老百姓吃一点螃蟹已经不是什么难事。但每当想起蟹，我都想说一句"此真天生尤物也"！感谢造物主，善哉！善哉！

第四章

蚕

　　我很早就知道有这么一种虫子，它的口里能吐出丝，而它的丝可以织成绸缎。这多神奇！但我一直没有见过。我的家乡不养蚕，起码在我生活在那里的时候，从没听说有谁养过蚕。至于过去是否养过，不得而知（我估计是没养过，因为养蚕需要大量的桑叶，而我家乡桑树是很少的）。可我从母亲口里得知，我的外婆家是曾经养过蚕的，因为她说过，她小时候有一项重要的劳动就是打桑叶。

我一直在想象母亲打桑叶是怎样一种情景。她一定是和她的同伴提着圆篮，走到那条在村前潺潺流过的大河边，奔向那一排树冠庞大而枝叶茂盛的桑树，一个个把手伸向那高高的枝丫。是不是要攀到树上呢？我不能肯定，但毫无疑问，她们一会儿就摘下了满满一篮桑叶，彼此说说笑笑，甚至唱着黄梅小调赶回家去，以自己的收获博得大人们的称赞，而饲蚕的人接过桑叶，一片片撒给蠕动在席子或筛子里的蚕宝宝吃……

我不知道这样的想象是否符合实际。早年就曾读到茅盾的短篇小说《春蚕》，我知道它的主要内容就是写浙东农村人家怎样养蚕、卖蚕的，主题是揭示在外来经济（西方）的倾轧下，中国农村虽然获得了丰收，也将面临破产的命运。但少年时读到此文，颇觉沉闷，中间又夹杂着许多方言（特别是有关养蚕、收蚕的当地说法），打开却总是难以终卷。而前不久重读，却觉"顺畅"多了，对浙东农民养蚕的过程大致了然，对他们那么倾心倾力地去养蚕很感动。那并不是一曲我所想象的田园牧歌，而是充满了汗水、艰辛，更重要的是养蚕的全过程都有那么多的担心、焦虑，因为气候稍有不好或人工饲养不到位，"娇气"的蚕宝宝就可能死去，或者发育不良，结成蚕茧成色不佳，卖不上价钱。这当中，单是供给桑叶就是一件很困难的事，因为别看那么小的虫子，吃起桑叶来，食量却大得惊人。《春蚕》里的"老通宝"一家就很是为此犯愁。他们养了五张布子（布子就是蚕种，五张的"张"，大约是指类似于簸箕、席子之类的盛放蚕种的工具），"'大眠'以后的宝宝第一天就吃了七担叶，个个是生青滚壮"。据此老通宝能算出还需要多少桑叶。多少呢？三十担。而当时乡村春蚕都养

第四章

得好,桑叶行情飞涨,镇上卖桑叶的已开价到四块银洋一担,那么老通宝家必须筹集一百二十块银洋。"他哪来这许多钱!"于是只得靠借、靠贷。结果呢?蚕茧是养得很好,但卖出去的价钱还抵不了借贷。二十世纪二三十年代中国农村的窘境由此可见一斑。

由"老通宝"家为桑叶犯难我想起《三言二拍》中的一篇小说《施润泽滩阙遇友》,也写到主人公施复的家里养蚕而遭遇缺少桑叶的困难:"那年天气温暖,家家无恙,叶遂短阙。且说施复正没处买桑叶,十分焦躁,忽见邻家传说洞庭山余下桑叶甚多,合了十来家过湖去买。"为了喂蚕,还要与众乡邻一起过洞庭湖买桑叶,远涉风波之险,这种情况看来是几百年、上千年一直如此。

大家都知道大历史学家司马迁曾经惨遭宫刑,这种刑罚也叫作"下蚕室",因为施宫刑时必须把屋子封闭起来,密不透风才不会使人的伤口受感染,这与养蚕一样。《春蚕》小说也多处写到了养蚕人家的忌讳,包括养坏了蚕的人家是不能轻易去的,而那家人也不能到别的养蚕人家串门,甚至不能彼此接触,这除了有一些迷信成分外,其实有一定的道理,那就是免得让有害于蚕的病毒传播、扩散开来。这大约是养蚕人家多少年来总结的经验和一贯的朴素做法。

这些都说明养蚕并不比其他农活轻松,有时得更操心,可谓殚精竭虑,而往往收益并不大。但这又是一项必不可少的产业,因为蚕丝可以织造丝绸,为人类必需的服饰衣被提供原材料,虽然并不是人人盖得起蚕丝被,穿得起绫罗绸缎——这使我想起宋人张俞的一首《蚕妇》诗:"昨日入城市,归来泪满巾。遍身罗绮者，不是养蚕人。"这么说，劳者不得食、不得衣，也是自古如此啊，想来也令人欲泪。

　　但蚕对人类的贡献不应抹杀，因为它毕竟解决了一部分人的衣被问题，让他们不仅免除寒冷而且体面光鲜。这当然要感谢人类的远祖——嫘祖。传说她是黄帝的妻子，是她发现蚕可以缫丝，而丝可以织锦，于是向全部落推广养蚕的。今天看来，人类可以织布，那是多么了不起的一项发明啊，否则，人类只能在身体上裹一块兽皮或围几片树叶，再冷一点的天气，就只能蜷缩在洞穴或屋子里靠烤火度过一个个漫漫的长夜。我们华夏民族的文明也因此前进了一大步，而那些游牧民族茹毛饮血，当然不必男耕女织，他们也就不会养蚕。但他们终究也知道蚕丝的妙用，同样感受到绸缎的美丽、柔软、暖和，当然也希望有人能养蚕织锦。但蚕从何来呢？中原帝国是不许外流一粒的！可是有"和亲"政策在，终有一天会把这一"违禁品"带过"海关"。据说，正是有那么一位远赴异域他乡的公主考虑到将来自己的臣民也应该穿上漂亮的绸缎，便千方百计要带蚕种远行。她冥思苦想，想出的办法是把蚕种藏在了发髻里！多么聪明的女性！多么有远见、有胸怀的公主——在这里，我再一次听见人类一体化那无可阻挡的脚步。

　　出于对采桑、养蚕这一人类古老的生产活动充满崇敬与向往，我有时总情不自禁想用诗歌来赞颂这一伟大创举。可是我并不熟悉这一行业，我唯一到过跟蚕桑事业有关的地方只是皖南小城绩溪，并且有幸在那里参观过缫丝厂。于是，我只能写出这么一首简单的诗歌——《蚕娘》：

第四章

  你的手伸向那片桑叶 / 河流悄悄地亮开眉眼 / 桑林青青啊 在古塬上 / ——朵朵如飞 // 就这样一个简单的姿势 / 在塬上重复了三千年 / 一种永恒的仪式 / 每一次都如此新鲜 / 一缕闪光的丝线 / 从你手上穿过中亚大陆 / 你一转身 在敦煌壁画上 / 舞踊飞天!

  是啊,闻名中外的丝绸之路,其发端就始自采桑女的指尖!

  离开乡村,我本以为更不会有机会见到真正的蚕宝宝了,可是,事情往往有出乎意料的地方。恰是在这北方大都市里,我见到了自己在乡间二十余年都没见过的春蚕!有一天我那上初中的孩子从学校回来,手里捧着一个小纸盒,一回来就钻到她的房间里不出来,还嚷着"吃呀,吃呀"。我不知她在搞什么名堂,后来还是她主动邀请我去看,原来她带回来几只蚕。一向反对养宠物的我,这次竟然也喜孜孜地走去看,果然有三五条蚕在几片桑叶上蠕动、啃食。女儿告诉我,她在学校门口,见到一位阿姨正把她家养的蚕无偿地送给一些同学玩,孩子们闻讯,个个欢呼雀跃。我见那几只蚕,一开始还像细细的毛毛虫,只是头部有一个黑黑的小圆点,但别看它们细小,吞食桑叶果然厉害。女儿天天都和伙伴出门到别的小区去寻觅桑叶,她们当了一回小小的采桑女,我也打着手电给她们帮忙。没几天,那蚕便养得又白又胖。不久,我就听女儿说,蚕已经结了茧啦。

  我在心里有些羡慕女儿,在很小的时候就能亲眼见到蚕,就接触到蚕,并自己尝试养过一次,而我没有一点这种经历。我早就知道,过去北京的中学生就曾流行过养蚕,当然不是为了生计,而是为了好玩。连著名诗人邵燕祥少年时代也曾有过这方面尝试,他在文章里写道:

尘世物影

  比起毛毛虫来,"蚕宝宝"真是好玩多了,而且可爱,看它白得干净,白得透明,看它"蚕食"桑叶,一晌一晌明显地长大,就如同一团棉花蘸了水养起麦粒,看小小麦芽嫩如翡翠,透出生机,自然感到愉悦。

  看来,生长在大都市的孩子也未必每天见到的只是四壁围拢的灰色天空,他们也有自己的"玩法",自己的乐趣啊!其实这也不难理解:童真就是要寻找到属于自己的兴趣与快乐,我相信这是异地皆然。

第四章

蜘蛛

蜘蛛可算得是一种奇异的动物。它的奇异之处就是一生株守于自己所织的网中，食于斯、寝于斯、行走于斯，即使你把它的网破坏掉了，它还可以另织一个网供自己安居。这就像一个孤独的棋王，一生据守于自己设计的棋盘，下一盘似乎永远也下不完的棋。

这看似蠢笨，其实不然，乃是大巧若拙。一是它张下天罗地网，总会有猎物自投而来，它几乎不费什么力气就可以将它化为盘中餐、腹中食；二是那些蛛丝极敏感，会为它报知外界的情况，一有风吹草动，它就可以逃之夭夭。它还可以用这些丝传递求偶信号给异性。据说，雄蛛是用生殖孔轻轻地拍打蛛网，将精液滴在网上，触肢末节特化成交配器，将精液吸入；然后触弹蛛网，直到雌蛛也弹丝回应……交配后，雄蛛会迅速逃离，否则有被雌蛛吃掉之虞。你说它们聪明不聪明？真可谓万物有灵啊！

我们见惯了蜘蛛逃跑的样子，那是真正的慌不择路，迈着大长腿，曲里拐弯地踩在蛛网上，又有点像人打开四肢在攀岩，动作相当敏捷。那样子总是很好玩的。有时它还会玩空中蹦极游戏，用一根丝吊着，悬垂而下，荡荡悠悠，原来它真的是户外运动高手。当然，如果不慎或有意撞破了它的网络，它也有迅速补缀和恢复的能力，这也体现了它勤勉的一面。

　　正因蜘蛛有此习性，可以说还真没少帮助人类。我记得我小时读过一本英文读物，其中一个故事讲的是英格兰遭外敌入侵，它的一位民族英雄奋起反抗，不幸落败而逃，遁入岛上一岩洞，洞口密布植物，还蒙络上了蛛网。那位英雄躲在洞里，正担心被敌人发现，因为他刚才钻进岩洞时，已破坏了蛛网，很容易被敌人看出破绽。没想到，他幸运地碰见了一只勤勉能干的蜘蛛，只见它迅速地赶过来，在残余的蛛网上爬来爬去，又不断牵出新的蛛丝，很快，一张严密的大网便织成了，等追兵赶来一看，洞口粘连着这么完整的蛛网，怎么会有人钻进去呢？于是向其他的地方追去。那位民族英雄终于脱险，他不仅非常感激这只蜘蛛，而

第四章

且从它身上得到深刻的启示:失败了不要紧,还可以从头再来。他由此东山再起,召唤民众,最终赶走了侵略者。谁能想到,一只小小的蜘蛛也会改变一个民族的命运呢?

在中国,关于蜘蛛,这样"励志"的写法似乎还没有过。只有姚雪垠先生的长篇历史小说《李自成》写到李自成的"英雄末路"有些相似,也是躲入一个山洞,因为洞口依然挂着完整无缺的蛛网而躲过了"官军"的搜捕,但他似乎并没有从中汲取重整旗鼓的力量与雄心。

在中国的文艺作品里,蜘蛛似乎都是反面的角色。不用说,《西游记》里写到的蜘蛛精可谓登峰造极,相信看过的人都会印象难忘。那么漂亮的仙女却是蜘蛛精,竟然会用从肚脐眼里喷出的蛛网把唐僧师徒死死缠住,将他们囚困在盘丝洞中,一时间险象环生,有万劫不复之可能。在历代小说中,蜘蛛也以"怪异""凶兆"的面目和角色出现。汤用中《翼驹碑编》记某县令秉烛处理公文,凌晨时回卧室,却怎么也推不开门,从门缝里窥见一"径可尺余"的巨蛛在门上结网,"丝粗如绳",吓得他一身冷汗,喊人来"列炬焚之",方始无恙。李庆辰著《醉茶志怪》写汤阴女,晚间在庭中见一火球坠于檐下,旋有一美少年立于庭中,遂与之私。后少年对女子直言其为蜘蛛精,"因与卿交好而犯天条,明日有雷电来殛,挽救之法,乃于雷时向空中抛去一溺器。那女子的母亲闻听此事,深恨蜘蛛精坏人节操,便藏起尿盆马桶,结果一声霹雳,蛛精立亡"。这故事颇能动人,大约也是欲作人妖之恋的警诫吧。那种用雷殛"异物"的思路也属寻常。进而有王士祯的《池北偶谈》谈及某官居于一寺中,一日方诵《金刚经》,一蜘蛛缘案上,向佛而俯,驱之复来。某问它是否亦为听念经而来，遂诵终卷，蜘蛛听完，蜕化而去。这大约也是劝人弃恶从善的意思吧。所以，虽然中国人能把蜘蛛想象成巨大的样子，甚而是妖魔，却不能创造出"蜘蛛侠"这样从天而降，在城市楼宇间行走如履平地的义侠形象，倒是美国人想出来拍成多部电影而风靡全球。

不过话说回来，有些蜘蛛除了形状丑陋、行动"怪异"外，也确实是体含毒液的。叶灵凤先生也写有《蜘蛛》一文，他说："有些蜘蛛虽然有毒，如美洲的黑寡妇蜘蛛，它的毒液可能使人致命，但绝大多数的蜘蛛的毒液仅是用来麻醉捕获猎物的，对于人类并不致损害。但是人类素来不喜欢蜘蛛，对于它有许多可笑的迷信和憎恶，往往见了就打杀。"其实这也不尽然，中国人对蜘蛛中的一种就很喜欢，把它叫作"蟢子"，这种蜘蛛又叫蛸，身体细长，暗褐色，脚很长，多在室内墙壁间结网，网如车轮状如八卦。早在北齐年间，人们就认为有它出现，即为喜兆，故名蟢。刘昼《新论·鄙名》："今野人昼见蟢子者，以为有喜乐之瑞。"唐朝宰相权德舆的诗《玉台体》亦有咏："昨夜裙带解，今朝蟢子飞。铅华不可弃，莫是藁砧归。"藁砧是指丈夫。远行的丈夫即将归来，从见蟢子飞而预卜。可见人们是多么乐于见到这种蜘蛛。这一认识似乎延续至今。

第四章

蛇

蛇可以说是世界上最可悲、最神秘而又最令人恐惧、厌恶的动物之一。首先是它的形象就叫人不敢恭维，像绳子似的那么一截圆溜溜的活体物，贴地滑行蠕动，一端还顶着一个尖而扁平的脑袋，闪着幽邃、阴森的冷眼，有时盘成一堆，有时又能如闪电一般跃起。有的蛇还有鳞片，牙齿下藏有毒液，不仅可以将其他动物包括人咬死、缠死，还会将他麻痹，一点一点或迅速地中毒而亡，你说世界上还有比蛇更让人不悦、嫌弃和痛恨的吗？有时候，想起来都叫人起一身鸡皮疙瘩，见到稍大一点的或有剧毒的蛇，更是不寒而栗。

但蛇身上多少又有点神秘的色彩，这可能跟它总是来自阴暗的角落，总是出没无常，总是善变（一会儿懒洋洋的不太动弹，一会儿又快如闪电的袭击），并且奇怪地吐出分岔的舌信有关吧。于是，人们不仅加给它以种种恶谥，也赋予它种种神异的传说——远的如希伯来《圣经》中引诱亚当、夏娃偷吃智慧果的那条伊甸园中的蛇，近的有中国民间美女蛇种种故事，都反映了人们对蛇的憎恶乃至愤恨。这也可以理解，除了有怪异及至病态的审美观如欣赏蛇身上的斑纹的，在一般人眼里，蛇身上似乎哪一点也不符合人们的审美原则。

我当然也不喜欢蛇、害怕蛇。小时候,与小伙伴们一起玩,在野外遇到蛇,大家一阵惊呼之后,总是要想方设法将蛇打死,毫不留情。用棍子击其背,用石头砸其头。打的时候,心中战栗着因冒险而产生的紧张与得胜后的那种快意。大家似乎也意识到这样对待一种动物有点反常,便自我安慰似的提出一种说法:"见蛇不打是恶人"。言下之意,蛇是最邪恶的,只有恶人才能容忍这种邪恶,这样就免去了罪过。

我在大学时代曾经听同寝室的同学讲过一则蛇的故事,加深了我对蛇的那种邪恶印象。他说,他父亲单位里有个年轻人喜欢到山野里玩耍。有一天,他在山上看到草丛中有一根带花纹的树枝,很是好看,便好奇地去拾它,没想到那树枝活过来了,以极快的速度在他的手指上咬了一口,疼痛麻木,他立即意识到是被蛇咬了。他还算清醒,赶快掏出小刀,毫不犹豫将手指切断,幸无大碍。如果事情到此为止也就罢了,不幸的是,这个青年好奇心是太重了。他在手上的伤口愈合后,忽发奇兴,要到那断指处看看,到了那里,发现被他截下的那根断指还在,好奇心进一步被激发,便折断一根树枝去拨弄那断指,没想到一不留神,几滴毒液溅到了脸上,顿时火辣辣地疼,如被泼了硫酸,他哇哇大叫,捂面狂奔下山,但终究不治而亡。

听了这个故事,我们都有点目瞪口呆,不禁惊叹毒蛇的毒性之大,甚至在心里涌起这样的一道阴影:那截断指留在那里,似乎是蛇有意的报复。这样的蛇是多么令人恐怖!

我一直对这个故事深信不疑。但是近年来似乎起了一点疑心,这个故事有可能是人为编造的。毒蛇之毒不假,这见诸报道,但

第四章

是那个青年拨弄废弃的断指就有毒液溅到脸上,而且不治而亡,可能就是夸张了。一般毒液恐怕要渗入血管才能发挥功效,溅到皮肤上,总不至于此吧?何况哪来这么巧,毒液能溅得那么高?因此,这个故事我觉应该归之于"神其事而侈其说"一类。(果然不久我就从清人笔记小说《呃闻录》中读到一篇类似的故事:"细民黄达一日正在耘田,忽惊腿上如针刺,大喊,起而视之,乃蛇伤也。倏忽浮肿,疼亦难忍。急取刈草之刀,剜其肉,大如棋子,弃之于地,血出杯余而疼止,毒亦散。易数日,复至田间,见遗弃之肉,膨胀如斗,用竹刺之,暴裂溃水,水入眼中,疼痛异常。倩邻农搀扶回家,初流黑水,继之以血,血尽而毙。"可见这样的故事已经流传久远,益增其不可信。)

我想起小时候曾见过的蛇,好像并不多么狡猾,也不是那么穷凶极恶。它们似乎待在那里,被人惊动后,也只是慵懒地抬起身,然后掉头而去。即便被打,最多也只是吐吐舌信,并没有张开大嘴,作势啮人,更没有猛扑过来。有的小蛇还不到一尺来长,带着身上的花纹且一身的红色,蜿蜒在那里,可能还不知道是怎么回事,棍棒和石头就落下来了,随即一命呜呼。记得上小学的时候,同学们在屋檐下面发现了一条大蛇,一声惊呼,教室里顿时哗然,胆大些的孩子跃跃欲试,纷纷去找竹竿来捅蛇,那蛇扭动着,想逃往洞穴,一截身子如流水一般流动了一下就不见了,但是,同学们仍不甘心,到处寻觅,终于撬开洞穴,将蛇暴露出来,最后照样是将之击毙,用竹竿挑起尸体,奏起了凯歌,每个人心头的疙瘩都解开了,喜气洋洋。整个过程中,未见蛇有任何反抗,蛇只有乖乖地挨打,直至暴尸荒野。我小时候所见到的蛇,几乎每一次结局都是这样。

尘世物影

　　人与蛇势不两立，或许是前世注定。按基督教义来说，谁叫蛇是引诱人类堕落的祸首，人类从而失去了伊甸园呢？而在并不信基督的中国，蛇的命运也一样悲惨，我想主要就是蛇那不讨人喜欢的样子以及受到一部分蛇以毒害人的连累。

　　人的审美感觉似乎总有一些范式——只有合乎这些范式，人才会觉得美，或者起码才能容忍，而在这些范式之外的，人就难以忍受。不幸的是蛇恐怕就不适合绝大多数人的审美范式，何况确实有一部分是毒蛇，所以蛇的命运也就注定了。为什么那么多可怕的，甚至吃人的动物——猛兽，如豺狼虎豹，人们虽然有时痛恨它们吃人，却在审美上并不反感它们呢？尤其是猛虎，甚至成为人们崇拜的对象。

　　这是蛇的过错吗？当然不是。可能还在于人类自身，是我们自己审美上存在一些死角、过不去的"坎"，这也是无可奈何的事，

第四章

是我们本性上就宽容度有限。当然，这么说，并不是要我们放弃警惕——对那些可能咬人、毒杀人的蛇，尤其是在此类蛇多有出没的地区——如热带丛林。我想说的是，并非所有的蛇，我们都应当见到便棍棒齐下，乱石如雨地置之死地而后快，让它回到应该待的地方如湿地去倒是正途。

小时候，妈妈在夜晚抱着我或携着我的手从村里回家，推开门来，屋梁下偶尔会有一些响动，或许还会看到流水一般的身子一闪，我不禁惊悚，便喊妈妈，母亲都会拍着我的头，说：不要紧，那是家蛇，保护家宅的，并不咬人，它只是在吃老鼠。我顿时安宁下来，心头甚至闪过一种温暖、亲切的感觉。可惜这样的感觉并不能维持多久，以后见到蛇，尤其是在野外见到蛇，还是不由自主地会恐惧，仍是欲除之而后快，呜呼！

既是小说家又是诗人的劳伦斯写有一首题为《蛇》的诗，讲述自己在一天中午见到一条蛇跑来水槽喝水，一直在心里犹疑要不要将它杀死的矛盾心理。"我所受的教育发出声音，对我说，必须处死它；我身上的声音说，假若你是个男子汉，你就该抓起棍棒，把它打断，把它打死。"但别一个声音又说："我必须承认，我非常喜欢它，我格外高兴地看到它安静地来到这儿作客。"结果还是让蛇钻入了洞穴，自己又不甘心，捡起笨重的木头，朝蛇砸去，最后又自怨自艾，感到自己的行为粗鄙，乃至"憎恨可恶的人类教育的声音"，而且希望把它唤回来，把它当作废黜到了地狱的皇帝，希望给他重新戴上皇冠。这首诗淋漓尽致地描绘了人对蛇的畏惧及迷恋，在杀与不杀之间徘徊等复杂心理，有论者称，这条蛇象征着一种神秘的力量。也有人认为，这种神秘的力量也就是人自身存在的阴暗心理。这种阴暗心理是人恐怖的根源，也是人奋起反抗的动力。不管怎样，它是人身上存在的"异类"，人欲"革除"之而后快，然而又摆脱不掉。蛇以其形象和神秘的习性，正"巧妙"地契合了这一点，所以才造成了种种的悲剧。

虽然我们不一定要把它视为被流放的皇帝，但勇敢地正视"异类"，理性地对待和处理与"异类"的关系，或许是我们人类应当进一步锻炼、增强的能力。

想起我小时候与小伙伴用棍棒和石头处死了许多蛇，那些蛇只是用疑惑的目光望着我，甚至很温驯地接受了我们带给它的命运，我就开始后悔。我只能说，这正是由于我们太脆弱，我们战胜不了自身的恐惧才做出了这样的行为。

获得诺贝尔文学奖的诗人米沃什在他的诗歌《路过笛卡尔大街》中也记述过一件往事："至于我的深重罪孽，有一桩我记得最清楚：一天沿着小溪，走在林间的小路上，我向盘在草丛里的一条水蛇推下了一块大石头。"并忏悔道："而我生平所遭遇的，正是迟早会落到禁忌触犯者头上的公正的惩罚。"把自己所遭遇的苦难都归之于杀死了一条蛇，当然也是荒谬的，但对大自然的一切生物都保持一点敬意或者说敬畏之心到底还是必要的。

"万类霜天竞自由"。那么，来吧，蛇，我们不妨互不妨碍地走在大地上，去创造各自生命中的辉煌。

第四章

蛇年谈鼠

蛇午到了,我忽然想写一篇谈老鼠的文章,这中间有什么关系吗?没有。如果硬要说有,我也可以说老鼠的天敌是:蛇。

我在乡下生活的时候,常见到一种情景就是蛇捕鼠。白天见到的少,夜晚,在室内便不时听见屋檐下传来一阵"噔噔噔""嘶嘶嘶"的一连串响声,响声越来越急,继而又传来吱吱吱的叫声,我就知道,我家的屋檐梁柱间正在进行一场激烈的搏斗,那是蛇在捕食老鼠。如果运气好的话,我还会看到一条长长的家伙在迅速地起伏着身子,一闪而逝,甚至能看见在它的前头惊慌逃窜的老鼠。

这时候,我的心里竟无端地感到温暖与快慰,虽然我也并不喜欢蛇,但我更不喜欢老鼠。老鼠贼眉鼠眼、尖嘴猴腮不说,一身灰皮毛也脏得令人厌恶,更重要的是它偷吃食物,损坏家具,啃碎我心爱的图书,据说还传播瘟疫,真是大大的害物,人人欲除之而后快。老鼠又很狡猾,善于钻进地穴里"土遁",有时连猫对它也无可奈何,而蛇却快如闪电且能直捣鼠穴,那捕鼠的手段真叫漂亮。所以,每见到蛇在捕鼠,我就觉得蛇是站在我们这一边的,是在保护我们的,因此也就更加相信家蛇安宅之说,对它充满好感。

据说，凡是有人的地方都有老鼠。老鼠是繁殖能力最强的一种动物。甚至有人预测，如果有一天人类在这地球上消失（或撤离了），那么地球上则到处都是老鼠，我不敢想象这是一种什么样的情形，真的是不乐见此情形。

到了城市生活，老鼠的确见得少了。到处都是高楼大厦混凝土制板，老鼠到底钻不进来。如果偶尔见到一只老鼠，那真的是"老鼠过街，人人喊打"了。乡下却不是这样，司空见惯。放置在屋角的木箱纸箱，隔一段时间不去动它，说不定就会被它咬了一个大窟窿。接着，就可能见到里面生出了一窝鼠仔，毛还未长全，蠢蠢欲动，见到了让人恶心——反正我是如此的。我对鲁迅先生百事都崇拜、佩服，独对它喜欢老鼠——哪怕是隐鼠，也感到有些不能理解，虽然拿先生的话来说：那是他"小时候的营生"。还有，听说有人还喜欢吃那鼠仔，不管什么吃法，想起来就叫人欲呕，要肉麻半天。

我倒是也吃过老鼠，但那是在比较困难的情况下——乡村在饥馑的边缘，真正是"三月不知肉味"了，为了果腹或为了增加一点营养，母亲提议捕两只老鼠来吃，我也同意了。我们捕的是仓鼠，这比一般老鼠要"干净"些。吃后，我也没有觉得有什么特别的味道，但到底也有些惴惴不安，怕有什么不良反应，所以终究也就吃过这么一回。我一直羞于向人提起此事，怕被别人视为"异类"。后来，我读到有关文字——叙及著名学者潘光旦先生在抗战时期随学校流亡到四川，因饔飧不继，也打过老鼠吃，有先贤前例，方觉释然。再后来还知道有些边疆的少数民族还专门捕猎田鼠，把它风干制成肉干呢。

第四章

老鼠是贪婪的,它要不停地搜集食物,拖到洞穴里储藏起来。《尔雅翼》:"禾稼成时,(鼠)辄相率窃取,覆藏之以为冬储。人或掘之,得数斗许,及橡栗百果皆类此。"所以罗愿说:"鼠,盗窃小虫。夜出昼匿穴,虫之黠者。"其实,有时大白天老鼠也会出来,我在高中读书时,常见有老鼠在食堂的院里乱窜,一个个肥大得惊人——真可谓"硕鼠"。无怪乎先民要高喊:"硕鼠硕鼠,无食我黍;誓将去女,适彼乐土。"

但是,除鼠岂是那么容易的一件事。因为是"虫之黠者",时刻处于警觉状态,又善"土遁",要打老鼠还真需要一番功夫和智力。可能的方法有:用夹子夹,下毒,用水浇灌鼠穴,还有一种据说是逮到一只老鼠后,把它的尾巴浇上油,点着火,再把它放走,让它疼得不行,钻进洞穴里乱咬同类,互相残杀,不知此事确否。我小时候也买过老鼠药,买回来投放的时候,母亲会示意我噤声莫语，否则，让老鼠听见了，它就不来吃了，可见老鼠真是"虫之黠者"。

捕鼠难，还难在"投鼠忌器"。老鼠在一堆瓷器里做窝，那瓷器都贵重得不得了，甚至价值连城，你去追捕碰翻了这些宝贝——脆弱的宝贝怎么办呢？那就只有听之任之，睁一只眼闭一只眼了。其结果当然也就鼠患不断，闹得人愈发不得安宁。有经验的人都知道，所谓"千里之堤，溃于蚁穴"倒不常见，而"溃于鼠穴"倒是极有可能的，老鼠极喜欢打洞，一段好端端的堤坝，没几天就会为你钻几个窟窿，多危险呐！

老鼠的可怕就在于它闲不住，它不停地繁殖，不停地偷食，不停地啮啃器具，当然也包括不停地传播细菌。它不安闲，可能都因为它有一副奇怪的牙齿。辞书上说到老鼠的牙齿：无犬齿，故门齿与前臼齿或臼齿间有空隙；门齿很发达，无齿根，终生继续生长，常借啮物以磨短。原来如此，怪不得我小时候在家里，尤其是在夜里，总听见角落里有窸窸窣窣、嘶嘶啦啦的声响，问母亲，她说：鼠在磨牙呢。老鼠的牙齿简直是一根发条，在不停地给老鼠"上劲"，所以它要不停地运动，而对人类来说，这真是有点可怕。

所以，人类总为老鼠感到头痛，总要想办法除去鼠患。古时候，没有别的办法主要就是养猫或依靠鼠的天敌——蛇，所以，老辈人一直想，家蛇是不应打的。

黄庭坚有一首《乞猫》诗，写得风趣幽默，颇值一读：

秋来鼠辈欺猫死，窥瓮翻盘搅夜眠。
闻道狸奴将数子，买鱼穿柳聘衔蝉。

第四章

　　说的是秋天"我"家刚有收获，原有的一只猫死了，老鼠闹腾得厉害（搞得人都睡不着觉）；听说您家的猫儿生了几只小猫，我便买了一尾小鱼，用柳枝儿穿起来，去请小猫来。所谓狸奴是猫的别称；衔蝉也就是猫，是当时的俗称。这首被陆游等人都叹妙叫好的诗，好在用了一个"聘"字，有拟人手法，也透出诗人对猫的尊重，口吻亲切有味，所以"千载之下，读者如新"（《后山诗话》语）。

尘世物影

驴

  驴虽然和马形象略有些相近，都是被人类驯化为驮运和驰驱的动物，但给人的感觉其实天差地别。在许多人看来，马是那么雄壮、俊逸、洒脱，它静若处子，动如脱兔，甚至狂放不羁，人们对它很是崇敬、钦慕。而驴呢？给人的印象却是怠惰、蠢笨的样子，仿佛是好吃懒做，抽一鞭子才动一动的主儿。我不禁怀疑，所谓"驴"是不是"愚"的谐音，不然为什么农村里有些人把那种愣头青式的、一味认死理、自私自利却又一触即跳的人都叫作"大叫驴"呢？

  但这可能是偏见。马给人的印象确实是潇洒、畅快，夸张一点，就是神一般超凡俊逸，几无缺点。但驴子也有许多可爱的地方呀！如果说有差别，它们的差别还是来源于外在的形态：马比驴更高大，似乎也更壮实。体格高大，自然显得线条更优美、流畅，也就是骨肉匀称。而驴要瘦小一些，有的还要瘦小得多，如果营养不好，甚至会给人以瘦骨伶仃的感觉。它也没有马跑得快，不会让人产生追风逐电的幻觉，不会被人类驱使到战场上一起冲锋陷阵，去互相残杀。驴更多的是与人相伴于日常生活，为人类分担许多日常事务，所以，它不能建立丰功伟绩，却是人们生活

第四章

的好帮手，为人们所不可少——起码在人类的很长一段历史上是如此。

我是从小就见过驴的，而在来北方以前，我还一直没有见过马——这是不是也说明驴子在一般的农村生活中更适用呢？童年，我家门前的村道上，时不时地会走过驴队，一溜十四左右的驴子，背上一律驮着从山里买来的石灰、黑炭，运到集镇上去销售。每当驴队出现在村口，我们这些调皮的孩子就会跑到路边欢呼雀跃，一个劲地叫着："毛狗驴子，驮重不驮轻！"那意思是它傻笨傻笨的，不知道节省力气，非要驮得重些才会老实。但我看它身上并没有多少毛，甚至还很光滑，周身赭黑，很漂亮，只是头上有一片云似的黑发纷披着，而且它们神情专注，一个跟着一个，有条不紊地行进。它们嘴上都戴着罩子，那是主人限制它们乱咬路边的庄稼，但颈上系着一段红绸，有的还系上了小铃铛，所以它们走来，除了轻轻的蹄声，还伴随着一阵阵清脆悦耳的铃声。这多有意思呀，所以我们从老远的山口就迎接上去，然后追随它们走很长一段路，直到把它们送出村很远。有时，赶驴的人也会把驴散放在村东的小树林里休息一会儿，让它们啃儿口青草，饮一点水。我们怯怯地站在一边望着，觉得它们是那么温和、可爱，很想上前摸摸它的鬃毛，但赶驴的人警告："小心它踢了你！"可在我们眼里，它们比村里的小牛犊还要温顺呢！

驴队在我家门前来来去去，像天上的云飘过就飘过了，却始终没有一匹落户我们村，我觉得很遗憾。但有一天，我忽然从父亲口中听到一个惊人的消息，那就是我们家过去就曾养过一匹驴子。父亲讲他读完私塾后，一时找不到事做，赋闲在家，只是偶尔去割点"驴子草"。有一次，在割草时还和堂姐谈起自己的出路，感觉很是茫然云云，我才知道，驴子不是天外之物，它也曾经是我们的家畜。那时，是因为失业在家的祖父在村里临时开了个面坊（做挂面），需要有一头驴子帮他磨面吧？我曾经听说，驴子在拉石磨时，如果不把它眼睛蒙上，它转几圈就不想再转了，会站住不动的。我不知道我们家的那头驴子是否也如此，因为我不能肯定父亲谈过这个。我在一所中学任教时，同事间闲来无事聊天，一位退休老教师说起驴子"好色"，凡是见到穿得漂亮的女士便会去追去撵（甚至还有别的丑态），吓得女士花容失色，我们听得哄然大笑。但我并不觉得这有多么"下作"，甚至认为它是不掩本性，是"英雄"本色！这或许是那一刻我在心里为它辩护而"矫枉过正"吧！

果然，我在我读的诗书里头找到驴子的可爱之处。在中国古

第四章

代，诗人出行大概都是骑驴而非骑马。风华绝代、狂放不羁的大诗人李白就是以驴代步。《唐才子传》载：白浮游四方，欲登华山，乘醉跨驴经县治，宰不知，怒，引至庭下曰："汝何人，敢无礼！"白供状不书姓名，曰："曾令龙巾拭吐，御手调羹，贵妃捧砚，力士脱靴。天子门前，尚容走马；华阴县里，不得骑驴。"宰惊魂拜谢曰："不知翰林至此。"白长笑而去。而一生坎坷的杜甫似乎很少有骑上高头大马的机会，始终是由一匹老驴相伴而行的。他在《奉赠韦左丞丈二十二韵》里不无辛酸地说："骑驴十三载，旅食京华春。朝扣富儿门，暮随肥马尘。"这里也与驴相对出现了马的形象，说明骑马与骑驴，身份的确有所不同。跨上高头大马，总给人以气宇轩昂、雄视天下的感觉，那一般是春风得意，手握生杀予夺大权的士子官僚阶层才会有，而一般文人，一辈子以琴书为侣，吟诗作赋换不来任何富贵，他只能或者说只配骑一匹瘦驴，踽踽独行，还可以于驴背上哼哼昨晚新写的诗，琢磨一下其中字词用得妥当与否。这一点都不损害诗人的形象，只能说明诗人的可贵——他为给人们奉献精神财富，做出了多么大的牺牲。这也一点不损害驴子的形象，只有它陪伴在诗人的身边，只有它能体味或者说体贴诗人的性情。这种情况在整个"封建社会"大致如此。一向洒脱的宋代大文人苏轼不是也有"路长人困蹇驴嘶"之类的诗句吗？大宰相王安石下野了不也由乘轿骑马改策一驴吗？苏轼遭贬谪，途经江宁，王安石就曾"野服乘驴，谒于舟次"，这形象也比在庙堂上让人感觉亲切多了。可以想见，即便到了清代大文人、画家郑板桥那里，即便有马可骑，他也会舍而跨驴往来旅途。所以说驴子是诗人所专有的代步工具当非虚言。大约驴的食量也比马小得多，也就是说养一匹驴比养一匹马负担要轻许

279

多，这也是诗人多乘驴的原因之一吧。

驴却也摆脱不了它的负面名声，这在柳宗元的《黔之驴》一文中可谓登峰造极。"黔无驴，有好事者船载以入。至则无可用，放之山下。虎见之，庞然大物也，以为神……他日，驴一鸣，虎大骇，远遁；以为且噬己也，甚恐……益习其声，又近出前后，终不敢搏……驴不胜怒，蹄之。虎因喜，计之曰：'技止此耳！'因跳踉大㘎，断其喉，尽其肉，乃去。"这只是一则寓言，不能当真，但已给人落下驴子"蠢呆，空有一副架子"的印象。其实是经不住推敲的：一是驴子身高可能超过老虎，但体重跟老虎差不多，绝不会给老虎以"庞然大物"的感觉；二是驴子见到威猛雄健的老虎，本能地会逃避，绝不会等老虎凑近来吃它。当然，逃不逃得掉是另一回事。

不过《黔之驴》中提到的"驴鸣"可能倒是"一绝"，不然，为什么那么多人喜欢听驴鸣，甚至学驴鸣呢？我记忆中是没有听到过驴子的叫声，要听过大约也是在电影里，但我又似乎知道它的叫声是"昂——"的一声，声音浑厚、响亮，甚至带有一定的娇憨劲儿，的确有几分可爱，起码比马鸣"咴咴"要好听得多。驴一般也不轻易发声，发声一定是因为受到惊吓或有所感奋，所以它的声音里还会有惊恐、愤怒的成分，人们便更喜欢模仿了。《世说新语》中就有两则这样的故事：

王仲宣好驴鸣，既葬，文帝临其丧，顾语同游曰："王好驴鸣，可各作一声以送之。"赴客皆一作驴鸣。

第四章

另一则故事为：

孙子荆以有才少所推服，唯雅敬王武子。武子丧，时名士无不至者，子荆后来，临尸恸哭，宾客莫不垂涕。哭毕，向灵床曰："卿常好我作驴鸣，今我为卿作。"体似真声，宾客皆笑。

这真令人绝倒，只有魏晋人才能做到（甚至还有"皇帝"也未能免俗，曹丕好像就曾为人作驴鸣）。我有幸品尝过全驴宴（罪过！罪过！但世人常言："天上龙肉，地上驴肉。"只此一语，就不能不诱人去品尝一番了。呵呵！）还真无缘亲耳、当面听一听驴鸣，如果什么时候能听此一声，当极感欣慰。

鸟声

鸟鸣是天籁。在大自然里，任何一声鸟鸣，都是鸟儿自愿发出的，没有人强迫它，它也不会装腔作势发出虚假的鸣声，所以，任何一只鸟在啼鸣，都是以原声汇入大自然的合唱，是大自然最自然的，也是最动人的状态。

鸟儿是世界上最和平的动物，除了极少数的大鸟如鹰雕外，鸟儿都绝不会跟血腥嗜杀联系得起来，它最多只啄食一些虫蚁。而最可贵的，它们之间和平相处，从未见其互相厮杀。正因为此，鸟儿让人感到可爱，看着一只鸟儿张开尖喙小嘴，看到它翻动那么小巧的雀舌发出啾啾鸣声，觉得真灵巧，甚至有那么一种"无辜"的感觉。

城市里几乎听不到鸟鸣，要有，也是被禁锢在笼中的鸟儿发出的鸣声。那鸣声虽然也是自然的，但似乎总让人感到一种紧张，痛苦和焦躁，这是一种受限制的鸣声，是会让人感到不安的。所以，我很怕听到笼中鸟的啼唤。而那些提笼架鸟的人却优哉游哉，一边遛弯一边还听得那般舒心、陶醉！

听鸟就要到大自然里去，就要到有青山绿水的地方，到那山涧和有蓝天白云的地方，到清风吹拂、绿树连涛的地方，到一马

第四章

平川的草滩,甚至布满灌木、杂草丛生的荒原,那里没有这么多的人,没有这些森森楼宇,车水马龙!

我时常庆幸,我比成长在城里的孩子曾经更多地听到自然状态下的鸟鸣。在乡村,有多少个早晨是被鸟噪声吵醒的,而不是楼下那被拼命按出的、刺耳的车辆喇叭声。当年每当春天来临,仿佛一夜之间,竟有那么多的鸟儿复活。一群群燕子带着"唧噢唧噢"的鸣声飞来,在人家的屋檐下进进出出;喜鹊翘动大尾巴在门前的大树上跳跃;八哥飞落在牛背上,自在地小憩;乌鸦成群地在夕阳下的山冈丛林上空盘旋,噪声一片。在春夜,还能听到布谷鸟那一声凄厉的鸣叫,从村南横穿村北;在初春,更能听到几只早莺在枝头婉转歌喉。偶尔也能够看见一两只毛羽斑斓、长尾耀眼的雉鸡飞落到村边的竹园,一曲一啭地唱歌!在秋天,更常发现一行大雁排成人字形的队伍,像一只楔子划过村庄上的天空,而且,还能听到从云端飘落的几声热切而又从容的唳鸣。

前不久,我读作家汪曾祺的一篇散文《天山行色》,他写鸟鸣的一段文字引起了我格外的注意。作者说他刚到伊犁,行装甫卸,正洗着脸,听见斑鸠叫,引动了他的乡情。他想起家乡正是有很多斑鸠的:"我家荒废的后院的一棵树上,住着一对斑鸠。'天将雨,鸠唤归',到了浓阴将雨的天气,就听见斑鸠叫,叫得很急切:'鹁鸪鸪,鹁鸪鸪,鹁鸪鸪'……"

这自然也引起了我的回忆。我想起我的家乡也是经常能听见这种叫声的。每当雨前、雨后,尤其是雨后斜阳或初旭的时候,在村庄的后头——那里有一片逶迤的丘陵,而岭上布满了绿树和灌丛,总是会传来一阵低沉的,仿佛是从深喉里发出的腹语:"鹁鸪鸪,鹁鸪鸪",当初我还以为是竹园里的竹鸡在叫,后来才知道是斑鸠，但我们那里是把它叫作"鹁鸪鸟"。每当听到它鸣叫，我就知道天要晴了，而阳光也应着鸣声从云层里出来，照耀雨后湿漉漉的大地。

其实，"鹁鸪鸟"或者说"斑鸠"叫晴也叫雨，而且过去农人还以此来占晴、雨，至于如何分辨，汪曾祺的文字也有说明：单声叫雨，双声叫晴。"鹁鸪鹁鸪、鹁鸪鹁鸪，鹁鸪鹁鸪"，这是要下雨了，斑鸠在叫他的媳妇。"鹁鸪鹁，——咕！""鹁鸪鹁，——咕！"这是双声，是斑鸠的媳妇回来啦。"——咕"，这是媳妇在答应。作家的体察真细，怪不得他有那么多的"汪迷"。

这也使我想到，中国的许多鸟的名字正是以其鸣声来命名的。比如这斑鸠，我们那里就叫"鹁鸪儿"，而布谷鸟这一称呼也近似拟声，但我们那里还把布谷鸟叫作"发棵（读 kuó）鸟"，就极像布谷鸟发出的鸣声了；我觉得大雁的雁，也像大雁发出的叫声；至于鹧鸪就更是了，晋人崔豹《古今注》的"鸟兽"篇中说："南山有鸟，名鹧鸪，自呼其名，常向日而飞。畏霜露，早晚希出。"自呼其名，实际上是人类以其鸣声来给鸟命名。我不知道外国的语言是不是也这样，如果不是，恐怕是汉语言的独擅胜场了。这恐怕跟汉语言单音字多的特点有关。

把声音跟实物紧密联系，有一个好处，就是形象、生动，有声有色，也易记。

周作人曾作过一篇《鸟声》，其中提到收入《英诗金库》且为开卷之作的一首诗——英国诗人纳什（Nash，周译作"那许"）的《春天》。周文说："他说，春天来了，百花开放，姑娘们跳舞着，天气温和，好鸟都歌唱起来。他列举四样鸟声：Cuckco, jug-jug, pee-wee, tu-witta-woo！"

第四章

　　周作人说他不敢译这首诗,怕译不好、译错。抄出这一行原文,"看那四样是什么鸟"。从这里可以看出,英语里是不以鸣声命名鸟儿的,不然,何须去"猜"呢,一看"鸟声"不就知道是什么鸟了吗?

　　这也说明,简单的鸟声里有很大的学问!

　　这,我们且不去管它。周作人在文章的开头引用古人的一句话很好:"以鸟鸣春"。春天正是应当有许多鸟儿从巢穴出来,飞翔在云天里,和鸣在清风中,以清脆响亮的鸣声响应万类苏醒、生机勃发的律动。如果没有鸟儿和鸟鸣,那是一个多么暗淡无光的春天!

　　此刻,正值浓春,还是让我们这些蛰居城市的人趁着大好春光到四郊乡野走走,去谛听那一声声清新、自然、悦耳的鸟鸣吧,切莫辜负这一派春光!

蝴蝶前身

前身后世,是佛家语。对人类来说,到底有没有,当然只能存疑,虽然迷信者言之凿凿。但对生物界的昆虫来说,还真有许多生物其生命是分为幼虫和成虫两个阶段的,而且那是两种截然不同的形态——幼虫只能蠕动、爬行,而后成蛹,成虫从蛹中破茧而出,却有了革命性的变化,那就是长出了翅膀,可以轻盈地飞翔,这样前身与后世可谓有质的分别。其中最令人称奇的,我想莫过于蝴蝶吧(这让我想到汉语中为什么会有"化蝶""蝶变"

第四章

这样的词与相关的传说）。

　　我小时候没有生物学知识，不像现在的孩子从各种画片和影视中懂得那么多，因此我根本不知道蝴蝶是由毛毛虫变成的，我还以为这是两种生物。即便那时有谁告诉我蝴蝶的前身是毛毛虫，我也一定不会太相信。蝴蝶是多么美的生物呀，它长着一对粉嫩的翅膀，翩翩而飞，款款而行，飘飘而落，在花草丛中一闪一闪，色彩和姿势多么令人心喜！而毛毛虫多么丑陋，身体一节节臃肿着，笨头笨脑，遍体生毛，懒惰而又沉闷地趴伏在叶片或枝干上，慢慢地探身爬行，往前蠕动，有的全身污黑，看上去就更觉得可恶；有的倒也色彩斑斓，但我们知道，它的毛刺往往蜇人，而且有毒，便也唤不起任何美感，仍然只有憎恶。

　　但是，蝴蝶确实是由毛毛虫变成的，这已是写在生物教科书上的常识，虽然我并没有亲眼见过毛毛虫变蝴蝶的过程，我想这也是无可怀疑的吧。

　　蝴蝶与毛毛虫，是我在幼小时候就常见的生物，两三岁的我，跟随母亲去自家的菜园，她在劳动，我在一边玩儿。有洁白的蝴蝶和浑身黑色却点缀着金斑的蝴蝶，不知从什么地方悠悠然飞来，落到金黄的菜花上，吸引我好奇的目光。我看它们那轻盈的姿态，竟本能地认为它是无害的生物，便不自觉地伸出手，想捏住它那一对灵巧的翅膀，但蝴蝶拍翅一飞，便轻巧地飞走了，也把我的视线牵引向无尽的色彩缤纷的田野。

　　而毛毛虫呢，倒是不记得最初的印象了。大约是在某片树叶上发现了这种下半截趴伏不动，探出上半身，尤其是头部左右摇动、四下乱嗅，往前蠕动的虫子，并且会问母亲这是什么的吧。但我也本能地觉得"这东西有点可怕"，而不敢去触碰它。而印

287

象最深的倒是，一到夏天，乡间便经常看见它们，而不小心蹭到了它们，身上还会发痒，且红肿起来，如果去抓挠这痒处，它还会变成更硬的疙瘩，既痒且痛，总之是让皮肤极不舒服。而一场雨后，毛毛虫会生出更多，尤其是屋顶的瓦块上，会这儿那儿麇集着一小堆，掉落下来，冰凉地落在颈项上，让人烦不胜烦。那时只想把它们扫荡，因不知道它们会变成好看的蝴蝶，只把它们归为害虫、厌物！甚至到了我大学毕业，这种感觉仍未改变。有一年夏天，我在任教的中学校园里一棵半枯的柳树根部那因为朽烂而形成的树洞里，发现竟有一个毛毛虫窝，有无数的毛毛虫抱在一起，像蛆虫似的，在那里蠕动，翻滚，一见之下，顿时起了一身鸡皮疙瘩！我平生都没有见过这么多毛毛虫！我不记得这时我是否已经知道它们会变蝴蝶，但眼前所见实在令人恶心，便欲除之而后快。大约也担心它们会到处侵害吧。我与一位同事提来了两瓶开水，全部倾注进洞里，那结果可想而知！

  我没有为这样的"杀生"之举后悔过，虽然后来在内心深处也偶尔有那么一丝不安，但到底会很快排遣掉。当我读到有关蝴蝶的文字尤其是一些美文和诗时，我也尽量不去想，这些绚烂多姿的蝴蝶，它们的前身竟然是灰头土脸、长着一身毛毛刺的，甚至有毒的蜇人的毛毛虫！

  但也有例外。

  比如在冯牧先生的名文《澜沧江边的蝴蝶会》里，我读到他所引的前人对云南大理有名的蝴蝶泉的描述。一是出自《徐霞客游记》：

  ……山麓有树大合抱，倚崖而耸立，下有泉，东向漱根窍而

第四章

出，清冽可鉴。稍东，其下又有一小树，仍有一小泉，亦漱根而出，二泉汇为方丈之沼。即所溯之上流也。泉上大树，当四月初，即发花如蛱蝶，须翅栩然，与生蝶无异；又有真蝶千万，连须钩足，自树颠倒悬而下，及于泉面，缤纷络绎，五色焕然。

这当然会让我想起我当年在任教的校园里那老树根部洞穴中发现的毛毛虫窝，但我仍然谈不上多懊悔曾把那些毛毛虫浇灭，因为我想，那些毛毛虫不可能都变成蝴蝶吧，如果都变蝴蝶，校园岂不变成了蝴蝶园，就像徐霞客在蝴蝶泉边所见"缤纷络绎，五色焕然"，事实上不可能，我从未见过校园里有这么多蝴蝶。

实际上，蝴蝶泉边的那么多蝴蝶是从何而来的，古人尚且疑惑、迷茫。冯文另一处引述是《滇南新语》中的一段：

每岁孟夏，蛱蝶千百万会飞此山，屋树岩壑皆满，有大如轮，小于钱者，翩翩随风，缤纷五彩，锦色烂然，集必三日始去，究不知其去来之何从也。余目睹其呈奇不爽者盖两载。

"两载"都"不知其去来之何从"，看来这真是个大隐秘！更有甚者，据说在墨西哥有一个蝴蝶谷，每年11月到次年3月，温暖如春的山岭上会飞来千万、亿万只五彩斑斓的蝴蝶，可谓铺天盖地，那简直就是一个波澜壮阔的蝴蝶王国。而且，谁能知道，这些蝴蝶竟是从五千公里之外，穿越加拿大、美国而来，不能不说是这个世界上的一大奇迹！可为什么会形成这样的奇迹，恐怕也有许多未解之谜！

确实，我在乡间从未见过蝴蝶那种集群成阵的情景，它们甚至没有毛毛虫多，有多少毛毛虫可以变成美丽的、栩栩动人的大蝴蝶，又有多少毛毛虫终其一生都仍然是灰暗无光的、人人讨厌的毛毛虫呢？这于我也确实是个谜，是个大隐秘！或许只有专家才能告诉我，哪些毛毛虫才能赢得生命中那一番别开生面、绚烂壮观的华丽大转身的，而又有哪些蝴蝶喜欢成群结队地迁徙。除此之外，我还想知道蝴蝶对其前身毛毛虫会不会还有记忆，若有，那是什么样的记忆呢？

记得法布尔的《昆虫记》里曾辟有专章，谈到一种生在松树上的"松毛虫"的习性，说它们"彼此和平共处，相安无事"："松毛虫几乎是无性的，这是它们得以和睦相处的主要原因。可是，光凭这一点还不够。完美的和谐还需要在全体成员之间平均分配力量、才能、劳动本领等。这些条件也许支配着其他的昆虫，而松毛虫则全部具备上述条件。"法布尔还以大量篇幅描写松毛虫行进的队伍："第一条松毛虫爬到哪儿，其他的松毛虫全都排成整整齐齐的行进队列，像朝觐者似的，整齐肃穆地往前爬去，中间绝不会出现空档。"没想到蝴蝶的前身毛毛虫竟然是这般"呆头呆脑"或者说"守规矩"，而一旦变成蝴蝶又这样超逸、轻盈，这样喜欢成群结队，甚至一起跨越千万里，这前后的"景观"如此截然不同，还真是让人感叹"万物静默如谜"啊！

第四章

对一匹马的想象

人说"南船北马"。我生在南方,南方一般确实是不养马的,我在来北方之前,未曾见过一匹真正的马。见到的马都在电影里、图画中。

不,还有在文字当中。我在中学时代读到杜甫的《房兵曹胡马》:"胡马大宛名,锋棱瘦骨成。竹批双耳峻,风入四蹄轻。所向无空阔,真堪托死生。骁腾有如此,万里可横行。"觉得像是真的有一匹活生生的马,气腾腾地出现在我眼前,不禁气为之壮,神为之往,仿佛自己也应变成一匹神骏,冲向那空阔无垠,杀声震天的疆场。

这或许与我那时正做着"英雄梦"有关。我真的连做梦也梦见自己成为士兵或一名小将,和自己的战友一道杀向敌阵,或匍匐在灌木丛林中,等待敌人的出现。刚进入青春期的孩子,周身热血奔涌,旋流着无限的力与激情,似乎真的是"骁腾有如此,万里可横行"。于是,我特别渴望自己能见到一匹真马,摸一摸它那挺立的双耳,那结实宽阔的脊背,那孔武有力的双蹄,那长长的马尾与纷披的腹毛。我不断地想象着它,觉得它应是深棕色的,而背上和头上的鬃毛却又是黑的,它身躯矫健,却又有一双大大的、晶亮的眼睛，偶尔还会湿润。这些想象当然都很模糊，然而在我心里，它又相当"真实"。

于是，我便有意无意地在现实生活中寻找它的踪影，当然是找不到的，只好一遍遍地翻手边的连环画，比如《连心锁》，我把目光锁定在主人公所骑的骏马，一次次地体味着人与马相依相护，甚至心意相通，一同奔赴使命的深情厚谊。我甚至见到一个有点军人气质的人就要和他一起谈论马，仿佛他们应该和我一样喜爱马，可惜他们都不甚了了，常常"顾左右而言他"。只有我家隔壁的发如伯，他是上过战场的，曾经是抗美援朝战士，受伤后退伍。他果然对战马比较熟悉，他告诉我马的一些生活习性，比如马不像牛那样卧倒睡觉，它是一直站着，或用绳子把它兜住，吊在马厩里休息；还说，马是有灵性的，它能预感到明天的战斗是否顺利，它的主人是否会有危险，如果预感到主人或自己有危险，它似乎总不情愿出征，总要闹点别扭——这让我觉得非常神奇，从而对它更是崇拜，向往不已。我对为什么要给马钉上蹄掌感到不解，发如伯只说是如不钉掌，则马蹄会磨穿。我又问：那把铁钉入肉体里不也很疼么？可惜他语焉不详。但他转而告诉我一个惊人的消息：(解放)大军南下时，有一小支部队在我们村庄驻扎过，还带来了两匹马，其中一匹就拴在我们过去那个庭院中。啊，还曾有马来到我家的庭院，我真是被惊得瞠目结舌，周身的热血都在快速奔流。那是匹什么样的马？是矫矫不群的那种，还是灰毛疲沓的那种呢？我觉得一定是前一种，因为我也仿佛隔空感受到它那骁腾、剽悍、潇洒的气质。

从此，我觉得自己更靠近一直在想象中的那匹马了。我仿佛都能听到它安闲地嚼食的声音和它偶尔打的响鼻。

第四章

但是，我仿佛无从寻觅它确切、清晰的身影。我仍然从文艺作品中寻访。《三国演义》中那匹据说"妨主"，但在关键时刻若有神助一般地一跃腾空，帮主人（刘备）摆脱追兵的"的卢"，令我崇敬而倾心。而辛弃疾的词："马作的卢飞快，弓如霹雳弦惊，了却君王天下事……"也让我浮想联翩，思绪里总有一匹神骏在奔腾。在影视剧中，一场惨烈的战斗过后，身负重伤的将士倒地不起，而总有一匹马屈膝地上，口衔主人衣裳，帮助他以仅存的一点余力艰难地爬上马背，然后由它驮回自己阵营的情节，让我看得热泪盈眶。当然，一场战争结束，双方偃旗息鼓，只余一两匹幸免的战马伫立在尸横遍野、寂静无人的战场嘶鸣咆哮的场景，也让我感到无限悲怆。

后来，我从报端得到骑兵部队逐渐裁撤，战马已全部退役的消息，我心里多少有些难过与惋惜。转觉这也理所当然。现代化战争，哪里还用得着这带有原始色彩的畜力？虽然战马历史有数千年，但如果还需要骑兵作战，岂不大为落后！如果能保留少数骑兵部队用于边疆巡逻，那也很好啊！我心中的那匹骏马便依然存在！

到了北方后，我依然没放弃寻找马的踪影，但它仍久久没有出现，我已经不再寄予希望了，甚至也很少想起我心中一直想象的那匹马，没想到，它有一天竟赫然出现在我眼前。那是我在街头走过，忽然从远处传来一阵哒哒的马蹄声，在柏油马路上如快板一般流畅而响亮，我心中一震，抬头一看，果然有两匹马拉着一辆胶轮大车，奔驶过来。我好奇地贴近看，我真的不敢相信，在这布满高楼大厦的现代化都市，还有马拉的交通工具。我知道，这是郊区的农民用马车运货物来城里销售。我还知道十几年前，这样的马车一定更多，而更久远的过去，这座城市的"物流"，几乎全都是由马和骆驼来完成的，我很高兴，我还能看到过去时光留下的一帧剪影。我更惊讶亲眼所见的"真马"原来是那么高大，似乎比我这七尺男儿还高大许多，虽然它没有想象中的剽悍、骁腾、神气，但到底还能看到一点气宇轩昂的姿态，我不禁为之激动！

此后，我又多次在街头见到这种情景。然而逐渐有了一种遗憾的感觉，就是感到那驾辕拉车的马似乎越来越缺少一种精、气、神，那大车也好像越发破旧、肮脏，与这个城市越发不协调，我是能理解这一点的，因为用处越来越少，主人对马的爱护也就不够，让它显不出"神骏"来！我每次见到这些驾车的马，心里多少生出一种悲哀，它应该是"横行千里"、冲锋陷阵，驮着它的主人于百万军中取上将首级如探囊取物一般的啊，是奔腾、咆哮

第四章

着的啊！现在它竟温驯如牛！一种悲恸涌上心头，我恨不得像那个疯子哲学家尼采那样，冲过去，抱住马那长发纷披的头颅，将我抑制不住的泪珠洒在它的颈项上。

我当然没有让这种冲动变成现实。我还是接受和"理解"，我崇拜的马如今沦落的遭遇。我甚至庆幸，不再有战争，就是有战争，也用不着马去为人类牺牲。可是，我在心里还是与它难舍难分。我怕随着战争的远去，马，这样一种在人类的生活中，曾经发挥过重要作用，与人类结下深厚情谊的动物，是不是有一天都会消亡？

我在郊区，在塞外草原游览时，见到风景区有人牵马过来让游客尝试骑马的滋味，我也总是会毫不犹豫地爬上马背。我手握皮鞭，轻轻地抽向马的臀部，想让马奔驰起来，从而体验一种风驰电掣的快感，可是，马的主人不答应，他是怕有什么闪失，我也同样表示理解，但不能不心生遗憾和怅惘。马，就是应该与飞腾的形象联系在一起的！可是，时空都不对，我怕是再也看不到活生生的马一展这样的雄风与神姿了。

这样一来，我心中的那匹马神采不免也要黯淡几分。我只能在想象中骑上我心中的那匹马去追风逐电了。

不过，我觉得我心中的那匹马依然存在，一直会存在。

苍蝇

苍蝇让人厌恶，被列为"四害"之一，是因为它总是喜欢在秽物上爬来爬去，携带着各种病菌，很容易让人感染疾病，所以才欲除之而后快。如果不是如此，苍蝇也有许多让人喜欢的地方，尤其是对小孩子来说。

周作人在《苍蝇》一文的开头便说："苍蝇不是一件很可爱的东西，但我们在做小孩子的时候都有点喜欢他。"这是确实的。像我们这些出身农村的孩子，谁没有捕捉过苍蝇，玩过苍蝇呢？我们把它捉来，其玩法也有点像知堂老人所说的那样，把它的翅膀系上线或小叶片，让它踉踉跄跄地拖曳着；抑或把它的头摘下，看它能活多久，即看作为名副其实的"无头苍蝇"怎么蹦跶，怎么转圈，或者是把它的手足剪掉，看其是否能再飞去……总之是折磨它，也兼"研究"它——研究它怎样经受折磨，说来这是不免有些残忍了。然而大家都心安理得，谁叫它是害虫呢？

当然，我们捕捉苍蝇还有一项重要的目的知堂老人没有提，那就是以之为饵去池塘里钓鱼。将苍蝇穿在鱼钩上，投入水中，不一会儿就有鱼儿来叼食，只是钓者要反应灵敏，否则很容易让鱼儿把饵"钓"（叼）去而一无所获。

第四章

跟知堂老人在文中讲到的一样，我们那里也大致把苍蝇分为三种：饭苍蝇、麻苍蝇和金苍蝇即青蝇。后两种当然是从其形色上来分的，这已经是自古如此。唐人段成式在《酉阳杂俎》里说到它们的不同："按理首翼，其类有苍者声雄壮，负金者声清昵，其声在翼也。"他还提到"青者能败物"，这是对的，金苍蝇最喜欢拉屎，好好的一件东西——书本、绸缎、器具，不小心让它飞来了，动不动就被它的秽物污染，而且不好清除，即便清除了，也会留下痕迹。所以，陈子昂在《宴胡楚真禁所》诗中说："青蝇一相点，白璧遂成冤。"用苍蝇遗粪在白玉之上致成污垢来比喻小人进谗言，陷人于罪，倒也十分贴切。但是，事物往往都有两面性，苍蝇之喜欢腐物秽物，是以之为食；反过来，正如法布尔所言"它们简直就是高级净化器"。

法布尔专门写有《绿蝇》《麻蝇》两文，其中的"绿蝇"当是我们所讲的青蝇无疑。法布尔描写道："它通常呈金绿色的金属般的光泽。"甚至不无诙谐地说："当我们看到如此华丽的服装竟然穿在清理腐烂物的清洁工身上，总不免会觉得十分惊诧。"在《绿蝇》文末，法布尔还赞扬道："绿蝇幼虫可以说是世界上的一种力量，它为了最大限度地将死者的遗骸归还给大地，将尸体进行蒸馏，分解为一种提取液，让大地吸收，使大地变成沃土。"这真是我当年所未能料及的。大自然的造化之力真不得不让人称奇。

青蝇长得好看，大多"眼睛都是红红的，眼圈则是银色的"（法布尔语），但因为太"脏"，我们一般是不拿它来玩的。而且，青蝇也似乎很专注于"工作"，没有跟我们"逗趣"的意思，所以我们更喜欢的是麻蝇，它看来是披着一件斑驳的麻布衣，身上也显得干净清爽些，它更多的是落在洁净的地方，而且有些调皮，活泼好动。周作人在《苍蝇》文中所引的小林一茶的俳诗似乎更是指它：

不要打哪，苍蝇搓他的手，搓他的脚呢。

这麻蝇就是这样，一落下来，就搓它的手脚，而且眼睛也不停转动，几乎没有一刻停息，这特别吸引小孩子去捕捉它，在他们眼里，麻蝇亲切得近乎是朋友。我们有时也把麻蝇的大肚皮划破，看见里面都是虫卵，便惊诧一只麻蝇会生出多少幼蝇。"麻蝇产下的是一些活的幼虫，而不是通常所见的卵"。这是我后来读法布尔的文章才知道的。但我不知道一只麻蝇能产下多少幼虫，法布尔在文中引用学者雷沃米尔的观察结果告诉我们：两万。这个数字连法布尔也要为之瞠目结舌。

但给我印象最深的也是数量最多的苍蝇倒是知堂老人所提到的饭苍蝇。饭苍蝇体量较小，全身黑色，敏捷而馋，喜欢在食物上飞来飞去。二三十年前，农村的卫生条件还很差，有的甚至把小猪就系养在厨房，所以苍蝇极多，人们不胜其烦，只得在食物上罩上纱罩，而且家家都备有苍蝇拍。就是这样，还对付不了苍蝇的侵扰，所以有的人家只得买来药水杀之。那药是拌在稀饭里的，颜色有些红，不一会就有许多饭苍蝇被诱，落入陷阱。所以我常看见，人家拌有药的粥碗里密密麻麻落下一层苍蝇，可见当年农村苍蝇之多。而且，这种饭苍蝇也喜欢叮人，在人的肌肤上爬来爬去，极影响人的睡眠。乡村的摇篮上都挂有纱帐，白天就是为了防止苍蝇来叮幼婴，使他们在摇篮里睡得安稳。

这些情景在今天的大城市都已不复见，现在城里的孩子哪里

第四章

会想到苍蝇竟然会是我们的玩伴呢?

周作人在《苍蝇》一文中援引了西方好几个关于苍蝇的典故,都比较有意思,尤其是提到霍梅罗斯(Homeros)在史诗中曾经将勇士比作苍蝇,更是有趣。中国人大约都不会这么比的,中国人只将苍蝇比作喜作谗言的小人。但苍蝇的渴欲饮血,挥之不去,去而复来,都跟斗士的精神的确有相似之处。但我对苍蝇较佩服的地方是在于它的复眼,据说,人类正是受到它的启发而造出了雷达,可以从很远距离外捕捉到入侵者的踪影。雷达,我在电影电视里是见到过的,而且很敬畏,但凭我个人似乎也很难将它跟苍蝇的眼睛联系上。在我看来,苍蝇脑袋上的两个凸起而圆的眼球——常常会灵活地转动,的确是十分可爱的,我小时候就常常要对之久久凝视。词典上写道,所谓复眼是由许多六角形的小眼构成,比如蚂蚁的一只复眼由五十多只小眼构成,这我所不知道的奥妙真令我大大惊诧了!

中国古人是无论如何也不会知道这一奥妙的,因为他们讲"天人合一",讲"综合"地看问题,甚至把许多事物都看作人际关系的影射,他们的"格物致知"只是为"致良知"。这只有具有分析精神的西方思维才能揭示,从这一点上我们应向人家学习。